W0408989

Allitera Verlag

monacensia
im hildebrandhaus

edition monacensia
Herausgeber: Münchner Stadtbibliothek / Monacensia im Hildbrandhaus

Inhalt

Vorwort 8

Afraa Batous
My name is Afraa Batous, I am Syrian and I want to surrender myself 15

Annika Reich
Aufbruch aus dem Angekommensein 20

Friedrich Ani
Der Syrer meiner Mutter 24
Die Ankunft des Menschen 28

Sandra Hoffmann
Wo du stehst 30

Galal Alahmadi
Zu Hause 37

Björn Bicker
Das Hohelied 42

Rania Mleihi
Die Gefühle eines Tages 52

Rebecca Ellsäßer
Luftwurzeln 56

Barbra Breeze Anderson
Alte Düfte von Zuhause 61

Fady Jomar
Koffer 63
Hab keine Angst, du bist kein Fremder 65
Was vom Familiennachzug geblieben ist 67
Verlieb dich nicht in einen Flüchtling 70

Silke Kleemann
Heimat ist etwas Genommenes 73

Denijen Pauljević
Der Aufgang des Morgenabends oder das Unterland des Abendrots 86

Banu Acun
Kinder der Fremde 88

Linda Benedikt
Räumlich erweitert 95

Mariam Meetra
Meine Identität 98
Abschiedsbrief 100

Lena Gorelik
Der, die, das; und ich 101

Rudolf Ohlbaum
Menschen in Flüchtlingslagern – Besuch im Lager II, München-Allach 107

Raaed Al Kour
Les Misérables 112

Angelica Ammar
Hier ein Meer, dort eine Fabrik 115

Andreas Unger
Platz ist noch im kleinsten Boot 123

Björn Kuhligk
Die Sprache von Gibraltar 129

Martin Lickleder
Freuden des Kreisverkehrs 135

Suli Kurban
Wann darf ich endlich ankommen? 137

Nora Zapf
passieren 139

Georg Picot
Zwischen den Orten: Aufbrechen, Ankommen und der Universitätsbetrieb 140

James Tugume
Neuland 145

Daniel Bayerstorfer
Der Alte Brüggner 149

Senthuran Varatharajah
Reste (Und die weißen Streifen kenne ich) 153

Kathrin Reikowski
Und nachts fallen 155

Johano Strasser
Metzgersgang 162

Mercedes Lauenstein
Im falschen Puzzlekasten 167

Ariel Magnus
Hin und Zurück 171

Katja Huber
Heim zählen 180

Ayeda Alavie
Rotes Blutkörperchen 184

Ramy Al-Asheq
Zurückbleiben 192

Heike Geißler
Zeit für Zauberer 196

Yamen Hussein
Zum Abschied 201
Eine Herde von Hirschen 205
Deine Hand 206

Fridolin Schley
Die Ungesichter 207

Über die Autorinnen und Autoren 210

Über die Übersetzerinnen und Übersetzer 219

Partner, Kooperationen und Dank 220

Textverweise 222

Vorwort

Im April 2016 fand in München der erste Abend unserer Begegnungsreihe *Meet your neighbours* statt. Björn Bicker führte in der Buchhandlung Isarflimmern mit der syrischen Dramaturgin Rania Mleihi ein Gespräch über die Liebe und vieles mehr. Auf diesen Abend folgten in den nächsten beiden Jahren im losen Takt sechzehn weitere Veranstaltungen in Buchhandlungen, Bibliotheken, Kulturzentren, Museen und im Literaturhaus der Stadt. Dabei stellten wir Menschen verschiedenster Herkunft vor, die auf ihrer Flucht nach Deutschland gekommen sind. Die Bandbreite reichte von einem Dichter über einen Mathematiker bis zu einem Basketballer, von einer Archäologin über eine Theaterautorin bis zu einer Filmemacherin, und immer war das Motto: Wir reden nicht übereinander, wir reden miteinander.

Aktuell besteht unsere Münchner Gruppe aus den Kulturschaffenden Lena Gorelik, Marion Hertle, Sandra Hoffmann, Katja Huber, Silke Kleemann, Martin Lickleder, Denijen Pauljević, Kathrin Reikowski, Fridolin Schley, Andreas Unger und Nora Zapf. Doch daneben war von Anfang an unser Eindruck, in der Stadt von einer breiten Öffentlichkeit unterstützt zu werden: den Buchhändler*innen, die uns ihre Läden öffnen und selbst mit Begeisterung dabei sind, dem Literaturportal Bayern, das einen Publikationsraum im Netz bietet, und natürlich von den vielen Bürger*innen, die die Veranstaltungen mit Interesse und Zuspruch verfolgen, aber auch kontroverse Diskussionen nicht scheuen. Dazu kommt Unterstützung aus Berlin durch unsere Kooperation mit dem Aktionsbündnis *WIR MACHEN DAS*, insbesondere mit Annika Reich und Rebecca Ellsäßer, auf deren Initiative die Begegnungsreihe ursprünglich zurückgeht. Diese verzweigte Zusammenarbeit trägt das Projekt weit über die Stadtgrenzen hinaus und motiviert uns durch das Wissen, dass anderswo andere Ähnliches versuchen und wir gemeinsam eine größere Reichweite haben, denn: Wir wollen mit *Meet your neighbours* auch ein Statement setzen für eine offene, humane Gesellschaft – dafür, trotz der vielen derzeitigen Schreckensszenarien und eines ständig suggerierten Notwehr-Modus empfänglich und handlungsfähig zu bleiben, wie Heike Geißler es in ihrem Text formuliert: »Ich will in keiner Gesellschaft leben, die aus Verunsicherung und Zukunftsangst Einschlussszenarien entwickelt. (…) Wir brauchen einen stärkeren Protest, eine Protestroutine. Einen in den Alltag integrierbaren Protest.«

Den bisherigen Höhepunkt der Reihe bildete im Februar 2018 das Festival *Acht Mal Ankommen* in der Münchner Monacensia, die uns vor allem in Person von Lisa-Katharina Förster großes Engagement entgegenbrachte. Für das Festival hatten wir einige unserer bisherigen Gäste eingeladen, Beiträge zum Thema Ankommen zu erstellen. Ob als Texte oder Filme – immer ging es darin um das eigene Selbstverständnis rund um den Neuanfang in Deutschland. Wir selbst und sichtlich auch das Publikum waren tief beeindruckt von den Werken, die aus der Konfrontation mit einem meist schmerzlichen Teil der eigenen Vergangenheit entstanden waren, und der rückhaltlosen Offenheit, mit der die Künstler*innen sie auf der Bühne vorstellten.

Das Moment der Berührung, der Horizonterweiterung durch das Teilen von Geschichten, wollen wir mit dem vorliegenden Band fortsetzen. Die acht Beiträge des Festivals bilden den Ausgangspunkt für eine deutlich größere Sammlung und eine Weitung des gemeinsamen Themas. Insgesamt 38 Autor*innen, Einheimische wie Neuankömmlinge, haben uns Texte zur Verfügung gestellt oder teils extra für dieses Buch geschrieben. Ihnen allen gilt größter Dank.

Der Aufbruch und das Ankommen von Geflüchteten steht hier neben jenen von Menschen, die das Reisen, das Wohnen an wechselnden Orten oder das Weltbürger-Sein als selbstverständlichen Bestandteil ihres Lebensentwurfs sehen; es stehen Erfahrungen von Menschen, die immer wieder an Ländergrenzen abgewiesen wurden, neben denen von solchen, die als Wissenschaftler an Universitäten in verschiedenen Ländern der Welt arbeiten.

Dieses konzeptionelle Nebeneinander mag auf den ersten Blick unerhört wirken. Vermischt es nicht Luxusprobleme der einen mit den existenziellsten Nöten anderer? Doch dass sich die sozialen und wirtschaftlichen Umstände nicht gleichsetzen lassen, wird jedem Leser bewusst sein – sodass man in einem zweiten Schritt durchaus darüber nachdenken kann, welche Gemeinsamkeiten und Verbindungen möglicherweise gerade in ganz unterschiedlichen Erfahrungen des Ankommens vorliegen. Fast folgerichtig sind die meisten Beiträge sehr persönlich geworden, ohne dass dies Vorgabe gewesen wäre.

Zudem ist das Nebeneinander nicht unerhörter als die Realität, die die Texte abbilden oder anklingen lassen, verdichtet zur Reportage, dokumentarischer oder fiktionaler Erzählung, zu Essay und Lyrik. Die Realität, die heute von vielen ganz anders empfunden wird als 2015, im Sommer der *Willkommenskultur*. Dieser fand besonders in München medienwirksamen Ausdruck. Der örtliche Bezug ist uns wichtig: Hier wurde der Hauptbahnhof vor drei Jahren weltweit zum Ort und Symbol von Solidarität und Hilfsbereitschaft. Hier ist *Meet your neighbours* zu Hause, hier leben die meisten *neuen Nachbarn* aus unserer Reihe, und hier gibt es immer noch sehr viel unermüdliches Engagement. Aber auch hier ist eben ein alarmierender Wandel spürbar, ein aufziehender kalter Wind, sind Rechtsruck und Fremdenfeindlichkeit längst bis weit in die Mitte von Gesellschaft und Politik vorgedrungen, leisten Spitzenpolitiker mit zynischen Begriffen wie »Asyltourismus« einer gefährlichen Erosion unserer humanitären Staatsräson Vorschub. Hier gehen Zehntausende friedlich gegen die rigorose Verschärfung der Asylpolitik auf die Straße und müssen sich in Folgschaft rechtspopulistischer Umkehrungsrhetorik dafür ihrerseits von der Landesregierungspartei als Hetzer diffamieren lassen.

Nicht zuletzt aufgrund solcher Entwicklungen muss ein Buch über das Ankommen über Episoden reiner Ankunft hinausgehen. Ankommen – das ist eher die lange Strecke, das sind die Mühen der Ebene. Manchmal dauert es Jahre, und manch einer kommt nie wirklich an, obwohl er längst da ist. Oder es sogar schon immer war. Im Titel *Wir sind hier* mögen solche Ambivalenzen anklingen. Sie prägen das Ankommen als Ineinander von Vergangenheit und Zukunft, Verlust und Neuanfang, aber auch als Zusammentreffen von denen, die Neuland erreichen, und jenen, die sie empfangen. Denn was würde es über den Stand unserer Gesellschaft aussagen, wenn im Jahr 2018 eindimensional nur über das Ankommen von geflohenen Menschen gesprochen und geschrieben würde? Deren Ankommen beinhaltet, bewirkt und fordert schließlich ein Ankommen derer, die diese Gesellschaft bisher auszumachen meinten. Das Ankommen in einer neuen Lebensrealität und einem neuen, manchmal desillusionierten Selbstbild, wie Annika Reich es in ihrem Text nachzeichnet: »So wie Integration das falsche Konzept ist, weil es nur von einer Richtung aus denkt, so ist auch Ankommen, wenn es nur das (Nicht)-Ankommen der anderen denkt, falsch.« Vielmehr geht es darum, ebenso das eigene Selbstverständnis »als weltoffene, die Rechte des Einzelnen achtende Europäerin« als bequemen, zur Passivität verleitenden blinden Fleck zu erkennen, als Wunschprojektion, für die andere den Preis bezahlen müssen; denn dieses Europa, offen und solidarisch den demokratischen Freiheitsrechten verpflichtet, existiert nicht mehr – und hat vielleicht so nie existiert. Fragil ist damit nicht nur die Situation vieler Neuankömmlinge, sondern auch unsere eigene Position als Bürger, die aus dieser Erschütterung heraus ihr »Europäischsein« überhaupt erst neu und aktiv schaffen müssen. Annika Reich nennt das *Performative Citizenship*.

Diese vielschichtige Wechselseitigkeit ist eine Herausforderung, ein jahrelanger, anstrengender Prozess. Er trägt weniger sichtbare Tragik und weniger Pathos und Glanz als die unmittelbare Ankunft – und sollte umso beharrlicher von einer mündigen Gesellschaft gestaltet, nicht nur gefordert werden. Einer Gesellschaft, die Anstrengung genauso aushalten, Konflikte austragen muss wie ein Miteinander fördern und ein Nebeneinanderher akzeptieren. Eine Gesellschaft, die die eigene Geschichte immer mitzudenken hat und es sich schon deshalb gar nicht leisten kann, so zu tun, als hätte sie es bei den Migrationsbewegungen der Gegenwart mit einem historisch einmaligen Phänomen zu tun.

2015 war für viele der Sommer der Euphorie. Politisch ist davon praktisch nichts geblieben. 2018 ist der Sommer des Asylstreits. Wo Deutschland zumindest für ein paar Monate eine Vorreiterrolle innehatte, ist es heute ein weitgehend auf Abwehr ausgerichtetes Land. Und folgt darin einem fast gesamteuropäischen Trend. Auch gegen diesen möchte *Wir sind hier* einen Beitrag leisten.

Dass ein Buch, das sich der Vielfalt verschrieben hat, seine heterogene Gestalt bewahren muss, versteht sich von selbst. Doch auch in einem Wimmelbild lassen sich Muster erkennen, dringen einzelne Unterhaltungen aus dem vielstimmigen Durcheinander, wenn auch keinesfalls zwingend in harmonischen, sondern ebenso in dissonanten Zusammenklängen. So scheint es mitunter, als würden einzelne Beiträge aufeinander hören und motivisch antworten, etwa wenn Yamen Hussein in einem Abschiedsbrief schreibt: »Die Koffer reichen nicht aus! Ich habe dir schon mal gesagt, dass die Koffer der Flüchtlinge im Exil nie ausreichen, egal wie groß sie sind!«, denn in diesen, so Fady Jomar in seinem Gedicht *Koffer*, »stecken Gesichter / Salz, Geduld und verworrene Stimmen, / Gedränge, Geschichten und Menschen«, sie sind »groß und schwer geworden, / sind uns Gefängnis und Haus«; doch das »Dach dieses Hauses«, lesen wir wiederum bei Mariam Meetra, »stürzt seit Jahren schon über mir ein, / in allen Himmelsrichtungen ist es zerborsten«. Ramy Al-Asheq bewahrt in seinen inneren Koffern alle Erinnerungen, »man hat sie verschlossen, damit man nicht immer sehen muss, was drinnen ist«, und holt stattdessen »aus dem Rucksack, was ihr sehen wollt. Mitleiderregende Tränen (...), vorgefertigte Sätze über den ›Kulturschock‹«.

Einige Autor*innen nähern sich dem Ankommen eher über seine Ursprungsbewegung, den Aufbruch: als Flucht aus dem syrischen Kriegsinferno, wie Afraa Batous sie beschreibt, oder als Reise, gewissermaßen in umgekehrter Richtung, wie Sandra Hoffmann sie nach Tirana / Albanien antritt, dem oft vergessenen Aufbruchsort vieler fliehender Roma. Sind ihre Eindrücke und Gespräche dort nicht zuletzt Zeichen einer skrupulösen Reflexion über den Standpunkt des Beobachters, so berichtet auch Angelica Ammar nicht nur von Momar, der immer wieder an den Verlockungen Europas abprallt, sondern hinterfragt darüber hinaus, ob sie mit ihrem Flüchtlingsengagement eine Art »Abbitte« leistet – für die eigene Privilegiertheit, aber ebenso für die »Unfähigkeit, mein Leben zu begreifen, meine Sinnsuche. (...) Wie oft hatte ich mich schon aus meinem eigenen Leben fortgestohlen, hatte Uni, Stadt, Land gewechselt. Weil die Ideen immer so viel weiter tragen als die Wirklichkeit.«

In andere Beiträge drängt die aktuelle Wirklichkeit mit teils unvorhergesehener Vehemenz hinein. Wenn Banu Acun dem bleibenden Fremdheitsgefühl türkischer Einwanderer in Deutschland nachgeht, »wo wir immer wieder daran erinnert werden, dass wir Türken und anders sind«, oder Mercedes Lauenstein abwägt, wie viel Alltagsrassismus in einer scheinbar einfachen Frage nach der Herkunft liegt, dann bilden dafür plötzlich ebenso unweigerlich die Debatten um Mesut Özil und *#MeTwo* den Hintergrund wie jene um die zivile Seenotrettung für die Reportage von Andreas Unger über die Fischer von Lampedusa, die seit vielen Jahren geflohene Menschen aus dem Mittelmeer ziehen, aber selbst kaum einmal gefragt werden, wie es ihnen eigentlich dabei geht.

Mehrere Texte rücken diese gegenwärtigen Entwicklungen in eine oft vernachlässigte historische Perspektive, aus der sich viel lernen ließe: In *Der Syrer meiner Mutter* erzählt Friedrich Ani von seinem Vater, der in den 60er-Jahren in die bayerischen Provinz kam, wo »Blut dicker ist als Kuhfladen« und die Einwohner sich seiner trotzdem »wie einem andershäutigen Bruder erbarmten und ihn sein ließen, wie er war.« Ariel Magnus veranschaulicht entlang überlieferter Aufzeichnungen seiner Familie ihr jahrzehntelanges *Hin und Zurück* zwischen Deutschland und Südamerika – bis keiner mehr weiß, »ob wir kommen oder gehen, oder ob unser Platz vielleicht im Dazwischen« ist. Ein buchstäbliches Fundstück und eminent wichtiges Zeitdokument ist auch der im Nachlass von Rudolf Ohlbaum entdeckte Bericht eines Besuchs im *Flüchtlingslager II, München-Allach* aus dem Jahre 1949. Vier Jahre nach Kriegsende waren dort noch immer hunderte deutscher Flüchtlinge und Heimatvertriebene in Baracken zusammengepfercht. Heute, 70 Jahre später, spricht aus vielen Sätzen eine frappierende Aktualität: »Wer aber darf die Menschen verurteilen, wenn sie nicht immer Sitte und Recht achten, so lange sie in Verhältnissen zu leben gezwungen sind, die ein Hohn auf Recht und Sitte und alle Menschenwürde sind?«

Natürlich sind etliche der hier versammelten Ansätze so individuell, dass sie sich gegen jede Zuordnung sperren. So erkennt Martin Lickleder in Aufbruch und Rückkehr ein musikalisches Prinzip, findet sich Denijen Pauljević auf einmal in einem serbischen Kindermärchen gefangen und beschreibt Lena Gorelik, die mit elf Jahren als *Kontingentflüchtling* nach Deutschland gelangte, ihr jahrelanges Ankommen als allmähliche Ich-Gewinnung durch Sprache, ein verschlungenes Ringen von Wörtergier und familiärem Schweigen: »diese eine Freude, wenn man nach dem passenden Artikel zum Wort nicht mehr suchen muss. Der Baum und das Gebüsch, der Teebeutel, das ist das Ding mit dem Faden dran, das man in die Teetasse hängt, ein westliches Wunder. (...) Wie aus einer Bewegungslosigkeit aufzuwachen: Er kann das, der Hals, den Kopf erheben. Geschriebene Worte, ich. Ich bin es, die der Sprache befiehlt.«

Dies ist nur ein kleiner Teil der Stimmen. All die hier Genannten stehen stellvertretend für das gesamte Konvolut, ein Ganzes aus Verschiedenem, das sich vielleicht noch am ehesten in einem Satz von Rania Mleihi vereinen lässt: »Man wird nirgendwo ankommen, solange man Angst hat.« So soll der Band nicht zuletzt an das erinnern, womit jedes Ankommen beginnt: ein Gespräch, ein Erzählen, das seit *Tausendundeine Nacht* die Angst in Schach zu halten versucht, das Nähe und Verbundenheit stiftet, aus Fremden Mitmenschen werden lässt – und manchmal Freunde.

Katja Huber, Silke Kleemann und Fridolin Schley
München im September 2018

Afraa Batous

My name is Afraa Batous, I am Syrian and I want to surrender myself

»Mein Name ist Afraa Batous, ich bin aus Syrien und ich möchte mich stellen.«

Diesen Satz, so riet mir im August 2016 mein Cousin, der schon ein Jahr früher nach Deutschland gekommen war, solle ich sagen, sobald ich den »Surrendering Point« am Asylbewerbercamp in Nürnberg erreichte. Bevor ich mich dorthin auf den Weg machte, wiederholte ich den Satz zwei Tage lang unbewusst immer wieder in meinem Herzen. Es fühlte sich nach nichts an bis zu dem Moment, als ich an den Sicherheitseingang trat, wo man seine Papiere zeigen muss, um ins Camp zu gelangen und den Asyl-Vorgang in Gang zu bringen …

Ich erinnere mich bis ins kleinste Detail an diesen Moment, an das Wetter und den kühlen Wind, an das Gesicht des Sicherheitsbeamten im Wachhäuschen, der der erste Mensch war, mit dem ich im Camp Kontakt hatte, an das Geräusch des Schubfachs, in das ich meine Papiere legen musste, bevor ich hinein durfte, an den echoartigen Klang meiner Stimme und an die Stimme des Sicherheitsbeamten, der mich durch das Fenster des Wachhäuschens freundlich aufforderte, zu warten, an das Gesicht meines Cousins, der mir zum Abschied zuwinkte und mir Mut machte. »Alles wird gut«, sagte er, während ich zögernd auf den »Surrendering Point« zulief.

Während ich den Satz wiederholte, oder überhaupt auf meiner ganzen Reise ins Asyl, hatte ich ehrlich gesagt nicht damit gerechnet, irgendeine heftige Reaktion zu zeigen, ich dachte, ich sei schon seit Jahren bereit zur Übersiedlung nach Europa. Doch als es wirklich passierte, wurde ich innerhalb weniger Minuten tausendfach in alle kritischen Momente zurückversetzt, die ich in meinem bisherigen Leben durchgemacht hatte.

1990, Aleppo – Syrien. Ich bin fünf Jahre alt und stehe an der Eingangstür unserer Wohnung, klammere mich am Kleid meiner Mutter fest und bettele, dass sie mich mit meinen älteren Schwestern zur Schule gehen lässt. Sie beugt sich zu mir runter und erklärt mir, dass es noch ein Jahr dauert, bevor auch ich in die Schule gehen darf.

Ich erinnere mich, dass ich das ganze Jahr lang jeden Morgen weinte, während meine Schwestern eilig zur Schule liefen, und dass ich den ganzen Tag lang von unserem Balkon aus, der genau über der Schule lag, auf den Schulhof starrte, bis meine Schwestern wieder nach Hause kamen.

Im nächsten Jahr durfte auch ich in die Schule und dort weinte ich das ganze Jahr lang, weil ich wieder zurück nach Hause auf den Schoß meiner Mutter wollte.

2009, Aleppo – Syrien. Ich stehe in der großen Halle der Universität, halte die Hand meines Freundes Hosin und suche auf der Liste der Graduierten aufgeregt nach meinem Namen. Plötzlich schreit Hosin laut: »Du hast es geschafft, du hast bestanden!« Ich starre auf meinen Namen, dann beginne ich zu weinen. Hosin lacht. »Warum weinst du? Vor zwei Minuten hast du noch gebetet, deinen Namen auf der Graduiertenliste zu sehen.« Ich antworte: »Ich weiß es nicht, ich gehöre hier nicht mehr hin. Ich muss jeden einzelnen Moment und jede einzelne menschliche Erfahrung, die ich hier gemacht habe, zurücklassen. Ich muss jetzt irgendwo anders hin.«

2011, Aleppo – Syrien. Ich treffe mich mit Freunden, um dorthin zu gehen, wo die erste große Demonstration stattfinden soll. Mein Herz schlägt schnell und hart, die Augen sind weit aufgerissen, vor Angst kann keiner von uns ein Wort sagen. Wir sind in der schreckenerregendsten Stadt in der Geschichte der syrischen Revolution und hier soll eine große Demonstration stattfinden, die vermutlich den ganzen zentralen Platz von Aleppo füllen wird – was bedeutet, dass mit einer blutig-barbarischen Reaktion des Regimes zu rechnen ist.

Einer meiner Freunde sagt, dass wir in ein nahe gelegenes Viertel gehen sollen, um andere Freunde abzuholen, bevor wir den Hauptplatz erreichen. Wir kommen immer näher an den Ort, wo wir sie treffen sollen, ich schaue beim Gehen auf den Boden, zähle wie üblich die Gehwegplatten, um die Angst zu vergessen …

Wir erreichen eine Kreuzung, ich schaue auf und sehe von der linken Seite meinen Vater kommen und auf der rechten taucht mein Bruder auf – das also sind die erwarteten Freunde. Keiner von uns hat den anderen zuhause gesagt, dass er an der Demonstration teilnehmen will, denn aus Sicherheitsgründen muss man diese Verabredungen geheim halten. Wir sehen einander ins Gesicht und lachen laut und ängstlich.

Ein Freund ruft an und sagt, wir sollen noch ein wenig warten, denn Gerüchten zufolge hat das Regime etwas von der Demonstration mitbekommen. Wir laufen alle zusammen in ein Café in der Nähe, wo wir sonst auch immer hingehen. Wir sitzen an einem großen Tisch und reden lustiges Zeug, um die Panik abzuschütteln.

Auf einmal ruft der Freund wieder an und sagt, wir sollen uns zum Ort der Demonstration bewegen. Mein Vater, der gleich neben mir sitzt, lehnt sich näher zu mir, schaut mir direkt in die Augen und sagt: »Ich glaube, es ist besser, wenn du nicht mit uns gehst. Es ist noch zu früh für dich, wir wissen nicht, wie sie dich benutzen werden, um uns zu schwächen.« Ich erinnere mich nicht, wie ich zustimmte, nicht mitzugehen; ich erinnere mich nur, wie ich auf dem Balkon des Cafés sitze und die sogenannten »Shabiha« mit Messern und Schwertern wie Monster in Richtung des Platzes rennen sehe, der nur fünfhundert Meter von dem Café entfernt ist.

Mein Vater kommt eine Weile später zurück und erzählt mir mit Panik in den Augen, dass einige meiner Freunde und auch mein Freund verhaftet worden sind und mehrere Menschen mit Messern und Schwertern niedergemetzelt wurden.

2012, Damaskus – Syrien. Ich stehe auf dem Dach des Gebäudes, in dem meine Freunde leben, in einem der reichen Viertel von Damaskus. Von hier hat man einen direkten Blick auf eins der nahen ärmeren Viertel. Meine Freunde plaudern und lachen drinnen, während ich mit meinem belgischen Freund telefoniere, der zwei Monate zu vor von Belgien nach Jordanien gezogen ist, um so nah wie möglich an Syrien zu sein, nachdem er gehört hatte, dass ich in Damaskus verhaftet worden war.

Mitte 2012 war eine der ersten kritischen Phasen der syrischen Revolution, es gab viele Mordanschläge und Explosionen, wir dachten alle, das Assad Regime würde bald stürzen.

Am Telefon bittet mein Freund mich inständig, Syrien zu verlassen. »Ich möchte nicht, dass meine Freundin an diesem schrecklichen Ort ist. Diesmal haben sie dich noch laufen lassen, aber keiner weiß, was beim nächsten Mal ist.« Ich höre ihm wortlos zu und starre einem Hubschrauber hinterher, der über meinem Kopf auf das arme Viertel zudonnert. Er sinkt tiefer und tiefer, es ist das erste Mal, dass ich einen Hubschrauber aus so großer Nähe und so laut erlebe. Der Hubschrauber hält sekundenlang inne, dann bombardiert er das Viertel mit irgendetwas.

Ich unterbreche meinen Freund am anderen Ende der Leitung und sage weinend: »Das Regime wird bald stürzen, ich will nicht weggehen. Ich will hier sein und mit meinem Volk feiern, wenn es so weit ist.«

2016, Beirut – Libanon. In Filmen oder Romanen habe ich oft gehört oder gelesen: Er oder sie hatte keine Ahnung, dass dieser Tag sein oder ihr Leben für immer verändern würde.

Ich wusste nicht, dass mir selbst genau das ein paar Stunden später passieren würde, nachdem ich eine der Botschaften aufgesucht hatte, um mein erstes Visum für Europa zu bekommen. Es sollte eigentlich ein ganz normaler heißer libanesischer Sommertag sein, an dem ich dorthin ging, um entweder eine Ab- oder eine Zusage für einen kurzen Besuch in Europa zu erhalten und dann wieder in meinen Alltag zurückzukehren.

Ich erfuhr erst einen Tag vor meiner Reise nach Europa, dass ich das Visum bekomme. Ich nahm meinen Pass mit dem 5-Tage-Visum entgegen und ging nach Hause, um meinen Koffer zu packen und einen Flug zu buchen. Mein Freund war zu Hause, er steckte seit einem Jahr im Libanon fest, weil ihm seine syrischen Papiere von der libanesischen Sicherheitspolizei abgenommen und bis zu diesem Zeitpunkt nicht zurückgegeben worden waren. Er war überglücklich, als er erfuhr, dass ich das Visum bekommen hatte. Ich dagegen fühlte mich völlig neutral.

Meine Familie, die ich seit fünf Jahren nicht mehr gesehen hatte, rief an und beglückwünschte mich zu dem Visum. Sie baten, ich solle nie wieder in den Libanon zurückkehren. Ich antwortete: »Ich möchte aber nicht dortbleiben, es ist nur ein kurzer Besuch. Ich möchte zurückkommen zu meinem Leben hier und zu meinen Katzen.«

Zum ersten Mal wurde mein Vater richtig wütend auf mich, er sagte: »Wenn du in den Libanon zurückkehrst, rede ich nie wieder ein Wort mit dir! Du hast eine Zukunft, der du hinterherlaufen solltest, anstatt weiter hier herumzurennen, nur um immer wieder, seit du Syrien verlassen hast, deine Aufenthaltserlaubnis neu zu regeln.«

Mein Vater hatte noch nie mit mir über irgendeine Entscheidung meines Lebens diskutiert, trotzdem nahm ich seine Worte nicht ernst. Ich packte weiter ganz in Ruhe meine Sachen und dachte immer noch, dass es nur ein kurzer Besuch sein und er später verstehen würde, warum ich nicht in Europa bleiben wollte.

Um neun Uhr abends, nach einem langen Tag voller Vorbereitungen, zieht mein Freund mich zu sich und sagt, er wolle mit mir reden. Ich habe das Gefühl, dass ich gleich einige der härtesten Worte meines Lebens hören werde.

Er hält meine Hand und sagt: »Was wirst du machen?«

Ich frage: »Was meinst du damit, was machen?«

Er antwortet: »Komm nicht zurück. Alle sagen, dass du dortbleiben sollst und dass du dumm bist, wenn du zurückkommst.«

Ich breche zusammen und sage unter Tränen: »Ich möchte dich nicht hier allein zurücklassen, ich möchte meine Katzen nicht verlassen, ich kann das nicht.«

Er lächelt, dann sagt er: »Mach dir keine Sorgen, ich kümmere mich um die Katzen und werde sie zu dir schicken. Komm nicht zurück, wenigstens einer von uns muss überleben …«

Mein Name ist Afraa Batous, ich weiß nicht, wo ich herkomme, ich weiß nicht, wo ich hingehen werde. Und ich möchte diese Aussage im Wörterbuch der Menschheit aussterben sehen.

Aus dem Englischen von Silke Kleemann

Annika Reich

Aufbruch aus dem Angekommensein

Der blinde Fleck ist der Punkt, von dem aus ich sehe, den ich aber selbst nicht sehen kann. Er ist im Inneren außen. Ich bin überzeugt, dass man sich ihm nur körperlich nähern kann, also nur über die Wahrnehmung, die körperlich gebundene Erfahrung. Alle meine wirklich weltöffnenden Erkenntnisse beruhen auf Erfahrungen, die ich über die Wahrnehmung gemacht habe, nicht über Sinn und Verstand.

Es gab Momente in meinem Leben, in denen ich so erschüttert war, dass meine Sicht auf die Welt und mein eigener Standpunkt (von dem ich trotz besseren Wissens immer dachte, er wäre mir bekannt) verrutscht sind. In diesen Momenten des Aufbrechens blitzten kurz meine blinden Flecken hervor, erst durch diese Momente habe ich erfahren, dass es sie überhaupt gibt. Meist blieb es dabei – eine Erschütterung, eine Ahnung, mehr nicht.

Dann, 2015, als in der Nähe meiner Berliner Wohnung tausende Menschen, die aus dem Krieg hierher geflohen waren, tagelang auf dem Boden lagen, Familien in den Parks schliefen und teilweise nicht einmal mit dem Nötigsten versorgt waren, ist wieder ein Teil von mir aufgebrochen. Das Neue an der Erfahrung von 2015 aber war, dass es nicht bei einer kurzen Erschütterung und einer blitzartigen Erkenntnis blieb, sondern dass ich dabei blieb aufzubrechen.

So konnte und kann ich plötzlich mein eigenes Angekommensein in meinem Selbstverständnis als weltoffene, die Rechte des Einzelnen achtende Europäerin erkennen und den Preis, den andere dafür bezahlen. Natürlich wusste ich auch davor, was der Preis für mein eigenes Angekommensein war. Ich wusste um die anhaltende Kolonialität, um den strukturellen Rassismus und den christlich-weißen Reinheitsgedanken Europas. Ich kannte die Schattenseiten des sich als humanistisch und aufgeklärt verstehenden Europas, ich wusste um die Schattenseiten meiner Identifizierung, und doch gab es einen Teil in mir, der bis dahin nicht erfahren hatte, was das wirklich bedeutet. Ich habe meine Privilegien nur hinterfragt, aber nie von ihnen abgesehen, weil sie der Punkt waren, von dem aus ich sie hinterfragt habe. Im Inneren außen – mein blinder Fleck.

Vertreibung und Flucht sind eine Möglichkeit meines Lebens – so wie Angekommensein und Sicherheit eine Möglichkeit des Lebens von Menschen sind, die hierher fliehen. Ich habe diese Kippfigur erst vor drei Jahren verstanden. Bis dahin muss es einen (unbewussten) Teil in mir gegeben haben, der dachte, es gäbe einen Grund für meine Sicherheit; und dieser Grund lag in meinem positiven Selbstverständnis als Europäerin, dessen bin ich mir inzwischen sicher. Ich muss also davon ausgegangen sein, es verdient zu haben, in Sicherheit zu leben, weil ich als Europäerin für diese Sicherheit einstehe, weil Europas Wertesystem dafür sorgt. Ich finde diese Einschätzung inzwischen so schwer erträglich, dass ich sie kaum noch nachvollziehen kann.

Bis zum Sommer 2015 ist mir der Krieg nur nah gegangen, aber noch nie nah gekommen. Es kommt mir heute so unwahrscheinlich vor, dass man so lange leben kann, ohne mit dieser Seite des Lebens konfrontiert zu werden, aber es war so. Jetzt ist es anders.

Als ich darüber nachdachte, was ich zum Thema *Ankommen* schreiben könnte, dachte ich zuerst, ich könnte die Geschichte der jungen, damals schwangeren Irakerin Esra erzählen, die ich 2015 mit ihrem Mann und ihrem kleinen Sohn an einem Freitagabend im strömenden Regen eingeladen hatte, sich in mein Auto zu setzen, und seither bei ihrem Ankommen in Berlin begleite. Die Geschichte meiner Freundin Esra, mit der alles begann. Doch dann wurde mir klar: Wenn ich von Esras Ankommen erzähle und nicht von dem Aufbruch aus meinem Angekommensein, dann drücke ich mich wieder darum zu verstehen, wie sehr meine Geschichten des Immer-schon-Angekommenseins mit den Schwierigkeiten des Ankommens der hierher geflohenen Menschen zusammenhängen.

Wenn ich also über das Ankommen nachdenke, dann muss ich auch darüber nachdenken, was der Hass auf die Figur des »Flüchtlings« und das Abschotten Europas mir über meine eigene Geschichte des Verortetseins als Europäerin erzählen. Wie viel dieses Angekommensein in einem relativ positiven und weitgehend unerschütterten Selbstbild als Europäerin damit zu tun hatte, dass ich so lange dachte, Europa wäre offen und solidarisch und seine Werte von Vielfalt und Freiheit, Solidarität und Frieden würden gelten. Trotz der ertrinkenden Menschen im Mittelmeer, trotz des ausgesetzten Familiennachzugs und der Gesetzesverschärfungen, trotz der Zäune, der Zustände auf Lesbos, des Türkei-Deals und der libyschen Lager. So wie Integration das falsche Konzept ist, weil es nur von einer Richtung aus denkt, so ist auch Ankommen, wenn es nur das (Nicht-) Ankommen der anderen denkt, falsch.

Die Festung Europa, schrieb ich damals in einem Briefwechsel mit der israelischen Schriftstellerin Zeruya Shalev, ist ein Zusammenbruch. Denn Europa ist jetzt, da es sich verschließt, eine offene Frage. Die Abkapselung in der Illusion einer sicheren Welt funktioniert nicht mehr. Ich übe nun also einen desillusionierten Blick auf die Welt aus einem für mich wirklich neuen desillusionierteren Selbstverständnis heraus und merke täglich, wie lächerlich ungeübt ich darin bin.

Vielleicht ist diese Ungeübtheit darin, Fragilität einzugestehen und Mut aufzubringen, auch ein Grund für die Angst, die in Europa umgeht und alles nach rechts dreht. All das, worauf Europa so stolz ist – Aufklärung und Demokratiegeschichte, Humanismus und Weltoffenheit – wird jetzt durch den Umgang mit den Geflüchteten unterminiert. Vielleicht schieben viele Menschen deswegen den Geflüchteten die Schuld zu, um ihren blinden Fleck und damit die vermeintliche Stabilität nicht verlassen zu müssen. Nur wie erschüttert man diese Menschen so, dass sie das erkennen und nicht noch weiter dicht machen?

Die Figur des »Flüchtlings« fördert etwas zutage, das schon lange und tief in Europas Mitte verankert ist. Wenn ich jetzt auf die rechtspopulistischen Parteien zeige, dann agiere ich immer noch aus dem blinden Fleck heraus, von dem aus Europa sich seiner Werte so gewiss sein kann. Es liegt nun an mir selbst. An der sogenannten »Mitte«, nicht an den Geflüchteten und auch nicht an den Rechtsradikalen. Ich versuche, das jeden Tag zu verstehen. Es ist eine neue Sicht auf die Welt, so seltsam das klingt.

Ich versuche, meine Schamgefühle für meine eigene Naivität abzulegen, für mein Nichtwissenwollen, dafür, dass ich mir dieses Nichtwissenwollen geleistet habe, ohne es zu merken. Ich muss aufhören, mich zu schämen, damit ich nicht weiter ausweiche. Ich habe mich entschieden auszuhalten, dass gerade das, was ich als besonders stabil empfunden habe, fragil ist, dass diese Fragilität mich persönlich betrifft und dass sie keine Phase ist. Es ist kein *Common Sense* von westlichen liberalen Demokratien mehr, dass Minderheitsrechte geachtet werden, war es auch nie. Ich muss das wissen, sonst geht mir der Atem aus, sonst werde ich zu leicht enttäuscht oder wähle die falschen Mittel.

All das bedeutet für mich, dass ich nicht vom Nichtwissenwollen in das Nichtstunkönnen fliehe. Es bedeutet für mich auch, dass ich nicht nur selbst aktiv werde, sondern die *Citizenship*, von der ich bisher ausgegangen bin, selbst herstellen muss. Ich muss also herstellen, was ich bisher fälschlicherweise in den Teil von mir, der sich als Europäerin sieht, hineinprojiziert habe. Ich muss aus dem (ungerechtfertigten) Gefühl, auf der »sicheren Seite« zu stehen, heraustreten, das gesamte Bild aushalten und aus dieser Perspektive ein Europäischsein neu schaffen, dass das Wertesystem, von dem ich ausgegangen bin, erst herstellt. Diese *Performative Citizenship* bedeutet für mich ganz konkret, aktiv gesellschaftlich-politische Verantwortung zu übernehmen, mich zu engagieren. Bis 2015 dachte ich, Engagement wäre so etwas wie ein Zusatz zu meiner »geschenkten« Identität als europäischer Bürgerin. Jetzt weiß ich, dass es vielmehr die Voraussetzung ist.

Zuerst hat mir diese Vorstellung Angst gemacht, inzwischen finde ich sie normal. Es ist eine Entscheidung. Eine Entscheidung für Desillusionierung und Optimismus trotz allem. Ich habe neulich gelesen, dass man als Demokratin eine Schmerzkünstlerin sein muss. Ich finde den Ausdruck ein bisschen zu pathetisch, aber der Begriff birgt beides in sich, um das es geht: das Aushalten und das (Er)schaffen.

Der Staffelstab der liberalen Demokratien und der damit verbundenen Wertesysteme ist in den letzten Jahren vor unser aller Augen auf den Boden gekracht. Er liegt dort nur so lange, wie wir ihn liegen lassen. Er ist nicht schwer. Er wiegt genauso viel, wie jede / r Einzelne tragen kann. An diesem Bild halte ich mich fest. Einen anderen Ort habe ich nicht mehr. Es ist das, was von meinem Selbstverständnis als Europäerin geblieben ist. Von hier aus breche ich auf.

Friedrich Ani

Der Syrer meiner Mutter

Der Syrer meiner Mutter tauchte Ende der 50er-Jahre des vorigen Jahrhunderts auf und blieb bis zum März 2012. Dann starb er. In der Zeit davor lebte er als Ausländer unter Bayern. Manchmal stieg er in ein Flugzeug und reiste nach Spanien, Amerika, Kanada, Südafrika, in ferne Länder, wo er ein Ausländer war wie jeder andere. Was er wohl dachte, wenn er wieder zurückkam, in sein bayerisches Dorf, zu den Menschen mit dem schwer verständlichen Dialekt? Um eine Antwort auf diese Frage zu bekommen, hätte man ihn kennen müssen. Kannte ich den Syrer meiner Mutter?

Sollte man meinen.

Trifft aber nur bedingt zu.

Was war geschehen? Rückblende: Um das Jahr 1945 herum, nach dem Ende des Zweiten Weltkriegs, zogen Karawanen entwurzelter Menschen durch Europa, auf der Suche nach einer Herberge. Ihre Elternhäuser lagen in Schutt und Asche, Freunde und Angehörige hatten im Bombenhagel, an der Front, im Schützengraben ihr Leben verloren, ausländische Mächte die Kontrolle über das Land übernommen. Hunger und Elend bis zum Horizont. Was blieb ihnen übrig, als zu fliehen, mit nichts als ein paar Habseligkeiten, ohne Gedanken an die Strapazen, die auf sie warteten, Hauptsache weg, in eine ferne, große Freiheit.

So strandeten Abertausende dieser Kriegsflüchtlinge auch in Süddeutschland, in Oberbayern, in einem kleinen Dorf sechzig Kilometer südlich von München. Ihre letzte Station war Kufstein in Österreich gewesen, von dort wurden sie auf das Nachbarland verteilt, und ein Finger des Schicksals zeigte genau auf den Ort am Alpenrand, wo niemand unbedingt auf Schlesier oder Sudetendeutsche wartete. Trotzdem: Häuser wurden errichtet – mehr Baracken als heimelige Wohnstätten –, in der Maschinenbaufabrik, in der Reißverschlussfabrik, in den wenigen Gasthäusern, auf den Bauernhöfen und im einen oder anderen bescheidenen Familienbetrieb standen manche der Neuankömmlinge nach einiger Zeit in Lohn und Brot.

Allmählich gewöhnte sich die Landbevölkerung an die Fremden, immerhin benutzten sie weitgehend dieselbe Sprache; man kam sich näher, Beziehungen entstanden, Kinder kamen auf die Welt.

Eines von ihnen war ich.

Das war später.

Erst einmal besuchte meine Mutter mit ihren Geschwistern die Volksschule, schloss Freundschaften, galt als halbwegs integriert. Natürlich blieb eine Schlesierin eine Schlesierin, zumal der örtliche Dialekt nie in ihrer Stimme ankam – wie übrigens auch nicht in den Stimmen aller anderen Flüchtlinge, die bis weit in die 60er-Jahre hinein immer noch Flüchtlinge hießen. Das störte niemanden. Das Wirtschaftswunder erreichte auch das Voralpenland, die Dörfler lebten vom Tourismus, sommers wie winters, neue Wirtshäuser und Pensionen mit sogenannten Fremdenzimmern entstanden, Wanderwege, Seilbahnen wurden gebaut, Skilifte und Spaßbäder. Und im Windschatten all des kommerziellen Unterhaltungs- und Vergnügungstrubels eröffnete auf einem Hügel am Dorfrand ein Goethe-Institut.

Ein Goethe-Institut? In einem 4000-Einwohner-Dorf? Warum? Für wen? Und wer sollte da kommen und …

… und womöglich Bairisch lernen?

Wer? Ganz einfach: lauter »wunderbare Neger« – um den herzigen Ausdruck eines bayerischen Innenministers zu gebrauchen, oder – um ein Idiom von Peter Handke zu entfremden: lauter Andershäutige. Und, o Wunder: Diese jungen Leute, Studenten allesamt, vornehmlich aus Afrika und dem Nahen Osten, verhielten sich tatsächlich wunderbar. Bald beherrschten sie die deutsche Sprache besser als die meisten Einheimischen und die Mitglieder der Staatspartei, sie mischten sich ins Dorfleben ein, indem sie neben ihrem Studium in Geschäften oder Restaurants aushalfen, und viele von ihnen wohnten zur Untermiete bei örtlichen Familien. Eine Win-win-Situation für alle Beteiligten.

Sudetendeutsche, Schlesier, Schwarze, Hellhäutige, Dunkelhäutige, ein babylonisches Sprachengewirr, das einen einzigartigen Klang erzeugte, wundersam eingebettet ins tägliche Glockengeläut der katholischen und evangelischen Kirche, in die Aufmärsche der Blaskapellen und das Donnern der Gebirgsschützen an besonderen Feiertagen. Und an einem Sonntagnachmittag im Frühjahr 1958 – im traditionsreichsten Gasthaus des Ortes wurde zum allwöchentlichen gemütlichen Beisammensein für jedermann geladen – erschien der Syrer meiner Mutter auf der Tanzfläche.

Was dann passierte, sollte niemanden etwas angehen, von meiner prosaischen Warte aus möchte ich jedoch Folgendes zu Protokoll geben: Zwei Fremde zeugten in der Fremde einen Einheimischen, mit Dialekt und Lederhose und einem Talent als Torwart, was mir in einer Gegend, wo die Schlachtfelder unverarbeiteter Aggressionen und unheimlicher Abartigkeiten Bolzplätze heißen, in gewissem Sinn das Überleben sicherte. Auch wenn ich nicht gerade wie ein N…, ein Andershäutiger aussah, glich meine Haut doch stark jener des Syrers meiner Mutter und weniger der ihren.

So einheimisch ich mich gab und auch fühlte – viele Einheimische ringsum wussten genau, wessen Blut in mir floss. Und Blut ist dicker als Kuhfladen. Sie wussten, dass ich nicht wirklich zu ihnen gehörte, und ich widersprach ihnen nicht. Je älter ich wurde, desto häufiger versiegte mein Dialekt, desto schweigender füllte ich meine Paraderolle als Torhüter aus, und ich fiel vielleicht nur deswegen nicht auf, weil ich mit allen Bier trank und besoffen wurde.

Dem Syrer meiner Mutter schmeckte Alkohol nicht besonders. Er aß gern, auch Schweinefleisch in allen Variationen, er sprach keine Gebete auf ausgebreiteten Teppichen. Nachdem er sein Studium der deutschen Sprache und der Medizin beendet hatte, tat er etwas Ungeheuerliches: Er blieb. Nach dem Wunsch seiner Eltern im fernen Damaskus hätte er zurückkehren und dort seinen Beruf ausüben sollen, eine Familie ernähren, in der Nähe seiner Brüder und Schwestern und der gesamten Familie bleiben. Tat er nicht. Heiratete meine Mutter, gab mir seinen Namen, arbeitete in einem Krankenhaus, eröffnete eine Praxis, wurde Landarzt. Inmitten all der Fremden. Und wenn eine Krankheit ihn nicht gezwungen hätte, seine Tätigkeit vorzeitig zu beenden, er hätte bis zum Tod jedem einzelnen Patienten so lange zugehört, bis er erkannte, was ihm fehlte, und wenn es nur das Zuhören war.

Dem Syrer meiner Mutter war ein Menschenleben heilig, unabhängig von Alter, Geschlecht und Religion, er erfüllte seinen Auftrag mit Hingabe, Verständnis und Geduld. In den eigenen vier Wänden schwieg er meist. Er behielt sogar seine Muttersprache für sich – außer wenn er mit »Zuhause«, wie er immer sagte, telefonierte. Da hörte ich ihn sprechen im Nebenzimmer, und seine Stimme klang fremd und stark und sanft und wie Gesang. Hinterher verlor er kein Wort darüber. Ich fragte ihn nie, warum er mir nicht Arabisch beigebracht hatte. Meine Frage, fürchtete ich, hätte ihn beschämt.

Er war ein großer Mann. Ich kannte ihn kaum, obwohl er fast achtzig Jahre alt wurde und wir uns regelmäßig trafen. Dann warf er, wenn er glaubte, unbeobachtet zu sein, einen Blick auf seine Uhr, weil er fürchtete, die Zeit würde wieder viel zu schnell vergehen und ich müsste gleich los. Und so war es ja auch meist.

In diesen Monaten nun, in denen viel zu viele deutsche Menschen, denen das Selbstwertgefühl abhandengekommen ist, Fremden und Flüchtlingen mit dumpfer Gehässigkeit und Gewalt begegnen und in Anfällen irrealer Verbitterung gegen Politiker, freiwillige Helfer und Boten der Nächstenliebe hetzen, hätte ich den Syrer meiner Mutter gern gefragt, ob er es heute bereuen würde, in diesem Land geblieben zu sein.

In den Nächten höre ich ihn manchmal weinen über sein zertrümmertes Heimatland und die Millionen Landsleute, die mit nichts am Leib vor Bomben, Terror und Armut flüchten müssen und auf der Suche nach einer Herberge, wenn das Unglück es will, ausgerechnet den Unbarmherzigen unter den Nachkommen jener Menschen begegnen, die sich seiner einst wie einem andershäutigen Bruder erbarmten und ihn sein ließen, wie er war. Ali sagten sie zu ihm, denn das war sein Name, und sie hatten keine Angst vor ihm. Und er hatte keine Angst vor ihnen, nicht einmal vor ihren Hunden.

Wie lang mag das her sein?

Die Ankunft des Menschen

Fremd bist du, fremd
im traumlosen Land.
Es trägt ein warmes Gewand
und du ein blutiges Hemd.

Fremd bist du, alt,
wir kennen dich nicht.
Du hast ein dunkles Gesicht
und deine Hände sind kalt.

Schwieriger Fall,
zur Unzeit auch noch.
Am Sonntag ruhen wir doch
noch vom Wochentagsball.

Wer bist du, wer?
Was willst du von mir
in meinem Heimatrevier
und schaust so weltkundig her.

Mensch willst du sein?
Wie wir in der Welt?
Dass jemand Liebes dich hält?
Umarmt und nie mehr allein?

Fremd bist du, du.
Ich trau mich nicht recht.
Sind wir vom selben Geschlecht?
Mir scheint, du winkst immerzu.

Kindlein, so klein,
ein Wesen aus Haut
und Furcht, uns allen vertraut,
und mutterseelenallein.

Schwarz sei dein Haar
und schwarz sei dein Blick.
Wir jagen niemand zurück
zum Tod im Leichenbasar.

Welt heißt Asyl.
Geburt heißt Asyl.
Ein jedes Haus heißt Asyl.
Ein jedes Wort ist Asyl.

Hier bist du wir,
so fremd wie wir auch, wir
alle, damals im Bauch.
Willkommen, Bleiben ist hier.

Sandra Hoffmann

Wo du stehst

Darauf kommt es an, wo du stehst.

Wo du hineingeboren wirst, wer deine Mutter ist, wer dein Vater.

Nichts hast du dir ausgesucht und dann stehst du da.

Und genau darauf kommt es an.

Und zuerst stehst du eigentlich nicht einmal da, du liegst da, du bist herausgefallen aus einem warmen, weichen Körper, und dann liegst du da.

Und wenn das Schicksal es mit dir nicht so ganz gut meint, liegst du da an einem Fluss in einer Baracke, in der es keinen Strom gibt und kein fließendes Wasser. Nur den Fluss. Es gibt den Fluss und der wird, wenn es regnet, ein Strom, und wenn es noch mehr regnet, erreicht der Fluss, der jetzt ein gewaltiger Strom ist, deine Baracke. Da liegst du. Und wenn du nicht mitgeschwemmt wirst, hast du schon einmal Glück.

Oder?

Man darf es nicht denken, aber man denkt: dass es sogar ein Glück sein kann, wenn der Fluss kommt und dich wegschwemmt, weil du dann nur diese ein, zwei Minuten noch mit dem Leben, mit dem Tod kämpfen musst und nicht ein ganzes Leben lang.

Das darf man nicht denken, das will man auch nicht denken, weil man keinen Tod denken will und keinen Tod wünschen will und schon gar nicht einem Menschen, der noch nichts von der Welt gesehen hat.

Aber es kommt darauf an, wo du stehst.

Und jetzt bist du dran. Denn du stehst dabei.

Du stehst an einem Fluss oder du stehst auf einer der schönsten Wiesen der Welt im Abendlicht und du stehst in einer Pfütze und du stehst auf einer Müllhalde und du stehst zwischen Baracken und du stehst nicht einmal zwischen Baracken.

Du wagst dich nicht weiter.

Du stehst neben notdürftig gezimmerten Schutzräumen aus Decken, Pappen, Schnüren, Plastik und Reifen und ohne Dach. Du stehst da, und es ist dir weit mehr als nur unangenehm, dass du da stehst, weil du dich fühlst wie ein Eindringling. Weil du da stehst mit deinen heilen Schuhen und sauberen Hosen, mit deiner wasserdichten Tasche samt Portemonnaie und Pass und einem Rückflugticket nach Deutschland. Weil du so dastehst neben Menschen in schmutziger Kleidung, mit braunen Zähnen oder zahnlosen Mündern, neben Frauen mit kranken Kindern und Kindern, die noch keine Frauen sind, aber schon Kinder haben. Weil du so leichtfüßig sauber dastehst, während alle, die vor dir stehen, sich die größte Mühe geben, nicht ganz schmutzig vor dir zu stehen. Da stehst du in einem Slum, der jenen in Indien in nichts nachsteht, mitten in Europa.

Da stehst du und du versprichst, ich werde von euch erzählen!

Da stehst du und der Älteste aus dem Lager brüllt seine Wut heraus, als du das sagst, seine Not darüber, dass so viele schon da waren, aber dass sich keiner um ihn und seine Familie und um die anderen Leute der Kommune schert, auch du nicht. Und du denkst, dass du dich zum Teufel scheren solltest, weil du nichts besser machst, aber du stehst da, weil du es so entschieden hast.

Du bleibst.

Da stehst du und der Alte sagt, du siehst, wie es hier aussieht, und du siehst, wie wir leben, und du siehst diese Pfütze und du siehst die kranken Kinder und du siehst die Villen dort droben und du siehst die Häuser da hinter uns, sie stehen leer. Siehst du das? Und du siehst den brüllenden schönen Alten, fast ohne Zähne, siehst seine wutdunklen Augen und du drehst dich um. Und du siehst die leer stehenden Häuser.

Und du willst sagen, warum könnt ihr da nicht einziehen? Und bevor du es sagst, weißt du es schon.

Und der Alte brüllt, weil sie uns nicht haben wollen, weil wir Dreck sind, weil wir kein Geld haben, weil wir keine Arbeit bekommen, weil wir stinken, weil wir keinen Strom haben, weil wir Zigeuner sind. Weil wir Zigeuner sind, bekommen wir keine Arbeit, haben wir kein Geld, haben wir keinen Strom, haben wir kein fließendes Wasser, haben wir nur den Müll und wir stinken.

Du stehst da und du verstehst, dass du etwas hörst, was wahr ist, und es macht dich sprachlos: Weil wir Zigeuner sind, sind wir Zigeuner.

Und du spürst dieses Gefühl der Ausweglosigkeit, spürst, dass der Korridor, durch den das Licht hier dringt, nur ein sehr schmaler ist und jetzt ohne Regen in der Abendsonne vielleicht noch etwas heller aussieht als in ein oder zwei Monaten, wenn der Winter kommt und der Regen, die Kälte.

Du stehst da und der Alte brüllt, er werde den Bürgermeister umbringen, wenn er kommt, und du nickst und du stehst da und jemand fragt nach Ibuprofen. Und du stehst da und jemand fragt nach Geld und jemand fragt nach Essen für die Kinder. Und du stehst da und nicht weit entfernt fällt eine alte Frau in den Dreck neben ihrer Hütte. Und du stehst da und die sechzehnjährige Mutter neben dir stillt ihr etwa zwanzig Monate altes Kind und du siehst, wie liebevoll sie mit ihm umgeht, und du denkst, dass dieses Kind es gut hat, weil es noch von nichts etwas weiß. Und du denkst auch, dass niemand von diesem Kind weiß, weil niemand von ihm wissen will. Weil wir mitten in Europa sind und Albanien lieber behauptet, es lebten hier 8000 Roma, als es wissen will, dass es mehr als 100 000 sind. Einhunderttausend Roma.

Roma sitzen in Müllcontainern, weil sie auf den Müll warten. Roma sitzen neben Müllcontainern. Roma stehen neben Müllcontainern. Roma stehen auf Müllkippen und warten auf neuen Müll. Roma ziehen Karren mit sortiertem Müll durch die Stadt. Roma sitzen zwischen Altkleidern an Straßenrändern der Vorstadt. Dreißigtausend Roma in Tirana leben vom Müll. Plastik ist Silber. Blech ist Gold. Gebrauchte Kleider sind auch etwas wert.

Roma wohnen in Hütten, in Baracken und selten in Hütten, die fast schon Häuser sind. In diesen Häusern kann man vom Boden essen, so sauber ist es darin.

Die Kommune am Fluss besuche ich zwei Mal. Ihre wilden Hunde stehen am Wasser und glotzen hinein und hinüber auf eine gigantische Müllkippe. Es ist der Arbeitsplatz. Die Katzenkinder ziehen mit den Hunden umher. Es gibt Hühner, die hält jemand auf dem Gelände einer Familie, die es für mehrere Monate vermietet hat, um mit dem Geld Bustickets nach Deutschland zu kaufen.

Vielleicht kommen sie nie wieder. Der Junge, der das erzählt, strahlt. Deutschland. Fußball. Er hebt den Daumen.

Vor den Häusern oder Hütten stehen vor allem Frauen und Kinder. Wer hier wohnt, wohnt illegal. Hier, das meint das Flussbett am Rande der Stadt. Hier wohnt der Fluss. Je weiter entfernt vom Fluss sie wohnen, desto besser sind sie dran. Je weiter vom Fluss entfernt, desto befestigter sind die Hütten. Die Frauen einer Großfamilie stehen vor einer besseren Hütte. Auch sie strahlen. Sie sind aus Deutschland zurück seit drei Tagen. Sie sind nach drei Monaten abgewiesen worden.

So viele Menschen aus Syrien, sagen sie. Krieg, sagen sie.

Das stimmt, sage ich, aber wen der Fluss fast wegschwemmt und wer so leben muss wie ihr, hat auch Asyl verdient. Sie zucken mit den Schultern.

Deutschland ist gut, sagen sie.

Das schwer kranke Kind hat in Deutschland eine Operation bekommen, die ihm das Leben rettete. Es ist jetzt vollkommen gesund. Die Menschen in Deutschland sind höflich. In Deutschland war man freundlich. Du kommst aus Deutschland? Bravo. Bravo.

Zwei Tage später hat Deutschland beschlossen, Albanien als sicheres Herkunftsland einzustufen.

Und du stehst da und du weißt, all jene Familien, die gerade oder vor nicht allzu langer Zeit nach Deutschland gereist sind, die ihre Hütten gegen Bustickets eingetauscht haben, ihr Wohnrecht verkauft haben, werden bald zurückkommen, weil sie nicht die winzigste Chance auf Asyl haben in Deutschland, weil Dreck und Hunger und Diskriminierung nicht im Maßnahmenkatalog für Asyl stehen. Und sie werden hier stehen oder anderswo am Rande dieser Stadt und gar nichts mehr haben, wenn nicht irgendjemand sich ihrer annimmt. Irgendjemand bedeutet in Albanien niemand.

Die Großfamilie steht im Hof ihrer Einzimmerhütte ohne Strom, aber mit Brunnen, und bittet mich herein. Ich bin ein Überraschungsgast, aber als sie mich auf dem Weg zwischen den Häusern mit meinem Dolmetscher und umringt von wenigstens 20 Menschen gesehen haben, wollen sie, dass ihre Kinder mit mir Deutsch sprechen. Auch sie sind gerade zurückgekommen. Und wieder ist Deutschland wunderbar. Alle sind sehr höflich. Alle sind sehr nett gewesen zu ihnen.

Warum ist Deutschland so toll?, frage ich.

Man bekommt eine Unterkunft und Essen und etwas Geld zum Leben, sagen sie.

Dass das nicht für immer so sein würde, wenn sie blieben, verstehen sie nicht.

Sechs Monate haben sie nicht davon abbringen können, dass Deutschland das Paradies ist.

Warum?, frage ich noch einmal.

Und es gibt eine überzeugende Antwort von Cristina, der Tochter der Familie, die auf Deutsch sagt: Wir konnten in die Schule gehen, und die Lehrerin war nett zu uns.

In Albanien ist niemand nett zu ihnen. Roma stinken, Roma tragen löchrige Schuhe, Roma sind Diebe. Die Familie hat etwas Geld gespart, während sie in Deutschland war und auf Asyl hoffte. Davon haben sie sich jetzt eine riesige Couch für die Großfamilie gekauft und ein Küchenbuffet. Sie wünschen sich Normalität. Sie sind stolz, und besonders die Großmutter ist stolz, und sie ist sehr, sehr schön. Sie leben ohne Strom und das Wasser kommt aus einem Brunnen. Man kann es nicht trinken.

Und du stehst da und sie fragen, ob du einen Tee haben möchtest, und du denkst an deine Typhusimpfung und an deine Hepatitisimpfung und du schämst dich, dass du jetzt daran denkst, und freundlich sagst du, nein danke, und du denkst, dass du ein Feigling bist. Und alle stehen sie um dich herum, als du wieder gehst, nach ein oder zwei Stunden, und winken. »Tschüss«, rufen sie. So wie sie es rufen, klingt das wie eine Liebkosung. »Tschüss« ist ein Sehnsuchtswort in der Roma-Sprache.

Die Familien T. sind verwandt, weil die beiden Männer der Familie Brüder sind. Sie stehen auf einer Betonplattform neben einem Abgrund, hier gab es einmal Häuser. Ein Bagger steht im Loch. Eine Katze kommt vorbei. Eine Frau mit Harke schimpft laut hinter mir. Die Tochter wäscht Teppiche. Jemand gibt ihr dafür Geld. Der, den ich Titi T. nenne, weil er mich sehr an den Geiger Titi Winterstein erinnert, ist wenige Tage zuvor mit seiner Familie aus Deutschland zurückgekehrt. Der Asylantrag wurde abgelehnt. Aber seine Frau hat eine Brustoperation bekommen und ist gesund.

Dafür bin ich unendlich dankbar, sagt Titi. Und er zieht aus einem großen Rucksack, der der Aktenordner der Familie ist, einen Arztbrief mit der Diagnose.

Ist sie wirklich gesund?, will er wissen.

Fibroadenom, lese ich. Sie sind wirklich gesund, sage ich zu Titis Frau, und dass das kein Krebs sei.

Ihr Haus ist abgerissen worden, während sie weg waren.

Wo sie jetzt hingehen? Sie zucken mit den Schultern.

Ich sitze auf einem zusammengenagelten Stuhl. Die Frau, die wohl nicht zur Familie gehört und viel jünger ist, als ich denke, steht mit der Harke noch immer hinter mir, und als ich sie am übernächsten Tag zum zweiten Mal sehe, weiß ich, sie tut nichts, sie ist nur ein bisschen verrückt.

Der Bruder von Titi T. zeigt mir beim zweiten Besuch eine Liste von 1993, auf der sein Haus verzeichnet ist, als eines, für das er Entschädigung bekommen soll, falls es abgerissen wird. Darunter ein Stempel samt Unterschrift von der damaligen Regierung. Und jetzt soll sein Haus in den nächsten Tagen ebenfalls abgerissen werden. Deshalb weichen er und seine Familie keinen Schritt von der Stelle.

Lassen wir es einen Tag allein, kommen die Bagger, sagt Herr T.

Sie haben das ja gerade am Haus von Titi erlebt. Sie wollen bleiben oder Entschädigung. Entschädigung bekommen aber nur die, die keine Roma sind, sagt Herr T. Die Regierung ist korrupt und jede Regierung macht neue Gesetze, die alten treten außer Kraft. Versprechen gelten nichts. Und Versprechen an Roma gelten am allerwenigsten.

Warum?, frage ich. Können Sie sich das erklären?

Weil wir nichts wert sind, sagt Herr T., der ein großgewachsener, imposanter Mann ist, und als ich zum zweiten Mal zu ihnen komme, um mich für das erste Gespräch zu bedanken und nach den Töchtern zu fragen, die Asyl in Deutschland beantragt haben, schaut er mich an, wenn er mit mir spricht.

Warum seid ihr Roma nichts wert, warum ist das so?, frage ich ihn.

Weil die sagen, wir stinken, wir stehlen, wir wollen nicht arbeiten. Er macht eine wegwerfende Handbewegung. Wir stinken aber nicht. Wir waschen uns und schicken die Kinder in die Schule. Sie müssen lernen, sie müssen es besser haben. Unter der letzten Regierung war ich staatlicher Maler, sagt er. Die neue Regierung hat allen Angestellten der alten gekündigt.

Da stehen wir nun zusammen auf der Plattform, die bald eine große Straße sein wird, Herr T. und seine Frau und mein Dolmetscher und ich, und ein bisschen sind wir wie ratlose Freunde. Als wir gehen und schon fast am Auto sind, ruft jemand nach uns. Es ist Titi, er wollte »Tschüss« sagen.

Ich wollte sehr gerne Herrn T.s große Tochter in einem Aufnahmelager in der Nähe von Frankfurt besuchen, ich habe es versprochen. Aber es gelingt nicht, Kontakt mit ihr aufzunehmen. Sie meldet sich nicht zurück. Und ich denke, am Ende steht man hier oder dort, und nur wenn man sich traut, ganz, ganz nah heranzutreten, kann man für einen Moment gemeinsam irgendwo stehen. Eine Stimme am Telefon aber ist weit weg.

Galal Alahmadi

Zu Hause

1

Ich sitze jetzt einsam
am runden Tisch
ich sitze rund
um mich selbst herum
gleiche jetzt einem Tisch, an dem niemand sitzt
sitze jetzt
irgendwie
rieche nach Tabak und Verlust.
Mein Herz ist ein Schrank voll mit Kleiderbügeln
und Beziehungen wie Andenken
mein Kopf ist eine rostige Sardinenbüchse
wenn der Wind ihn bewegt
höre ich das Miauen eines verirrten Katers
wenn Kinder mit Steinen nach mir werfen
rollt er zur Mülltonne
wenn ich nach der Zeit frage
werde ich dem Nichts geöffnet
wenn ich frage
werde ich leicht wie nichts.
Rechts von mir Wind
links von mir Wind
Wind holt mich ab
Wind setzt mich ab.
Je höher ich dem Boden des Gedankens entschwebe
desto mehr sehne ich mich nach dem Fall
auf die scharfe Wirklichkeit.
Ich bin ein Stein, der ans Fliegen denkt
sitze wie ein alter Gott auf der Schwelle meiner Trübsal
und denke nach
überlege, ein neues Gedicht zu schreiben
über eine Frau, die ich nicht kenne

überlege, ein Bild zu malen
von einer Frau, die nicht kommt
überlege, wie ich sie zu einer Tasse Tee einlade
ich denke an den langen Weg, der zur Tür meines Hauses führt
denke an den langen Weg, der zu meinem Haus führt
denke an den langen Weg zu meinem Haus
denke an den Weg zu meinem Haus
denke an mein Haus
dann denke ich darüber nach
einen Griff für die Tür zu kaufen
und eine Tür für die Wand
und eine Wand für uns
aber jetzt habe ich Hunger
und will das alles beenden
dann will ich alleine weinen
und schlafen.

2

Ein Lastwagen, beladen mit Leichen
kreist immerzu in meinem Kopf
überrollt auf der Fahrt die Geister derer
die ich einmal geliebt habe
und reißt ihre Überreste mit.
Schwarz und feucht dampft es hinten heraus
ohne Ende
ohne Namen, ohne Gedanken
ohne Stimme, nur ein chronischer Lärm
und der Geruch von verendeten Erinnerungen.
Schließe ich die Augen, dann schrumpft sein Dasein
auf eine Träne zusammen.
Er fährt los, geht in die Kneipe
betrinkt sich
schüttelt jedem die Hand
küsst alle
beschimpft sie
und kommt zurück
bevor ich aufwache.

Ein Lastwagen, betrunken
und traurig
schlingert durch die Dunkelheit in meinem Schädel
kriecht vorwärts ohne Räder
ohne echten Körper
sucht auf schmalen, rutschigen Wegen
nach dem Ende
oder nach einem flüchtigen Gedanken.
Ein Lastwagen, betrunken
und wütend
zum Bersten voll mit Leichen
kreist
und kreist
seit der Zeit vor den Göttern
seit der Zeit vor der Zeit
für nichts
für niemanden
einfach nur
weil er ein Lastwagen ist
weil es einen Kopf gibt
weil er etwas tun muss.

3

Ein abgetrennter Kopf in meinem Kühlschrank.
Ich weiß nicht, was er an so einem kalten Ort macht.
Das heißt, jemand hatte gestern
im Schlaf keine Albträume.
Ich kann mit dem Ding auf der Schulter
durch die Straßen gehen
und mit allen sprechen
ohne dass jemand etwas bemerkt.
Bemerkt, dass die Wörter nicht an der richtigen Stelle herauskommen.
Ich kann das Ganze doch einfach ignorieren
und in mein Leben zurückkehren
heiraten
und Kinder in die Welt setzen

alt werden
dann sterben.
Meine Kinder erben den Kühlschrank
eines nach dem anderen macht ihn auf
nimmt das Ding
geht durch die Straßen
spricht mit allen
ohne dass uns jemand bemerkt.

4

Ich wache auf
ein Baum liegt neben mir.
Es ist wohl der Durst
der uns hierher verschlagen hat, denke ich.
Ich gehe in die Küche
ein Bär sitzt am Tisch.
Ich muss wohl viele Türen
offen gelassen haben
in meinem Leben.
Ich ignoriere ihn einfach ein paar Jahre, sage ich mir
dann verschwindet er schon
oder
er wird zu Luft.
Ich drehe den Wasserhahn auf
heraus kommt ein Fisch
ein zweiter
ein dritter
vielleicht ist ein tollwütiger Jäger
hinter ihnen her
ich überlege
wenn ich ihnen eine Heimat gebe
leben sie vielleicht einen Tag länger.
Ich stöpsele den Abfluss zu
und trinke zusammen mit
den Fischen
dem Bären
dem Baum

dann gehe ich hinaus ins Freie
und heule.

Aus dem Arabischen von der Gruppe »Al trifft Derdiedas«

Björn Bicker

Das Hohelied

1 Ein Mittagessen.

Sie beten.
Sie singen.
Sie lieben ihre Gemeinde.
Sie lieben ihre christliche, brasilianische Gemeinde.
Sie beten vor dem Essen.
Sie beten nach dem Essen.
Das ganze Essen ist ein Gebet.
Sie hängt sein Sakko in der Mittagspause an den Haken und gibt ihm einen Kuss.
Ihre Hausschuhe gleiten sanft über das glänzende Laminat.
Sie essen jeden Tag gemeinsam.
Sie kocht.
Sie wohnen direkt gegenüber der Credit Suisse.
Er arbeitet dort.
Er kommt zu spät.
Er kommt aber nur einen Deut zu spät.
Ein paar Minuten.
Er lächelt.
Er sagt: Dort gibt es Leute, die sprechen kein Wort Deutsch.
Er sagt: Inder.
IT.
Sie müssen ausziehen.
Sie suchen eine Wohnung.
Eine neue Wohnung suchen in Zürich.
Er sagt: Das ist nicht leicht.
Sie sagt: Wie alles.
Er sagt: Wir beten jeden Tag für eine neue Wohnung.
Er erklärt, was man tun muss, damit eine Wohnung vom Himmel fällt.
Annoncen aufgeben. Kollegen fragen. Intranet. Credit Suisse.

Der Vorname: Thomas ist gut.
Der Nachname: eher schlecht für die Wohnung.
Er sagt: Das kenne ich schon.
Sie lernen gemeinsam Aramäisch.
Er holt das Buch, mit dem sie Aramäisch lernen.
Er fährt mit dem Finger die Schriftzeichen entlang.
Sie lächelt.
Zwei Sprachen.
Eine Spülmaschine.
Das aramäische Wort für Spülmaschine.
Sie fragt: Wer braucht das.
Sie fragt auf Portugiesisch.
Er antwortet auf Schwyzerdütsch.
Sie sagt: Kannst du das bitte noch einmal wiederholen.
Sie sagt das ganz langsam.
Er sagt: Ich will meine Herkunft nicht vergessen.
Das haben meine Eltern alles schon erlebt.
Die haben sich krummgelegt für mich.
Für ihren Sohn.
Die haben kein Wort Deutsch gekonnt, als sie hierher gekommen sind.
Aus der Türkei.
Das haben sie für mich getan, sagt er.
Meine Eltern, sagt er, waren Pioniere.
Helden.
Sie sagt: Ich vermisse die brasilianische Sonne.
Er sagt: Ich verstehe das.
Sie hat glasige Augen.
Sie sagt nichts.
Sie weiß nicht, wie sie es sagen soll.
Sie spricht portugiesisch.
Over Voice.
Er sagt: Ich bin Schweizer, ja, ich bin Schweizer.
Er sagt das und lächelt.
Weil er dann sagt: Na ja, eigentlich bin ich kein Schweizer. Ich bin Aramäer. Türke. Migrant. Aber ich bin höflich.
Ich bin Christ.

Sie klebt ein Schild auf den Ledersessel.
Auf dem Schild steht: Der Ledersessel.
Sie sagt: Meine Mutter ist krank. Depression.
Er sagt: Die letzte Tochter hat geheiratet.
Und ist nach Europa.
Sie ist geblieben.
Und sie, die Tochter, ist hier.
Er sagt das sehr verständnisvoll.
Sein Sakko hängt im Flur am Haken.
Sie wollen unbedingt, dass die Kinder Portugiesisch sprechen.
Sie werden traurig.
Weil sie noch keine Kinder haben.
Sie freuen sich auf ihre Kinder.
Sie wollen drei Kinder.
Sie lächeln.
Sie schauen auf die große Fotografie, die an der Wand hängt:
Sie trägt ein weißes Kleid.
Er trägt einen schwarzen Anzug.
Sie lachen.
Sie strecken die Hände in die Luft.
Die Schweizer Luft.
Sie schauen in die Zukunft.
Sie sitzen am Tisch.
Sie essen Lasagne.
Und schauen in die Zukunft.
Sie schauen jeden Tag in die Zukunft.
Sie spricht portugiesisch.
Er übersetzt.
Sie sprechen gemeinsam.
Sie sind eine Sprache.
Sie spricht.
Er ist ihre Over Voice.
Sie spricht. Er übersetzt.
Wann hört das auf.
Sie sagen: Das Klavier ist ihre Rettung.
Er sagt: Wenn das aufhört, haben wir uns schon daran gewöhnt.
Sie darf mittags nicht spielen.

Er weiß, dass die Schweizer keine Ruhestörung mögen.
Sie freut sich über die alte Dame, die über ihnen wohnt.
Die Alte will ihre Musik hören und wundert sich, wenn sie nicht spielt.
Sie klebt ein Schild auf den Kühlschrank.
Sie klebt ein Schild auf die Raufasertapete:
Jesus Christus.
Jesus Christus.
Jesus Christus.
Da hilft das Beten nicht.
Wenn sie ihre Abschlüsse hier in der Schweiz nicht anerkennen, hilft kein Gebet der Welt.
Die Schweizer Gesetze sind mächtiger als jedes Gebet dieser Welt.
Er lacht.
Er sagt: Das glaube ich nicht.
Sie sagt: So begreifen wir unsere Gebete nicht.
Sie sagt: Bei uns ist das normal. Dass man betet.
Da beten alle.
Er sagt: Wenn du hier betest, halten sie dich für bekloppt.
Und die Unruhen. In Brasilien.
Das machen die Jungen.
Nicht die Alten.
Nicht wir.
Das machen die Jungen.
Krankenhäuser.
Schulen.
Busse.
Das muss alles besser werden, sagt er.
Dafür kann man beten.
Dafür kann man etwas tun.
Sie nehmen sich vor, auf den Berg zu gehen.
Das nächste Mal. Da, wo die FIFA sitzt.
Sie hängt sein Sakko in der Mittagspause an den Haken und gibt ihm einen Kuss.
Er sagt: Wir sind nicht nach Brasilien gegangen, weil ich dort keinen Job gefunden hätte.
Er sagt den Satz immer wieder.
Bis er stimmt.

Bis er nicht mehr stimmt.
Ein Mann muss arbeiten.
Sonst fehlt ihm was.
Sie lächelt.
Sie lächelt.
Sie lächelt so wunderbar, sagt er.
Das ist unser Traum, sagt er.
Over Voice.
Er sagt: Ich liebe Fußball.
Liebe deinen Nächsten wie dich selbst.
Sei bescheiden.
Wie Paulo Sergio.
Wie Zé Roberto.
Sie sagt: Wenn ich singe, bin ich glücklich.
Er sagt: Ich kann nicht singen.
Aber als ich sie gesehen habe, dort, in Brasilien,
wie sie gesungen hat, da war es klar.
Ich war glücklich.
Ich bin glücklich.
Ich werde glücklich sein.
Ich werde glücklich gewesen sein.
Das ist meine Frau.
Sie ist älter als ich, sagt er.
Er sagt: Sie hat zwei Brüder.
Zwei starke Brüder.
Zuerst habe ich mich nicht getraut, sie anzusprechen.
Dann aber doch.
Die Teller klappern.
Das Besteck kratzt auf dem Porzellan.
In der Wohnung hallt es.
Sie sagt: Jeden Tag Sprachkurs. Montag bis Freitag.
Er sagt: Wir haben uns ein Jahr gegeben, dann muss das klappen
mit der Sprache. Sie kommt nach Hause und klebt ein neues Schild.
Die Fernbedienung.
Dann kocht sie.
Jetzt sitzen sie da und essen.
Gemeinsam.

Und reden. Und dann ist er satt.
Und muss zurück in die Firma.
Sie beten.
Er sagt, dass seine Eltern zufrieden sind mit seinem Glauben.
Sie sind orthodox.
Du sollst Vater und Mutter ehren.
Das ist eine Frage an uns.
Er sagt: Du musst dafür beten.
Dass du sie ehren kannst.
Sie sind hier angekommen und hatten nichts.
Ich bin dankbar.
Kein schlechtes Wort.
Sie räumt den Tisch ab.
Nach dem Gebet.
Sie hält ihm sein Sakko hin.
Er streckt seine Arme nach hinten aus.
Er sieht aus wie ein Vogel.
Sie verlassen die Wohnung.
Sie hat etwas vergessen und geht zurück.
Er wartet nicht.
Er verabschiedet sich und geht wieder zur Arbeit.
Er muss nur über die Straße.
Am Abend sehen sie sich wieder.
Und beten.
Und essen.
Und schauen fern.
Und lernen Aramäisch.
Die Sprache, die Jesus gesprochen hat.

2 Ein Sprachkurs.

Auf jedem Gegenstand ein Aufkleber, auf dem steht, wie der Gegenstand heißt.
Das Sofa.
Der Sessel.
Der Fernseher.
Das Fenster.

Die Küche.
Der Herd.
Der Tisch.
Der Flur.
Das Bett.
Das Bild.
Der Nagel.
Der Teppichboden.
Die Kacheln.
Die Toilette.
Die Klobrille.
Der Rasierapparat.
Die Zahnbürste.
Die Slipeinlagen.
Das Parfum.
Die Zahncreme.
Die Dusche.
Das Bett.
Das Kopfkissen.
Das Betttuch.
Das Radio.
Der Lippenstift.
Die Haartönung.
Der Wasserhahn.
Der Schwangerschaftstest.
Der DVD-Player.
Der Computer.
Die Gabel.
Das Messer.
Die Türklinke.
Die Tasse.
Der Balkon.
Wie soll ich die Namen der Dinge lernen, die ich nicht besitze.
Wie soll ich die Namen der Dinge lernen, die man nicht besitzen kann.
Die gar keine Dinge sind.
Die Sehnsucht.
Die Liebe.

Die Enttäuschung.
Die Angst.
Die Reise.
Die Flugreise.
Die Abneigung.
Die Wut.
Der Gestank.
Der Geruch.
Die Sauberkeit.
Der Dreck.
Der Mundgeruch.
Die Zukunftsangst.
Der Kinderwunsch.
Die Allergie.
Das Würgemal.
Der Bluterguss.
Die Übelkeit.
Die Müdigkeit.
Der Klang.
Die Note.
Das Gebet.
Gott.
Die Staatsbürgerschaft.
Sünde.
Vergebung.
Demut.
Himmelfahrt.
Auferstehung.
Grenze.
Ozean.
Wo klebt man das Schild für die Grenze hin.
Auf welche Seite der Grenze klebt man das Wort Grenze hin.
Geduld.
Unruhe.
Lust.
Unlust.
Der Duft.

Sie sagt: Ich muss diese Sprache lernen. Ich muss.
Ich muss.
Ich will diese Sprache lernen.
Sie sagt: Ohne Sprache ist alles nichts.
Er sagt: Wir unterhalten uns auf Portugiesisch.
Over Voice.
In der Kirche sprechen wir Portugiesisch.
Und Deutsch.
Er sagt: Man könnte es den Menschen einfacher machen.
Man könnte jeden Gegenstand in der ganzen Stadt beschriften.
Man könnte auf jeden Gegenstand draufschreiben, wie er heißt.
Und später, wenn alles noch viel weiter ist, dann könnte man das auch noch digitalisieren.
Ja, sprechende Gegenstände.
Du berührst die Tram und die Tram sagt: Ich bin eine Tram.
Sie lacht und sagt: Die Kleider im Geschäft sagen, was sie kosten und welche Größe sie haben. Das ist die Zukunft. Die Dinge sprechen mit uns. Wir lernen die Sprache mit den Dingen. Morgen, sagt sie, ist die Prüfung.
Ich will diese Prüfung bestehen.
Damit ich die nächste Prüfung machen kann.
Damit ich arbeiten kann.
Ich will endlich arbeiten.
Nicht nur sprechen.
Und Wörter lernen.
Er lächelt.
Sie hätte nicht von da weggehen müssen, wo sie herkommt.
Sie war Lehrerin.
Eine Lehrerin mit einer Festanstellung.
Hier kriegt sie nicht mal einen Job bei McDonald's.
Er sagt: Ich habe nichts gegen Leute, die bei McDonald's arbeiten, im Gegenteil, ich habe gegen niemanden etwas, ich bin Christ, aber ich weiß auch, dass meine Frau eine gute Ausbildung hat, und nur, weil sie jetzt hier ist in diesem Land, darf sie nicht arbeiten als Lehrerin, dabei ist sie die beste Lehrerin, die sich dieses Land wünschen kann. Er sagt: Ich verstehe das nicht.
Das Neue Testament.

Der Gospel.
Die Eltern.
Die Reise.
Die Brüder.
Die Mutter.
Der Vater.
Die Medikamente.
Das Geld.
Er lacht.
Immerhin arbeite ich bei einer Bank. Credit Suisse.
Da gibt es Leute, die können kein Wort Deutsch.
Das ist eine Bank.
Da geht es um Geld.
Geld kommt immer an.
Irgendwo.
Und alle, die mit Geld zu tun haben, lachen.
Reiben sich die Hände.
Wir beten.
Und lernen Aramäisch.
Es gibt keine Vokale.
Nicht in dieser Sprache.
Das ist eine alte Sprache.
Eine ganz alte Sprache.
Vielleicht eine der ältesten.
Sie sagt: Ich verstehe kein Wort.
Er sagt: Das ist die Sprache, die Jesus Christus, unser Erlöser, gesprochen hat.
Er nimmt ihre Hand.
Er lächelt.
Sie lächelt.
Es ist kalt.
Wir schaffen das.
Wir lernen einfach weiter.
Deutsch.
Schwyzerdütsch.
Portugiesisch.
Aramäisch.

Rania Mleihi

Die Gefühle eines Tages

I'm calming down and relaxing. I'm paying attention to my breathing only. I'm paying attention only to the air entering my lungs in and out. I can feel myself getting calmer and calmer with every breath I take.

Ich liebe meine Küche, die meiste Zeit über sitze ich hier. Ein kleiner unordentlicher Raum, aber sehr gemütlich, ein Tisch, zwei Stühle. So viele Dinge stehen auf dem Tisch. Vielleicht ein Symbol für die Unordnung in meinem Kopf: Gläser, Schokolade, Nüsse, Bier, eine Kerze, eine welke Rose in einer Vase, eine leere Cola-Dose, ein Glas mit Honig, ein Brownie, eine Flasche Wein, eine halbe Avocado, eine Pralinenschachtel aus Damaskus, die mir ein Freund, den ich hier in Hannover kennengelernt habe, bei seinem letzten Besuch mitgebracht hat. Heute war ich bei ihm. Er wollte, dass ich den Mann kennenlerne, mit dem er ausgeht. Sie haben syrisch für mich gekocht. Ein Gericht, das ich zuletzt vielleicht vor neun Jahren gegessen habe oder so. Eigentlich ein ganz einfaches Gericht. Nur gekochte Tomaten mit Fleischbällchen, dazu isst man Reis. Normalerweise koche ich nicht für mich selbst. Ich koche nur für Freunde und Menschen, die ich liebe. »Du isst allein, du stirbst allein«, hat mein jüdischer Mitbewohner gesagt, als ich ihn zum Essen einlud, weil ich nicht gern alleine esse; das war damals, 2007, als ich zum ersten Mal in Deutschland war, und diesen Satz höre ich immer noch jedes Mal in meinem Hinterkopf, wenn ich mich an den Tisch zum Essen setze.

Vielleicht esse ich deshalb immer, während ich einen Film oder eine Serie anschaue.

I'm filled with calmness. I'm filled with peace!
I'm filled with calmness and peace!

Ich bin vor ungefähr dreißig Minuten nach Hause gekommen. Samstagabend, 19 Uhr, ich sitze in meiner Küche und will eine Tasse Tee trinken und Netflix schauen. Ich schaue zurzeit *Jane the Virgin.* Vier

Episoden pro Tag, mindestens. Eine einfache, kitschige Serie, die mich zum Lachen bringt.

Mein Internet geht aber nicht, also gibt's heute nichts zu sehen.

Ich habe mir eine Tasse Tee gemacht und höre Musik. Ich höre immer Musik. Ich kann nicht sitzen, ohne im Hintergrund etwas zu hören. Als ich heute bei meinem Freund zum Mittagessen war, haben wir Musik geteilt: Jeder hat dem anderen seine Lieblingsmusik vorgespielt. Und ich habe ihm auch meine Lieblingssängerin vorgestellt, Lhasa. Ich habe sie schon lange nicht mehr gehört, aber heute ist mir ein Lied von ihr in den Sinn gekommen.

You have travelled this long
You just have to go on
Don't even look back to see
How far you've come
Though your body is bending
Under the load
There is nowhere to stop
Anywhere on this road

Dieser Satz ist mir geblieben:
»There is nowhere to stop anywhere on this road.«
Nirgendwo auf dieser Straße ein Ort, um stehenzubleiben.

I'm calming down and relaxing. All the external noises and external problems are drifting away from me. I am giving myself to the calmness. I am giving myself to the desire to achieve bodily, spiritual and mental harmony. I'm calm and relaxed.

Ich habe nachgerechnet:
Ich habe mein Land vor 2920 Tagen verlassen.
2920 Tage in Europa.
840 Tage in Deutschland.
2555 Tage im Krieg.
0 Besuche in meiner Heimat, ich habe es nie wieder nach Hause geschafft.

Eine Frage geht mir oft durch den Kopf: Ist das wirklich mein Leben? Hatten Sie je das Gefühl, Ihr Leben aus der Ferne zu betrachten, anstatt es zu leben? Es ist absurd.

My shoulders, my arms and my hands are becoming loose. My back is becoming loose. My hips are relaxing and my legs are becoming loose. I can feel them safely on the ground.

Meine kleine Schwester, die in Damaskus lebt, sollte jetzt neben mir sitzen, während Sie diesen Text lesen. Aber sie hat kein Visum bekommen. Aus keinem anderen Grund, als dass sie nicht finden, dass ihr Antrag zu ihrem Lebensplan passt. Was für ein Lebensplan? Woher wollen sie den kennen? Welchen Plan hat sie denn? Den Plan, dass kein Leben übrig ist. Au Pair passt nicht zu dem Lebensplan einer 22-Jährigen, aber Krieg schon. Ich weiß nicht, warum wir als Menschen geboren wurden. Ich beneide Hunde, ihr Leben ist ganz einfach und sie führen keine Kriege.

Jedenfalls wird sie nicht kommen. Niemand wird kommen. Die Enttäuschung schmerzt. Ich hatte die Hoffnung, dass ich sie sehen werde und alles wiedergutmachen kann, was sie in diesem schrecklichen Krieg hat sehen müssen. Aber was mich noch mehr schmerzt, ist die Tatsache, dass meine Mutter ihre Lieblingskette verkaufen musste. Das Einzige, was sie von meiner Großmutter hatte. Sie hat sie verkauft, um den Taxifahrer zur deutschen Botschaft in Beirut bezahlen zu können, um den Pass meiner Schwester von dort zurückzubekommen. Das ist nicht fair.

In *Jane the Virgin* gibt eine Szene, in der die drei Frauen (Großmutter, Mutter und Tochter) nach einem großen Streit auf der Terrasse sitzen und ganz offen miteinander darüber reden. Obwohl die Situation überhaupt nicht einfach war. Für mich ist das sehr berührend. Die Serie, die mich ablenken soll, bringt mich zurück zu meinen inneren Konflikten. Mit meiner Mama habe ich nie so offen geredet, und ich weiß nicht, ob wir noch jemals die Gelegenheit dazu haben werden. Sie ist eine tolle, starke Frau, und sie ist »ein bisschen sehr« Idealistin: Man darf keine Fehler machen. Als ich klein war, hatte ich Angst vor ihr, und jetzt habe ich Angst um sie.

My right arm is getting heavy. My left arm is getting heavy. My legs are getting heavy. My whole body is getting heavy. My arms are getting warm. My whole body is getting warm. My body is resting relaxed, heavy and warm.

Ich habe Alpträume. Ich habe Schlafprobleme. Ich fürchte mich, oder besser gesagt, ich habe Angst. Ich habe Angst, Menschen, die ich liebe, zu verlieren, ohne sie vorher noch mal sehen zu können. Ich bin unruhig. Ich glaube, heutzutage haben viele Menschen Angst. Angst zu haben, ist nicht schön. Man wird nie ankommen, wenn die Reise von Anfang an durch das Unbekannte geht. Man wird nirgendwo ankommen, solange man Angst hat.

Ich blättere alte Notizen durch. Ich habe etwas gelesen, das ich 2015 geschrieben habe: »Wenn Wasser auf Feuer trifft, gibt es keine Definition für das, was man durchmacht. Die Hände sind auf den Rücken gefesselt, und es gibt nichts, was man tun kann. Als wäre der Schmerz, das Schicksal, Teil von einem selbst. Man muss es nur empfangen, es aufnehmen, und das Gefühl verteilt sich im ganzen Körper. Man kann es nur loswerden, indem man es auslebt und im Ganzen nimmt.«

I'm calming down and relaxing. My body is resting and relaxing.

Jemand klopft an der Tür. Ich erwarte niemanden. Ich öffne die Tür und da steht meine Nachbarin. Sie hat ein paar Freunde zum Abendessen eingeladen und will, dass ich auch dazukomme. Wir haben uns zuvor ungefähr zwei Mal unterhalten. Sie spielt in einem Fußballteam und im Sommer werde ich auch mitmachen, damit ich meinen Kindheitstraum (vielleicht) zurückbekomme.

I'm filled with calmness and peace!

Aus dem Englischen von Marion Hertle

Rebecca Ellsäßer

Luftwurzeln

Damals befandest du dich in einem Zustand des Schwebens – in der Zeit, ehe das Semester begann. Vieles davon erscheint dir heute unwirklich wie durch den Schleier eines Traums. Aber Novembertage, vor allem spätnachts und wenn du allein bist, reißen eine Bresche in die Zeit. Plötzlich taucht ein Detail in der Erinnerung auf, ein Gesicht, ein Geruch, eine Wendung, und du musst nichts weiter tun, als hindurchzuschlüpfen durch die Schichten der Jahre wie durch ein Gestrüpp.

Und warum solltest du es nicht wagen und noch einmal in dein Viertel zurückkehren, durch die Gassen der Altstadt bis an die Ränder, wo der Herbstregen die Brachen zwischen den Wohnblocks in Morast verwandelt und der Tag schon früh hinter den Dächern verschwindet?

Die Nacht deiner Ankuft meinst du in Einzelheiten zu erinnern. Silbrig glänzend das Pflaster im ewigen Nieselregen. Gestalten huschen über das Halbrund des Bahnhofsvorplatzes und verlieren sich in der Dunkelheit. Trotz der Nässe ist es erstaunlich mild für die Jahreszeit. Du spürst, wie Wasser in deine Sohlen dringt, es kommt dir warm vor, und kurz spielst du mit dem Gedanken, die Schuhe auszuziehen, um barfuß weiterzugehen. Eine Haarsträhne klebt dir im Gesicht, die salzig schmeckt wie Tang.

Ihr fahrt schweigend. Dein Rücken am glatten Leder des Taxisitzes. Draußen eine kulissenhafte Finsternis. Ganze Straßenzüge liegen da wie ausgestorben. In diagonalen Bächen rinnt das Wasser übers Fenster, fließt dir über die Wangen. Wie Tränen, denkst du, im Spiegelbild, und abrupt ziehst du den Kopf zurück, drückst Wange und Nase in den rauen Stoff deines Mantels. Der Mantel ist ein Erbstück. Deine Mutter hat ihn vor vielen Jahren einmal im Hafen von Helsinki erstanden. Zurück aus der Heimat, ist er ihr kastig und zwei

Nummern zu groß vorgekommen. Grotesk breite Schultern, anthrazitfarbene Wolle, das erstaunliche Gewicht des Futters. Dir hat er gleich imponiert. In den Taschen hast du, neben einem Bündel Briefe, die vertrockneten Hülsen von Zuckererbsen gefunden. In deinen Händen sind sie zerbröselt.

Ihr fahrt vorbei an Einfamilienhäusern mit scharfkantigen Vorgärten. In einer Lücke erkennst du eine Schaukel, ein Fußballfeld, nirgendwo ein Kind. Vielleicht schlafen schon alle. Schweigend fahrt ihr weiter durch Alleen, die breiter wirken als dort, wo du herkommst, und gesäumt sind von Platanen, deren Häupter sich schütteln im Wind. Du versuchst ein Lächeln. Es stört dich nicht, dass er raucht. An einer Ampel öffnet er das Fenster einen Spaltbreit. Fragt nicht. Sagt nichts. Offenbar ist er völlig aufs Fahren konzentriert oder in Gedanken versunken. Du schluckst Nachtluft, vermischt mit dem Rauch seiner Zigarette, lauschst dem dünnen Pfeifton, mit dem er Rauch aus Mund und Nase ausströmen lässt. Rauch zirkuliert zwischen euren Körpern, dringt in deine Poren, deine Lungenbläschen, dein Blick streift sein Profil, dahinter verschwimmt die nächtliche Stadt, es ist ebenmäßig, er kneift die Augen zusammen beim Inhalieren. Draußen, mal in warmes, mal in fahles Licht getaucht, Feierabendrituale in den Fenstern, scherenschnittartige Szenen des Alltags.

Alles ist wie überall, denkst du, als im Seitenspiegel die Sterne aufblitzen. Mit dem Fahrtwind weht dir Asche ins Gesicht. Fröstelnd ziehst du den Mantel enger um deine Schultern. Der Mantel riecht. Nach Tier, eine Art Schaf vermutlich, und noch nach etwas anderem, das du nicht zu benennen vermagst. Die Wollfäden kitzeln deine Nasenflügel. Ein Hauch deines Parfums mischt sich zu dem Geruch. Der Bezirk stimmt, nicht mehr lang und ihr werdet am Ziel sein.

Was du außerdem erinnerst: den Blick aus deinem Mansardenzimmer. Wie du schwebst – warum auch immer – hoch über den Dächern der Stadt. Von dort aus beobachtest du das Treiben auf der Straße. Vor der Scheibe fallen die Blätter. Ein Lichthauch, als du die Lider senkst und die Welt ausdimmst. Weißgoldrot segelt das Laub zu Boden. Am Himmel blitzt das Riesenrad, im Stadtpark siehst du Jogger ihre Runden drehen. Manchmal glaubst du, einen Luftzug zu spüren, manchmal scheint es dir, als hätte jemand deinen Arm gestreift. Im Gegenlicht erkennst du Abdrücke deiner Haut. Spuren der am Fenster zugebrachten Zeit, dort wo Hände und Stirn das Glas berührt haben. Blinzelnd trittst du einen Schritt zurück, der Kaffee rinnt von deinen Fingern hinab auf den Boden, mit den Zehen erkundest du die braunen Sprenkel. Der Teppich ist das Einzige, was du gleich in der ersten Woche gekauft hast, in einem der neumodischen Stores schräg gegenüber der Universität. Jener weiße Teppich, der dir am Ende, als du deinen Koffer packtest, plötzlich geschmacklos erschienen war, geradezu lächerlich in seiner versehrten Jungfräulichkeit.

Sich überlagernde Bilder. Wie du dich am Abend dem Menschenstrom überlässt, der während der Morgen- und Abendstunden die Gassen der Altstadt durchspült und erst spät in der Nacht versiegt. Du bist jetzt so frei, wie du es noch nie warst, sagst du dir, und hinein in den Nieselschleier trittst du mit klammen Fingern. In den Etagen der Kaufhäuser und Galerien saugst du alles in dich auf, und fast scheint es, als würde auch etwas von all dem auf dich übergehen. Seidige Stoffe gleiten durch deine Hände. Alles hier erscheint dir aufregend, exzentrisch. In einer Drogerie testest du Lipgloss. Es sind 500 Farbnuancen und du vergisst darüber die Nachmittage. Die Kühlregale sind gefüllt mit Convenience Food. Während du für Käse anstehst, legst du dir die Sätze zurecht, die Silben schmilzen dir auf der Zunge, und wenn du endlich an der Reihe bist, gleiten die Worte dir wie selbstverständlich über die schimmernden Lippen.

Einmal fährst du auf einer Rolltreppe hinab ins Souterrain einer gläsernen Ausstellungshalle. Eine Videokünstlerin zeigt dort ihre Arbeiten. Ein abgedunkelter Saal: Nur wenige Plätze sind besetzt. Auf der Leinwand flackert der strohblonde Schopf einer Frau inmitten eines Weizenfeldes, auf und ab, minutenlang eine einzige Kameraeinstellung. Die Frau hält den Kopf leicht nach hinten geneigt, du folgst der Mechanik dieser Bewegung: ihr entblößter Hals, der Oberkörper, die Brustwarzen, auf- und abwippend inmitten der wogenden Halme. Sonnenlicht verfängt sich in ihrem Haar, es fällt ihr in Strähnen übers Gesicht, du findest, dass sich darin Überheblichkeit, aber auch so etwas wie ein Rückzug auszudrücken scheint. Die Kamera gleitet weiter hinab, ein Stöhnen bricht an, unaufdringlich und monumental zugleich.

Du siehst dich einbiegen in einen Korridor zwischen zwei Häuserschluchten, den eine Kette aus jungen Ulmen säumt. Offensichtlich hat man die Bäume erst vor wenigen Monaten gepflanzt. Ihre Äste spreizen sie wie nackte Ärmchen gegen den Wind. Fast scheint es, als hätte man sie verkehrt herum in die Erde gesteckt. Instinktiv suchst du ihre Nähe. Sie neigen sich hinab zu dir, in stillem Einvernehmen, als nickten sie einander zu. Etwas Beruhigendes geht von ihnen aus. Ihr Laub kreiselt weich in der einbrechenden Dämmerung. Du beschließt, einen Abstecher zum Marktplatz zu machen, wo die Straßencafés gerade schließen und das Riesenrad steht. Laubrascheln unter den Füßen der Passanten. Zeit der blauen Stunde – offen wie Himmel und Meer.

Rücklings am Stamm einer Ulme lehnend, den Kopf in den Nacken geworfen, sinkst du etwas abseits der strömenden Menge in die Knie. Lange Zeit betrachtest du wie gebannt die Silhouette des sich himmelwärts drehenden Rades, schenkst weder den Rufen der Vergnügungssüchtigen Beachtung noch dem Fluchen eines Obdachlosen. Kaleidoskopartig verbindet sich alles um dich herum zu sich ständig wandelnden, ineinander übergehenden Mustern, ein Schauspiel aus Lichtern, schaukelnden Gondeln, dem Leuchten und Raunen der Stadt. Und oben drüber spannt sich die Weite, hoch und dunkelblau.

Ein Kind hat dich entdeckt. Sein kleines, weißes Gesicht an die Scheibe gepresst, hebt es flüchtig die Hand zum Gruß. Es trägt eine Mütze und einen Schal aus dicker roter Wolle, woraus du schließt, dass es kalt sein muss dort in der schwebenden Kapsel. Eure Blicke treffen sich für einige Sekunden, der Mund des Kindes bewegt sich, und du glaubst zu erkennen, dass es mit seinem Stoffbären spricht, ihm vermutlich schildert, was es sieht, von seinem Platz in schwindelerregender Höhe. Es beginnt jetzt zu hüpfen und als du dich lachend erhebst, springt das Kind auf und ab, winkt dir freudig immerzu.

Wie sollte es auch begreifen, dass die Welt nicht stillsteht, wo sie ihm doch zu Füßen liegt.

Magie des Vergangenen, das denkst du jetzt, Jahre später, allein in deinem Bett und schlaflos noch immer. Der Wind rüttelt an den Fensterläden, längst mischen sich Traumbilder in deine Erinnerungen. Und schließlich kriecht Helligkeit unter die Tür. Mit dem Morgengrauen legt sich der Schwindel. Du schließt die Lider. Ein Gefühl wie Schweben. Warmes Sichverschenken des Himmels soweit das Auge reicht, raum- und zeitenlos, bis der Schlaf kommt und seine Decke breitet über den eingerollten Körper, die halb geöffneten Hände auf Höhe des Gesichts. Staubtanz in den gefilterten Lichtstreifen der Rollos. Auf Wiedersehen, Mikrokosmos der Nacht.

Barbra Breeze Anderson

Alte Düfte von Zuhause

Es gibt Geräusche
die mich wecken
selbst wenn meine Augen offen sind.
Es gibt Düfte
die mich gefangen nehmen
selbst wenn es noch so stressig ist.
Solche Düfte und Geräusche sagen mir
ich bin an einem neuen Ort
und ich bin auf der Suche
auf der Suche nach alten Düften, um mich zu Hause zu fühlen.

Die Landschaft, merke ich, hat sich verändert.
Ich merke es an den kleinen Dingen
nicht immer kann ich sie benennen.
Aber die Landschaft hat sich verändert
und mir wird klar
ich bin an einem anderen Ort.

Es läuft Musik.
Ich suche nach einer Melodie
zu der mein Körper sich bewegen
der mein Geist folgen kann.
Das Gespräch fließt dahin
und ich suche nach Vertrautem
damit ich aufspringen und sagen kann:
»Das kenne ich!«

Die Landschaft, merke ich, hat sich verändert.
Ich merke es an den kleinen Dingen.
Wie das Alphabet in einer anderen Sprache zu lernen
oder an den Fragen, die so oft kommen

von überallher
aber auch von mir.
Beim Nachdenken über die Bedeutung
von »Ort« und »Zuhause«.

Das Gespräch fließt dahin
ich lerne »Hallo!« zu sagen, in einer anderen Sprache.
Dabei suche ich die ganze Zeit
suche nach einem Rhythmus, der mich in Bewegung bringt.
Einem Rhythmus, den ich verstehen kann
und der meinen Alltag
irgendwie normal macht, zu vertrauter Routine.

Die Landschaft, merke ich, hat sich verändert
aber ich suche nach dem Alten, Gleichen.
Suche etwas Normales an einem Ort
wo meine alten Symbole neue Bedeutungen haben
und meine Erinnerungen sich weit durch die Zeit erstrecken.
Dabei hoffe ich die ganze Zeit, dass bald
neue Düfte die alten Düfte von Zuhause werden.

Aus dem Englischen von Marion Hertle und Silke Kleemann

Fady Jomar

Koffer

Koffer sind ursprünglich Handflächen, viel zu klein,
und Schultern, viel zu schwach für all die Sorgen.
In den Koffern stecken Gesichter,
Salz, Geduld und verworrene Stimmen,
Gedränge, Geschichten und Menschen.
Sie haben kein Wort
für unbeschwert.
Die Koffer sind Mutter,
Olivenöl, Thymian und Brot,
Hefte voller Träume.
Je größer die Koffer, desto älter werden wir.
Egal, wie weit wir verstreut sind, die Koffer sind unser Halt,
der Ort, an dem wir uns sammeln.
Wenn dir
der Bruch im Angesicht der Zeit bewusst wird,
dann bergen die Koffer Geduld,
und du lebst in ihrer Zeit.
Berge von Demütigungen zerfallen zu einer Handvoll Staub,
bewahrt in einem Koffer.
Enttäuschungen der ersten Liebe,
die erste Lektion im Lügen,
die Scheu der Mädchen vor den Jungen,
die Steine des Weges, die unsere Schritte verändert haben,
alles steckt im Koffer, auch das Wort, das unterwegs gefallen ist,
und jeder Schritt.
Namen, die unerwähnt blieben
und stumm gestorben sind, weil das Sprechen darüber immerzu
aufgeschoben wurde,
ihre Zeit wird kommen.
Die tückischen Messer,
die ins Licht der Seele stachen,
die du im Dunkeln geschmuggelt hast,

allesamt lasten
auf dem Rücken, im Koffer.
Augen, die sich in den Schlaf weinen,
Augen, die schlaflos wachen,
bei all dem Blut auf den Straßen,
das Groß und Klein ertränkt,
du kennst sie nicht.
Die Angst um dich selbst,
die Sprachlosigkeit im Angesicht des Todes,
die Schmach, die dir wie ein Messer in den Sinn sticht,
die Flucht vor der eigenen Vorstellung,
all dies hast du anderen vorgeworfen.
Die Grenzen, die du niedergerissen hast,
allesamt
lasten auf unserem Rücken – im Koffer.
Wir, die geflohen sind,
oder glaubten, wir könnten es,
fliehen vor dem Wort in ein Meer von Schweigen.
Wir, die wir Angst haben vor dem Grab,
tragen Koffer, darin unseren Sarg.
Wir suchen den freien Raum,
wollen ihn lieben und fliegen.
Doch die Koffer sind groß und schwer geworden,
sind uns Gefängnis und Haus.

Aus dem Arabischen von der Gruppe »Al trifft Derdiedas«

Hab keine Angst, du bist kein Fremder

Hab keine Angst, du bist kein Fremder, denn hier sind alle Fremde. Das sagt Berlin seinen Besuchern. Eine Stadt der tausend Sprachen, Farben und Lieder. Berlin nimmt seine zahlreichen Bewohner und Besucher mit all ihren Eigenschaften in sich auf, an jeder Ecke erklingen Lieder: Musik aus Afrika, dem Nahen Osten und aus allen Gegenden der Erde.

Ich war ein Dorfbewohner in meinem Land, nun bin ich ein Dorfbewohner im Exil, gefangen in drei Straßen, auf denen ich ziellos im Schatten der Bäume herumlaufe. Die Bäume in Berlin werfen keine Schatten. Wozu braucht man Schatten in einer Stadt, in der an jeder lichten Stelle Freunde leben? Ich versuche alles, um stabil zu bleiben. Ich möchte nicht in einer Parallelwelt wie in Syrien leben, wie ein Dorfbewohner, dessen größtes Abenteuer es war, in die Hauptstadt zu reisen, um eine echte Pizza zu essen oder eine Designerhose mit Löchern zu kaufen.

Ich beschließe, mich der Realität zu stellen und mein Schicksal selbst in die Hand zu nehmen. Ja, ich möchte in der Hauptstadt leben! Ich habe genug von der Schönheit der Rehe im nahen Wald und von der Friedhofsruhe, die zur Hauptverkehrszeit in den Dörfern herrscht. Ich habe noch mindestens 20 Jahre vor mir, bis ich in Rente gehe, da kann ich doch nicht die ganze Zeit üben, wie ein Rentner zu leben!

All das lasse ich zurück und gehe nach Berlin. Ich sehe die eintönigen Straßen und die Gebäude, deren Unterschiede vom Kommunismus wegradiert worden sind. Doch ich sehe auch Gesichter, die sich überhaupt nicht ähneln, eine intensive Durchmischung aller Bewohner dieses Planeten, seiner Kulturen und Zivilisationen. Berlin nach dem Krieg und nach dem Fall der Mauer, eine Stadt, die sich geöffnet hat.

Die Menschen in Berlin geben mir eine einzigartige Geschichtslektion: Wenn wir wollen, können wir auf Ruinen ein neues Leben errichten. Wir können Generationen wachsen lassen, die an Menschenrechte und Gleichberechtigung glauben. Wie elend die Generationen der Opfer und Mörder auch sein mögen, ein Wiederaufbau ist immer möglich. Berlin klopft mir auf die Schulter und sagt: »Hab keine Angst, du bist kein Fremder, alle sind hier fremd.«

Und ich, überzeugt von meiner Fremdheit, finde Geborgenheit in der konzentrierten Fremdheit, die diese Stadt ausmacht. Sie ist nicht nur eine Hauptstadt, sondern eine Kombination aller Hauptstädte dieser Welt. Vielleicht suche ich hier nach Damaskus – nicht nach dem Damaskus, das ich verlassen habe, sondern nach dem, in das ich zurückkehren will. Frei von den Mauern, die uns von der Freiheit trennen und auf denen nur die Zeichnungen der Besucher bleiben.

Aus dem Arabischen vom Team von WDRforyou

Was vom Familiennachzug geblieben ist

»Jetzt endlich kann ich den Familiennachzug beantragen.« Das war das Erste, was mir in den Sinn kam, als die Mädchen im Zimmer riefen: »Komm, steh auf, du hast die Aufenthaltserlaubnis bekommen!«

Ein ganzes Jahr hatte ich auf dieses Papier gewartet: Ein Jahr, in dem ich die Bombenangriffe auf Aleppo gezählt habe, in dem ich über die Bilder der zerstörten Häuser strich wie eine werdende Mutter über ihren Bauch. Ich spürte die Einschläge der Bomben wie das Strampeln eines Fötus in der Gebärmutter. Ich hörte die Schreie der Menschen und den Lärm der einstürzenden Häuser, hörte die Frequenz des Herzens meines Kindes und meines eigenen. Wie konnte es auch anders sein, wenn mein einziger Sohn dort feststeckte? Ein ganzes Jahr, in dem ich mir die Augenlider mit den Händen zuhalten musste, damit ich schlafen konnte. Ich fürchtete mich vor jeder neuen Nachricht aus Aleppo. Gleichzeitig war ich süchtig nach diesen Informationen und Hinweisen, auf die zu warten quälend und die zu erhalten schmerzhaft war.

Ich erinnere mich an jede Welle und jeden Schritt auf dem Weg zur »Sicherheit«, als hätte ich an zwei langen Seilen gezogen, die in Aleppo endeten: eines in der Hand meines Mannes und eines in der Hand meines einzigen Sohnes. Wie drei Ertrinkende zwischen Zerstörung und Hoffnung, wenn jeder denkt, der andere sei sein Retter. Ich versuche, nicht an den Moment zu denken, als eines dieser Seile gerissen ist. Den Moment, in dem die ganze Bedrückung und Furcht in dem einen Satz zusammentrafen: »Er wurde gestern bei einem Angriff getötet.« In diesem Moment waren meine Muttergefühle stärker als alles andere. Ich ignorierte die Nachricht, als ob nichts passiert wäre, und antwortete nur: »Und mein Sohn?« Erleichtert atmete ich auf: »Gott hat ihn beschützt.«

Mein Mann starb, als ich in Wien war. Wie kann man in einer Stadt wie Wien einen Luftangriff als Todesursache akzeptieren? In dieser Stadt war der Widerspruch zwischen dem, was ich sah, und dem, woran ich dachte, abgrundtief. Er ähnelte dem Widerspruch zwischen dem, was ich meinem zehnjährigen Sohn sagte, der in der Hölle Aleppos gefangen war, und dem, was ich über meine gemarterte Stadt hörte. Verzweiflung und Hilflosigkeit überwältigten mich. Ich hatte meinen Lebenspartner verloren und mein Sohn irrte heimatlos in den Ruinen einer zerstörten Nachbarschaft herum, in einer Stadt, die jeden Tag zahlreiche neue Tote gebar.

Manchmal gab es tagelang keine Nachricht aus Aleppo, das vom Hunger und den Schrecken der Belagerung zerfressen wurde. Würde ich zurückkehren, um meinen Sohn zu retten? Doch wie kann eine Mutter ihren einzigen Sohn vor Luftangriffen retten, außer indem sie ihn an einen Ort bringt, an dem es keine Luftangriffe gibt? Wir müssen den Weg weitergehen, auf dem es keine Hoffnung für ihn oder mich gibt. Die Hoffnung besteht allein darin, weiterzugehen.

Ich beschloss, nicht aufzugeben, und kam mit dem einzigen mir verbliebenen Seil wie mit einer Rettungsleine in Deutschland an. Dort begann das qualvolle Warten. Ein ganzes Jahr, in dem ich mit meinem Mobiltelefon lebte, aus dem schmerzhafte Nachrichten kamen, und mit dem Briefkasten, in dem ich nur Enttäuschungen fand. Während dieses Jahres beobachtete ich, wie ich mich in eine egoistische, hartherzige Person verwandelte. Die Namen der anderen Opfer ignorierte ich. Außer dem Namen meines Sohnes hatte nichts eine Bedeutung für mich.

»Steh auf, steh auf, deine Aufenthaltsgenehmigung ist gekommen!« Die Stimmen der Mädchen aus der Gemeinschaftswohnung erklangen wie ein Jubeltrillern, denn meine Geschichte war die bekannteste auf der ganzen Etage. Wenn ich mit meinem Sohn über Skype sprechen konnte, war es eine Freude für alle. Sie teilten meine Liebe und Sehnsucht, aber meine Rettungsleine teilte ich nicht mit ihnen, sie gehörte nur mir. Meine Hände zitterten, als ich das Schreiben öffnete. Ich wusste nicht, was es enthielt, obwohl der Absender keinen Raum für Zweifel ließ. Aber die Enttäuschungen, die der Briefkasten immer wieder aufs Neue vor mir ausbreitete, hinderten mich daran, diesem Brief zu vertrauen. Die Aufenthaltserlaubnis wurde unter den Mädchen herumgereicht wie ein Henna-Teller bei einer Hochzeit auf dem Land. Doch das Licht in ihren Augen erlosch, als sie weiterlasen. Endlich wagte es eine von ihnen, mir zu sagen, dass mir nur Schutz für die Dauer eines Jahres zugestanden wurde und kein vollständiges Asyl.

Die Rettungsleine glitt mir aus der Hand und legte sich um meinen

Hals. Schutz für ein Jahr bedeutete, dass ich den Familiennachzug erst nach drei Jahren würde beantragen können. Drei Jahre würden aus meinem Sohn einen Kämpfer machen, wenn er bis dahin nicht getötet wurde. Ich brach auf meinem Stuhl zusammen, konnte weder weinen noch schreien noch atmen. Die Stimmen der Mädchen hörte ich wie aus der Ferne: »Hab Geduld, morgen kannst du Widerspruch einlegen. Hab keine Angst, Gott ist gnädig!«

Ich konnte die ganze Nacht nicht schlafen. Mit dem ersten Sonnenstrahl begann ich, einen Anwalt zu suchen, um Widerspruch einzulegen. Damit begann mein Leidensweg. Vier Wochen verbrachte ich in den Warteräumen der Behörden. Die Beamten kannten mein Gesicht und meine Geschichte. Sie begannen, mich nach meinem Sohn zu fragen. Manchmal bedauerten sie, dass die Behördenvorgänge so lange dauerten, und rieten mir, Geduld zu haben. Am Ende der vierten Woche überwältigte mich ein schreckliches Gefühl. Ich mied mein Mobiltelefon, um vor den Nachrichten zu fliehen. Eine ganze Stunde lang ignorierte ich es. Doch am Ende bezwang mich das Seil in meiner Hand, ich konnte mich nicht mehr zurückhalten und begann wieder, die Nachrichten zu lesen. Ich fühlte mich dem Ersticken nahe: »Schwerer Angriff auf unsere Straße in Aleppo und keine weiteren Einzelheiten.«

Am nächsten Morgen stand ich im Schlafanzug vor dem nächsten Kopierladen und wartete darauf, dass er geöffnet wurde. Der Besitzer kam freundlich lächelnd auf mich zu: »Guten Morgen.« Ich sagte zu ihm: »Ich möchte ein Foto kopieren.« Mein rauer Ton ließ ihn zurückschrecken, bis er das Foto sah, das ich kopieren wollte. Da verschlug es ihm die Stimme.

Ich stürmte in das Büro des Leiters der Ausländerbehörde. Nichts hätte ihn daran hindern können, den Sicherheitsdienst zu rufen – außer dem Umstand, dass er meine Geschichte kannte. »Ich brauchte eine Aufenthaltserlaubnis für drei Jahre, um meinen Sohn in die Arme zu schließen, aber ich habe nur ein Jahr bekommen. Erlaubt euer Gesetz es mir wenigstens, seine sterblichen Überreste in dieses Land zu bringen?«

Aus dem Arabischen vom Team von WDRforyou

Verlieb dich nicht in einen Flüchtling

Verlieb dich nicht in einen Flüchtling. Seine Taschen sind vollgepackt mit den Schlüsseln der Wohnstätten seiner Reise. Es ist kein Platz darin für Leckereien oder Ringe. Seine Gesichtszüge wirst du erst entziffern können, wenn du das Kartenlesen beherrschst. Wenn du glaubst, er lache, ist das doch nur das Echo der Granaten. Sein Schweigen, das Weisheit verströmt, ist der Horror der Alarmbereitschaft, in der er sich befand, als die Kugel des Scharfschützen ihr Ziel verfehlte. Seine argwöhnische Gedankenlosigkeit ist die nächste Kugel des Scharfschützen, die ihn am Auge verletzte, als er einem Laib Brot nachjagte.

Sein Stottern, das dich zum Lachen bringt, wenn er versucht, dir etwas zu sagen, sind die Wiegenlieder, die Großmütter in seinem Land sangen und die er in- und auswendig kennt. Er trägt sie tief in seinem Herzen. Oder zumindest in dem, was von seinem Herzen geblieben ist. Seine dunkle Haut, die immer blasser wird, verzehrt sich nach der Sonne, deren zärtliche Berührung die unzähligen Narben, die er nun trägt, nicht mehr zu heilen vermag.

Vielleicht verletzen dich die Narben. Vielleicht tötet es ihn, dir erzählen zu müssen, wie sie ihn verwundet haben. Sein verdunkeltes Auge ist pures Verlöschen. Keine Nacht, kein Verlangen, kein Warten. Nur pures Verlöschen. Die Geschichten, die er über sein Land und dessen Helden erzählt, sind seine allnächtlichen Albträume. Glaubst du, einer der dem Krieg entkam, ist der richtige Mann für die Frage: »Schön geträumt?«

Sehnsucht wirst du in seinem Gesicht nur in dem Moment erkennen, wenn er die Aufenthaltserlaubnis erhält. Es mag dir unverständlich erscheinen, dieses manische Erwarten eines Papiers. Wie könntest du auch begreifen, dass es den ganzen Unterschied zwischen einem Ding und einem Menschen bedeutet? Und im Übrigen: Was auch immer du tust, es wird dir nicht gelingen, die Enttäuschung auf seinem Gesicht zu vertreiben, wenn er erfährt, dass seine Aufenthaltserlaubnis auf ein Jahr beschränkt ist.

Verlieb dich nicht in einen Flüchtling. Es wird ihm nicht gelingen, die Grenzen zwischen euch zu überwinden, ganz gleich wie offen sie sind. Er hat bereits so viele Grenzen überquert, dass es für Generationen genügt. Auf seiner Reise wich er Polizisten und Kontrollbeamten aus, bis er seine Fähigkeit verlor, einem Moment der Leidenschaft auszuweichen. Wie könnte ein Mann, dem es an Zurückhaltung mangelt, dich je erreichen?

Er umarmte Bäume, die doch keine Arme hatten, um seine Umarmung zu erwidern. Er gewöhnte sich an die Einsamkeit, bis er begann, seine Mutter zu fürchten. Hast du schon mal einen Menschen ohne Arme umarmt? Ohne Atem, der sich im Moment der Umarmung verströmt? Er kennt die Erde. Nicht wie sie die Bauern bei der Aussaat kennen, über die du gelesen hast, und nicht wie die Kinder der Armen, die du in den Fernsehdokus gesehen hast. Er kennt sie so, wie es in den Schöpfungsgeschichten erzählt wird: Er hat erfahren, dass die Erde seine Substanz ist. Sie ruht in ihm, versuchte ihn zu verführen, begann ihm Geist einzuhauchen. Wäre da nicht die Sorge, er könnte werden, was er ist: ein Mensch auf der Schmuggelroute.

Verlieb dich nicht in einen Flüchtling. Es gibt keinen Raum für dich, keinen Platz für Geschenke in seinem kleinen Koffer. Darin befinden sich schon Splitter von Granaten, amputierte Gliedmaßen und Überreste von Straßen. Auch Schulen, von denen nur der Bordstein geblieben ist. Mütter, die in den Jahren des Wartens auf ihre Söhne keinen Schlaf mehr finden, weil sie nicht wissen, in welcher Hölle sie gelandet sind. Bilder von Kindern aus seinem Viertel, die die Nachrichten in deinem Land nicht zeigen, weil sie »außerhalb des in den Medien Zeigbaren« liegen. Wie soll er, wenn er Heimweh empfindet, die Kinder seines Viertels betrachten, wenn nicht auf den Bildern, die mit ihm geflüchtet sind, auch wenn sie nicht gezeigt werden dürfen? Wohin mit deiner Liebe? Kannst du dir deine Liebe nach einem Jahr mit diesen Gefühlen vorstellen?

Verlieb dich nicht in einen Flüchtling. Oder verlieb dich in ihn, wenn du in einem Haus des Wartens leben willst: ein Morgen mit Nachrichtensendungen. Plötzliches Weinen ohne Grund. Ein verrückter Tanz nach einem Sieg, dessen Bedeutung du nicht verstehst. Ein Sieg für ein paar Männer, zwei Gewehre, in einer kleinen Gasse, der Spielstätte seiner Kindheit. Verlieb dich in ihn, wenn du die Ortszeiten der Städte der Welt kennenlernen willst. Er prägt sie sich ein, um zu wissen, ob seine über die ganze Welt verstreuten Brüder und Freunde gerade aufgewacht sind oder ob sich bei ihnen der Tag schon dem Abend zuneigt.

Wenn du ihn liebst, lässt du auf seinem von Karten verhüllten Gesicht vielleicht wieder seine Gesichtszüge erscheinen. Oder du findest einen Rest Erde von seiner Reise, in dem neue Träume sprießen können. Träume, die weit über die Rettung aus der Heimat hinausgehen. Träume, die eine Vorstellung des Möglichen und Unmöglichen zurückholen.

Wenn es passiert und du dich in einen Flüchtling verliebst, wirst du erfahren, dass es Dinge gibt, die wie Luft sind: Heimat, Zugehörigkeit, Sicherheit, Träume. Wir nehmen sie als gegeben, als verfügbar hin, bis wir ertrinken oder flüchten. Nur die Ertrunkenen kennen den Schmerz über den Verlust der Luft. Nur die Flüchtlinge und du, falls du dich in einen von ihnen verliebst, ihr kennt den Schmerz über den Verlust der Heimat.

Aus dem Arabischen von Sophie Schabarum

Silke Kleemann

Heimat ist etwas Genommenes

Ende August 2017 bin ich gemeinsam mit meiner Mutter und meiner Schwester nach Wrocław bzw. Breslau gereist, wo meine Mutter 1944 zur Welt gekommen ist. Es war eine Reise durch die Gegenwart, aber auch in die Vergangenheit. In zwei Teilen, einer im Vor-, der andere im Nachhinein entstanden, habe ich mein Erleben dieser Reise festgehalten.

Teil 1. Vor der Reise – Über das Geflüchtetsein in der dritten Generation

»Schlesien habe ich mir immer wie eine Art Märchenland vorgestellt«, erzählte mir vor nicht allzu langer Zeit eine Bekannte, deren Großeltern ebenfalls gegen Ende des Zweiten Weltkriegs aus Breslau in den Westen fliehen mussten. »Bei meiner Oma hing in der Küche eine Landkarte von der alten Heimat, die hat meine Fantasie immer total beflügelt.«

Seither geht mir diese Beschreibung nach. In meiner Vorstellung ist Breslau von Kindheit an eine zerbombte Stadt gewesen, grau und trist und tragisch, eine Stadt, der man den Rücken kehrt – den Rücken kehren muss –, eine Stadt, in die es kein Zurück mehr gibt. Für mich war es neu, dass selbst Angehörige meiner Generation das auch ganz anders empfinden können. Aus der Jugend hatte ich zwar flüchtige, sehnsüchtelnde Eindrücke von Vertriebenenvereinen, wo ich vor oder nach den Auftritten mit dem Mandolinenorchester, in dem ich damals spielte, abschreckende Schnipsel von Reden mitbekam. Revisionismus, nein danke. Doch einen positiv nostalgischen Blick zurück kannte ich auch aus meiner Familie nicht.

Dabei gab es im Umfeld etliche Schlesier, besser gesagt: Schlesierinnen. Meiner Großmutter und ihrer Schwester, der geselligeren der beiden, war es gelungen, einen ganzen Kreis von Freundinnen aus der alten Breslauer Kirchengemeinde in der neuen Heimat Düsseldorf um sich zu versammeln. Diese schlesischen Kaffeekranzchen waren eine feste Instanz, mit Streuselkuchen, Bohnensalat und Nusshörnchen, bis die Reihen ab Ende der 1990er allmählich immer lichter wurden. Inzwischen lebt, soweit ich weiß, nur noch eine der alten Damen. Die Sprachmelodie jener Treffen wäre mir sicher sofort wieder vertraut, würde ich sie heute hören, doch von den schlesischen Ausdrücken, die sie verwendeten, ist bei mir nur »aufs Tippel gehen« hängen geblieben, im Tonfall meines Großvaters (von dem ich die Mandoline geerbt hatte).

Das, was diese Menschen verband, ihre gemeinsame Wurzel, der Bezugspunkt ihrer Freundschaft, blieb mir jedoch immer fremd, ja suspekt: Breslau, eine Stadt, die eindeutig der Vergangenheit zugehörig war, einer schlechteren Vergangenheit. Einer Vergangenheit, die auch mit Deutschland als Verschulder des Kriegs verknüpft war. Nichts, worauf man stolz sein könnte; nichts, womit ich mich hätte identifizieren wollen.

Erst mit den Jahren ist mir klar geworden, dass mein sehr wenig ausgeprägtes Heimatgefühl mit den Fluchten in meiner Familie zusammenhängt. Ich bin in Köln zur Welt gekommen, aber meine Eltern waren beide erst zum Studium in die Stadt gezogen. Meine Mutter, Jahrgang 1944, musste im Januar 1945 mit ihrer Mutter, der Großmutter und dem jüngsten Onkel, der selbst gerade erst zehn war, aus Breslau fliehen. Auf der Flucht wurde sie krank, was der Familie das Inferno von Dresden ersparte, wohin die Reise ursprünglich gehen sollte. Sie blieben zunächst auf einem Bauernhof in Österreich hängen und schlugen sich später nach Ratingen durch – dem Treffpunkt, den sie für den Krisenfall vereinbart hatten, weil es dort Verwandte gab. Man wies ihnen einen Wohnplatz bei einem nicht sonderlich gastfreundlichen Försterehepaar im nahe gelegenen Lintorf zu, wo sie schließlich auch von meinem Großvater wiedergefunden wurden und sich nach und nach in Düsseldorf eine neue Existenz erarbeiteten. Mein Vater, Jahrgang 1939, verließ im Oktober 1943 die zerbombte Wohnung in der Berliner Ulmenallee und fand mit der Mutter und den vier Geschwistern Zuflucht auf Schloss Banz in der Nähe von Lichtenfels / Oberfranken. Den Fotos jener Zeit nach erlebten die Kinder dort unbeschwerte Momente des sommerlichen Landlebens, meine Großmutter berichtete aber (in den fast täglichen Feldpostbriefen und -karten an den Großvater, der erst in Polen und dann in Frankreich bei der Flak eingesetzt war) auch von der Enge, der Mangelernährung und den Reibungen mit der Schwiegermutter, in deren Wohnung sie einquartiert worden waren. Bereits nach Einmarsch der Alliierten verlor sie im April 1945 innerhalb von zehn Tagen eine der Töchter durch Diphtherie und den jüngsten Sohn durch einen Unfall. 1948 siedelte die Familie in eine enge Vorstadtwohnung nach Weilburg in Hessen um. Das Haus, das für mich später als großelterliches fest zur Familiengeschichte gehörte, konnten sie erst in den 1960ern bauen.

Beide, mein Vater und meine Mutter, hätten ohne die Unterstützung anderer, ohne die Aufnahme an einem neuen Ort, nicht überleben können. Wie sollte mich das Thema Flucht also kalt lassen? Für mich ist es nie eine Frage gewesen, dass Geflüchteten geholfen werden muss – Hilfe für Geflüchtete hat überhaupt erst möglich gemacht, dass es mich gibt.

Seit ich selbst ein Kind habe, kann ich mir noch lebendiger vorstellen, was die Fluchten für meine Großmütter bedeutet haben müssen. Die konstante Sorge nicht nur um das eigene Leben, sondern auch um das der Kinder. Aus der Geschichte meiner Familien habe ich früh, mit schmerzlicher Deutlichkeit gelernt, dass Krieg großes Leid bedeutet. Der Verlust der Heimat ist nur eine Facette davon – und nicht die schlimmste, immerhin lebt man noch (rund zwei Millionen Deutsche starben auf der Flucht Richtung Westen, um für diese spezielle Untergruppe eine Zahl aus der weit größeren der gesamten Kriegsopfer weltweit zu nennen). Vielleicht fällt es genau aus diesem Grund, dem Überleben, dem Nicht-so-schlimm-Dransein wie andere, so schwer, die eigenen Traumata zu würdigen, zu sehen, dass Auseinandersetzung und Verarbeitung guttun würden. Nach dem Zweiten Weltkrieg gab es in Deutschland 12,5 Millionen Flüchtlinge und Vertriebene aus den ehemaligen Ostgebieten des Deutschen Reichs (ca. 3,3 Millionen aus Schlesien). 1947 betrug ihr Anteil an der Gesamtbevölkerung in den westlichen Besatzungszonen etwa 16%, in der sowjetischen sogar 25%. Und zunächst stand für diese Menschen natürlich an erster Stelle, Fuß zu fassen. Sie alle haben jedoch auch ein Stück Geschichte, ihre persönliche Geschichte, an die weitergegeben, die nach ihnen kamen. Ob durch Reden oder Schweigen – der Einfluss ist da

An all das muss ich seit Beginn der sogenannten Flüchtlingskrise im Sommer 2015 immer wieder denken, wenn Geflüchtete als Zahlenmengen referiert werden. Es mögen viele sein, die kommen, und doch hat jede und jeder von ihnen eine ganz eigene Geschichte. In der bestenfalls etwas gelingt: das Ankommen am neuen, am sicheren Ort. Aber die Geschichten sind dennoch mit Verlusten angefüllt, von Orten, Dingen, Menschen, Möglichkeiten. Heimat ist zunächst das, was einem genommen wurde, gegen den eigenen Willen, auf der Flucht.

In mir spüre ich noch heute die Impulse, die von diesen alten, von meinen Vorfahren gemachten Erfahrungen ausgehen. Dabei wurden gar nicht so viele Geschichten erzählt. Ich erinnere mich, wie speziell der Großvater beim sonntäglichen Kaffeetrinken von den Frauen zum Schweigen gebracht wurde, wenn ihm plötzlich ein Erlebnis von seiner Flucht aus dem Kessel von Stalingrad einfiel. Ich erinnere mich auch an das große Rechteck Fleisch, das ihm am linken Oberarm über einer Wunde mit groben Stichen festgenäht worden war: Manchmal wagte ich die eigentümliche Konsistenz dieses Menschenflickens mit einer vorsichtigen Berührung zu ertasten – ein physischer Eindruck der Versehrtheit, ohne dass es eine Erzählung über die genaue Herkunft der Wunde gegeben hätte. Ich erinnere mich, dass ein Onkel meiner Mutter, Mitglied einer Fliegerstaffel, im Krieg fiel, wie auch der Verlobte meiner Großtante. Vor der Reise an die Front hatte sie ihm das Treueversprechen gegeben und dieses Versprechen konnte sie auch nicht brechen, als er nicht wieder zurückkam. Sie blieb ihr Leben lang ledig. Neben der Prinzipientreue hat diese Tante mir auch die Angst vor Tunneln hinterlassen. Sie war sehr reiselustig, nahm ihre Nichte und später uns Großnichten gerne mit, doch in jedem Tunnel begann sie unkontrolliert zu zittern – ein Überbleibsel von den Stunden, die sie als Reichsbahnangestellte in Russland nach einem Bombenangriff auf einen Zug stundenlang verschüttet blieb.

Das sind nur einige Geschichten aus einer Familie – Wunden, die weiter ausstrahlen, in die nächsten Generationen hinein. Bei allem guten Willen, das Alte von den Nachkommen fernzuhalten – es besteht doch im Bewussten und Unbewussten der Kinder und Enkel fort (wie Sabine Bode in ihren Büchern *Die vergessene Generation* und

Kriegsenkel hervorragend zeigt), ob die Geschichten nun erzählt oder gerade eben nicht erzählt worden sind. Dieses Fortwirken erzeugt aber nicht nur Wunden, es kann auch Talente und Stärken begründen. Weniger Ortsgebundenheit, größere Beweglichkeit. Mitgefühl, Offenheit dem Fremden, dem Verfolgten gegenüber. Womöglich eine größere Fähigkeit, sich an neuen Orten niederzulassen und sich selbst eine Heimat zu schaffen. Oder halt irgendwo zu sein, ohne Heimatgefühl. Durchaus auch gut.

Das Erlebte jedoch wirkt nach und es wird auch in denen nachwirken, die heute selbst eine Flucht erleben müssen. Große Erschütterungen dieser Art werden nicht innerhalb einer Generation abgehakt.

Als ich vor einigen Monaten in Brüssel mit etwa gleichaltrigen Freunden zusammensaß – einer Engländerin, einem Tschechen und einer Italienerin – und wir über unser Aufwachsen in den verschiedenen Ländern sprachen, über den jeweiligen Blick zurück in die Vergangenheit und den länderspezifischen Umgang mit Kriegserinnerungen, stand ich am Ende des Abends mit einer Idee vom Tisch auf: Zum ersten Mal verspürte ich Lust, mich aktiv mit meiner verdrängten, teilweise schlesischen Herkunft auseinanderzusetzen. Und so werde ich zum ersten Mal nach Breslau reisen, gemeinsam mit meiner Mutter und meiner Schwester. Breslau, wie wir die Stadt noch immer ganz selbstverständlich nennen, was den vergangenen, imaginären Charakter irgendwie noch unterstreicht und perpetuiert. Also versuche ich es mal mit Wrocław. Wir werden gemeinsam nach Wrocław reisen, wo ich Geschichten – alte und neue – teilen und ein Gefühl dafür bekommen möchte, wie die Straßen sich dort heute laufen, wie die Luft sich atmet, wie das Flussufer aussieht, an dem meine Großeltern vielleicht, frisch verliebt, entlangspaziert sind. Und wo ich feststellen möchte, ob ich bereit bin, das graue Bild der Vergangenheit mit frischen Farben neu zu streichen, im Jetzt dieses Ortes anzukommen.

Teil 2. Nach der Reise – Über die transformierende Kraft einer gemeinsamen Reise

Der große Vorteil daran, sich keine Vorstellung zu machen, ist, dass man aufs Beste überrascht werden kann. Vor der Reise hatte ich absichtlich nichts über die Stadt oder ihre Geschichte gelesen, mir auch kaum Bilder angesehen. Der kurze Anblick von bunten Häusern und viel Wasser auf der Seite eines Städteportals hatte mich gleich in Verwirrung gestürzt – das sollte Breslau sein? Es passte nicht zu meinem alten Bild. Alles Weitere wollte ich also lieber dem direkten Eindruck überlassen, dem unmittelbaren Erleben vor Ort. Möglich auch durch familiäre Aufgabenteilung: Ich buchte die Flüge, meine Mutter kümmerte sich um die Unterkunft und die Liste unserer ersten Ziele.

Ausgangspunkt der Reise: die Heimat unserer Kindheit, Köln. Meine Schwester und ich reisten abends von Nord und Süd an, am nächsten Morgen würde es zu dritt nach Osten weitergehen. Der Himmel vor der Abreise: blau mit wenigen kleinen Wölkchen. Ein guter Himmel zum Losreisen. Und die Wettervorhersage für die nächsten vier Tage gemischt: zwei sommerlich heiß, zwei kühl und verregnet. Gut geeignet, um die Stadt von verschiedenen Seiten, mit verschiedenen Gesichtern kennenzulernen.

Nach der Ankunft: Sich nicht auskennen und doch den Weg auf die Dominsel finden, in das Zimmer in einem alten Stift mit Blick auf die Oder. Dieser Fluss … so breit! So glitzernd im Sonnenschein. So verzweigt mit mehreren Nebenarmen, die die Stadt zu einer mit vielen Brücken machen (je nach Kriterium zwischen 100 und 300), mitsamt Inseln, Kultur und Freizeit verheißend, vielen Grünflächen, vielen Kirchtürmen – beim ersten Spaziergang bekommen wir die Münder fast nicht mehr zu vor lauter Staunen und Ausrufezeichen. Kopfsteinpflaster und Streetart, viele, viele Straßenbahnlinien (mein Urgroßvater war hier einst als Trambahnfahrer beschäftigt) und Busse, ein Märchenbahnhof, und bunt, sehr bunt, der wieder errichtete Marktplatz. Häuser in Pastell- und in Knallfarben, mal schmal, mal breit, mit hübsch und variabel ausgestalteten Giebeln, unten in den Gebäuden vom Mexikaner bis zum Dönerladen ein internationales Lokal neben dem nächsten. Das Alte Rathaus inmitten des Platzes –

rundherum der Rynek, so heißt das, der große Ring. Zwischen den Gebäuden verlaufende Gassen und Gänge, was sich in den nächsten Tagen als charakteristisch für die Stadt erweisen soll. Immer wieder eröffnen sich aufregende Perspektiven und schöne Durchblicke von einem Haus zum nächsten. Dazu viel Grün, am Flussufer, in den gepflegten oder wilden Vorgärten, mit Alleebäumen an fast jeder Straße – schnell kommt die unerwartete Erkenntnis, dass hier offensichtlich, wann auch immer, warum auch immer, städteplanerisch einiges richtig gelaufen ist. Erste Verliebtheitssignale der Stadt gegenüber gleich am ersten Abend.

Überhaupt, eine Stadt, am ersten Tag so fremd (diese Straßennamen!) und schon am zweiten vertraut. Der vertraute Weg ins Zentrum, eine vertraute Atmosphäre. Und ich, überrascht über dieses Gefühl des Vertrautseins, das auch eines des Vertrauens ist. Nicht nur, weil wir zusammen und aus einem bestimmten Grund hier sind, sondern weil das Hiersein an sich einfach gut ist. Ein guter, ein perfekter Ort, um mit Entdeckeraugen durch die Stadt zu treiben. Wir reden, fragen auch. Erinnern. Erinnern unterschiedlich, wie wir feststellen. Ungenau. Einander ergänzend. Oder mit 2-zu-1-Mehrheiten die wahrscheinlichere Erinnerung formend. Letztlich erinnert vermutlich jede, was sie will. Ich dachte, meine Großtante sei als Lazaretthelferin in Russland gewesen, verpflichtet per staatlichem Arbeitsdienst, es war aber wegen ihrer Stelle bei der Reichsbahn. Meine Schwester meinte sich zu erinnern, dass unser Großvater den Arm am Bauch festgenäht hatte, zu welchem Heilungsprozess auch immer. Und während ich mich kaum an eine direkte Erwähnung der Stadt erinnere, erinnert sie sich, wie enttäuscht und erbost meine Großtante von ihrer ersten Reise (wann?) in die alte Heimat zurückkam, bitter geschimpft habe über den Zerfall.

Anders als in meiner väterlichen Familie gibt es mütterlicherseits niemanden, der je systematisch Daten und Geschichten gesammelt hätte. Auch ist das Milieu, aus dem meine Großeltern mütterlicherseits stammen, ein anderes: Arbeiter, Angestellte, Bauern … soweit die vagen Erinnerungen tragen; auch das wenige läuft wohl Gefahr, mit der nächsten Generation im Unbekannten zu versinken. Motivation, zumindest ein paar Spuren zu hinterlassen.

Meine Mutter war schon vor unserer Reise zwei Mal nach Breslau gefahren, einmal ziemlich direkt nach der Wende, einmal 2004. Bei beiden Besuchen konnte sie noch nicht all das sehen, was wir nun sehen können. Die Ernennung zur europäischen Kulturhauptstadt 2016, davor 2012 die Ausbauten zur Fußball-EM – beides hat der Stadt gutgetan. Einer Stadt, der es, wie wir hören, lesen und auch sehen, gut geht. Arbeitslosigkeit ist nahezu inexistent, jeder sechste der rund 630 000 Einwohner ist Student, und viele der jungen Leute bleiben, denn die Stadt boomt: Von Google über Siemens bis zu Toshiba und Credit Suisse haben sich Zweigstellen großer Unternehmen hier niedergelassen.

Doch nicht nur architektonisch ist es ein guter Moment, um hier zu sein. Das Erinnern, das Bewahren der kollektiven Vergangenheit, ist in den letzten Jahren offener geworden. Ein früherer Besuch, vor zwanzig Jahren, selbst noch vor zehn, hätte ein ganz anderes Bild ergeben. 2017 gibt es in jedem Museum und an jeder historischen Stätte, die wir besuchen, gut ausgestattete, interaktive Ausstellungen, die beim Blick auf die Geschichte der Stadt nicht nur eine bestimmte ideologische Perspektive gelten lassen. Auch kulturelle Errungenschaften aus der deutschen Zeit, wie die anlässlich der Weltausstellung 1913 von Max Berg in nur zwei Jahren errichtete und noch heute beeindruckende Jahrhunderthalle (Hala Stulecia), werden ohne Groll dokumentiert, stolz als Bestandteil der Stadt gezeigt und inzwischen auch wieder für diverse Veranstaltungen genutzt.

Piotr Łącki, unser hervorragender Reiseführer von Free Walking Tours, sagte daher ganz zu Recht: »Ich freue mich, in der Zeit heute zu leben, wo wir von verschiedenen Seiten über die Geschichte sprechen können.« Unter der kommunistischen Regierung wurde Geschichte instrumentalisiert, zur Zeit des Dritten Reichs sowieso. Und wie wir erfahren, sind das nur zwei der einschneidenden Phasen in der tausendjährigen Stadtgeschichte. Nach Ende der Piastenherrschaft war die ursprünglich slawische Marktstadt auch noch Böhmen und dem Habsburger Reich zugehörig, bevor sie unter den Hohenzollern zu einer der vier preußischen Königsresidenzen wurde (und zwar die finanziell am besten ausgestattete – in Schlesien, der »Perle in Preußens Krone«!).

Auch religiös gab es immer wieder Wandel und Vielfalt. Papst Johannes Paul II. prägte den heute werbewirksam eingesetzten Slogan »Breslau – Stadt der Begegnung«. Besonders spürbar soll das im ehemaligen jüdischen Viertel westlich des Rings sein, das heute »Viertel der gegenseitigen Achtung« genannt wird. Dort leben Katholiken, Protestanten, Orthodoxe und Juden ihre Religion in Gotteshäusern, die jeweils nur wenige hundert Meter auseinanderliegen. Bei der Stadtführung wirft das natürlich die Frage nach den Muslimen auf: Die gibt es in Polen praktisch nicht, erfahren wir. Piotr nennt eine Zahl von 40 000 für ganz Polen (einige davon sind noch Nachfahren der Tataren). In Breslau gibt es eine kleine Gemeinde, die aktiv am Austausch mit den anderen Konfessionen interessiert ist, genau wie die jüdische Gemeinde. Uns deutschen Besuchern fällt auf, dass vor der Synagoge zum Weißen Storch keine ständige Polizeipräsenz zu sehen ist, und im Straßenbild praktisch keine Menschen anderer Hautfarbe oder mit Kopftüchern auftauchen. In Polen sind 90% der Bevölkerung Katholiken, ohne den Katholizismus sei »die polnische Seele nicht zu verstehen«, so Piotr.

Er ist studierter Psychologe, spricht fließend Englisch und Deutsch und hat profunde historische und kulturelle Kenntnisse über sein Heimatland wie auch Deutschland. Die aktuelle, nationalistisch gefärbte politische Stimmung in Polen schmerzt ihn offensichtlich. In der Begegnung mit ihm wie mit anderen Breslauern erlebe ich, dass die Menschen – zum Glück und immer wieder! – nicht gleichzusetzen sind mit den Nachrichten und der Politik, wie wir sie aus der Ferne durch die Medien vermittelt bekommen.

Auf einer Führung speziell zur jüdischen Geschichte bringt Piotr uns die Stadt noch einmal auf andere Art näher. Im deutschen Breslau lag der jüdische Bevölkerungsanteil während der Weimarer Republik bei etwa 4%, bis 1939 wanderten aber bereits viele Juden aus, und die Anzahl der jüdischen Bewohner halbierte sich auf circa 11 000. Es gab keine Ghettos wie in Warschau, Krakau oder anderen osteuropäischen Städten, die Juden wurden jedoch ebenso verfolgt, erschossen oder per Zug nach Auschwitz geschickt; nach dem Krieg meldeten sich nur rund 200 zurück. Die neue jüdische Gemeinde der Stadt wurde von den Ostjuden begründet und stand nicht in personeller Kontinuität mit den vorherigen Gemeinden. Und auch viele der neu Zugewanderten und Überlebenden wanderten Ende der 1940er in den neu gegründeten Staat Israel aus.

Über den Wiederaufbau der Stadt ließe sich sicher noch viel mehr erfahren, als es uns in den vier Tagen möglich war. Wir fragten uns immer wieder, wie viel Altes und Geschichtsträchtiges wohl unter dem Neuen liegt. 70% der Stadt wurden zerstört (2100 von 3000 Gebäuden), in den schrecklichen letzten Kriegsmonaten, als Gauleiter und SS-Führer Karl Hanke in der »Festung Breslau« das Sagen hatte und die Bevölkerung zwang, die Stadt bis zum letzten Mann zu verteidigen. Er selbst ließ sich nach der Kapitulation, die erst am 6. Mai erfolgte, ausfliegen. Neben 6000 deutschen und 7000 sowjetischen Soldaten kostete die Schlacht um Breslau eine große Anzahl Zivilisten das Leben, die Schätzungen reichen von 20000 bis weit über 100000. Für Frauen, Kinder und Alte gab es nur am 19. Januar 1945 ein Zeitfenster von einem Tag, um die Stadt zu verlassen. An diesem Tag wurde meine Mutter, damals neun Monate alt, von ihrer Mutter in einem Kinderwagen, der neben ihr mit weiteren Habseligkeiten vollgepackt war, aus der Stadt geschoben. Die Berichte, die über diesen Auszug im Winter zu lesen sind, lassen einen erbleichen. Eine Wochenschauaufnahme von damals im Stadtmuseum holt die Bilder fast zu nah in die Gegenwart. Reiseführer Piotr schüttelt ergriffen und mit ehrlicher Anteilnahme die Hand meiner Mutter, als er erfährt, dass sie eins der geretteten Babys von damals ist.

Berührend ist für uns auch der Besuch in der Taufkirche meiner Mutter. Die Karl-Borromäus-Kirche liegt knapp hinter dem Sky-Tower, der von überall in der Stadt gut sichtbar ist und für uns fortan dieses alte Viertel unserer Familie markieren wird. Es liegt im Süden der Stadt, von dort rückten die Russen vor und fast alles wurde im Zuge der Kämpfe zerstört, so auch das Haus in der Gabitzstraße / Gajowicka, in dem meine Mutter ihre ersten Lebensmonate verbrachte. Doch auch ohne das Haus ist es ein spezielles Gefühl, in dieser Gegend wirklich ganz sicher über Boden, durch Straßen zu laufen, wo auch meine Großeltern und Urgroßeltern entlanggegangen sind, wo sie sich jahrelang heimisch fühlten. Die Kirche selbst erhebt sich zunächst wie eine Trutzburg vor uns, erinnert mich von Form und Ausstrahlung her vage und unpassend an Schloss Neuschwanstein. Wir umrunden sie gegen den Uhrzeigersinn, von Tür zu Tür frustrierter – alles verschlossen. Bei ihrem letzten Besuch hatte meine Mutter wenigsten einen Seitenflügel betreten können.

Doch kurz vor Ende der Umrundung weist uns ein Mann den Weg nach vorn – an der nächsten Tür gehe es sicher hinein.

Er hat recht: Die schwere Tür schwingt auf, tiefe Stille empfängt uns. Betende Frauen in einer Marienkapelle, eine Stille zum Schneiden, zum Eintauchen, eine heilige Stille. Unvermittelt erfasst mich die Andacht, der sanfte, goldene Blick der Gottesmutter trifft mich. Es ist ein Ort, an dem sich Mitgefühl konzentriert, unerwartet und zugleich von anderen Orten der Stille vertraut. Durch das Seitengitter können wir ins Hauptschiff der Kirche und zu dem Taufbecken schauen, in dem meine Mutter 1944 getauft wurde.

Wieder entlassen in die Taghelle stehen wir noch eine Weile vor der Kirche herum, halb gerührt, halb hungrig nach mehr. Ein Herr, ein weiterer der vielen freundlichen Polen, denen wir begegnen, hilft uns mit einem Rat. Wir sollen eine Stunde vor dem Gottesdienst wiederkommen, dann sei das Hauptschiff schon geöffnet. Und da in den Kirchen Polens oft mehrere Gottesdienste pro Tag stattfinden, müssen wir nicht lange warten und können doch noch richtig hinein. Eine aus Deutschland ungewohnte Erfahrung rege genutzten sakralen Raums. Gläubige, die vor dem Altar niederknien und den Boden küssen. An den Säulen moderne Digitalbildschirme zum Anzeigen der Liednummern. Die Marienanbetung vereint alte Leute, die lange, über die Zeit unseres Besuchs hinaus, dort sitzen, mit anderen, die nur kurz vorbeischauen. Eine junge, schick gekleidete Frau mit hohen Absätzen – tack, tack, tack –, kniet nieder, betet mit ebenso hoher Intensität, wie sie sonst wohl im Leben unterwegs ist, und wieder raus, tack, tack, tack.

An diesem stillen Ort bewundere ich besonders die Unternehmens- und Abenteuerlust meiner Mutter auf dieser Reise, ungebrochen mit ihren dreiundsiebzig Jahren und dem stark eingeschränkten Sehvermögen zum Trotz. Am Hinterkopf wird ihr kurzes Haar lichter, es erinnert mich an den Hinterkopf meiner Oma – irgendwann wird vielleicht mein eigener Hinterkopf so aussehen. Der Gedanke, dass meine Mutter vielleicht zum letzten Mal in ihrem Leben hier sein könnte, macht mich unvermittelt wütend. Und sehr traurig, ein großes Loch tut sich in der Brust auf. So vieles kann ich akzeptieren, loslassen – aber dass womöglich meine Mutter und meine Schwester, die in meinem Leben immer da (und für mich da) waren, eines Tages nicht mehr da sein werden, macht einen Abgrund in mir auf. Auch das spürbar gemacht in der Zeit des Gemeinsamen, die wir uns nehmen, uns schenken.

Atmen. Für einen Tag war vorausgesagt: ergiebiger Regen. Es wurde dann auch ergiebiger Regen, den ganzen Tag lang. Vertrieb die Mücken, und wir wussten dann auch, wofür die große Nische im Bad, der Hocker und die Schüssel gut waren: Regenschirme zum Trocknen in der Nische aufspannen, auf den Hocker setzen und in der Schüssel mit heißem Wasser die durchgefrorenen, durchnässten Füße wärmen. Dank Temperatursturz plötzlich zwanzig Grad kälter. Auch in Regenjacken ließ sich die Stadt weiter erkunden, das Wasser sprudelte durch die Blutrinne in der alten Schlachtergasse, wo nun künstlerische Souvenirläden auf Besucher warten. Wir schlenderten, shoppten wenig. Entdeckten die Köstlichkeit der Piroggen.

Am nächsten Tag ist es wieder trocken. Perspektivwechsel, ein Blick aufs große Ganze: Mit dem Lift fahren wir aufs Parkhaus-Dach vom Kaufhaus Renoma (früher Wertheim). Einmal achter Stock drücken und fertig – so einfach kommt man hier in den Genuss eines Rundum-Panoramas der ganzen Stadt, ohne die zweihundertfünfzig Stufen der Elisabethkirche erklimmen zu müssen. Mit den Miniaturansichten blitzen die Erinnerungen auf: Das Alte Rathaus, unglaublich formschön und harmonisch in der Innengestaltung, der goldene Schnitt lässt bei den eleganten Deckengewölben im Obergeschoss grüßen. Der japanische Garten, meinem Dafürhalten nach eher polnisch gestaltet, leicht rustikal. Und fast der bestbesuchte Platz, den wir sehen – hier scheint man sich gern im Kreis der Familie zu ergehen. Die Jahrhunderthalle, lichtdurchflutet und leer, im Park dahinter bunte Wasserspiele zu jeder vollen Stunde. Die Partyboote, die am Wochenende von der Oder aus jeden am Ufer lautstark an ihrem Vergnügen teilhaben lassen, ob man will oder nicht. Die vielen Bronzezwerge, überall im Stadtzentrum, subversiv und kreativ, inzwischen auf vielerlei Weise kommerziell genutzte Erinnerungsboten der »Orangen Alternative«, die Anfang der 80er für Meinungsfreiheit auf die Straße ging.

Viele verliebte Paare fielen mir auf, die schönstens einander zugewandt wirken. Und auf abgelegenen Parkbänken knutschen sie manchmal heftig, und obwohl wir gar nicht gucken, halten sie doch verschämt inne. Sympathisch, und ich denke noch einmal an meine jungen Großeltern in dieser Stadt, vor vielen Jahren.

Dann der bescheidene Flötist am Knödeltor, mit grauem Bart und Hut und geduldigem Hund, der während des Spiels dem Musikantenherrchen zu Füßen sitzt, sich aber äußerst freut, als das Spiel zu Ende ist, er wieder gestreichelt wird und es weiter durch die Stadt geht.

Breslau – im ruhigen Rhythmus dieser Spätsommertage eine Stadt, die dazu einlädt, selbst langsamer zu werden, den Raum zu genießen. Und zum Beispiel, statt wie sonst so oft am Straßenmusiker vorbeizuhasten, auf einer Bank sitzend zu lauschen und abzuwarten, wie er das Spiel abschließt, was dann kommt. Redend und schweigend in der Familie, wie es schöner nicht sein könnte. Dankbar. Lebendige gemeinsame Erlebnisse trumpfen die Schatten der Vergangenheit aus, das weiß ich jetzt.

Und es ist okay, Wrocław zu sagen, aber auch okay, Breslau zu sagen. Dem alten deutschen Namen muss nichts Muffiges, Tristes anhaften, politisch unkorrekt ist es auch nicht mehr. Part of the story. Dieser besiedelte Landstrich hat es über die Jahrhunderte geschafft, lebendig und lebenswert zu bleiben, die Stadt und ihre Menschen haben sich die Geschichte einverleibt, nicht andersherum. Und ich habe auf dieser Reise etwas für mich (zurück)gewonnen, mir genommen, einen weiteren Ort gefunden, nach dem ich aus der Ferne – von da, wo auch immer Heimat ist – künftig gelegentlich Sehnsucht empfinden werde. Ein weiterer Puzzlestein meiner Identität.

Denijen Pauljević

Der Aufgang des Morgenabends oder das Unterland des Abendrots

Das Schloss zwischen Himmel und Erde. So wurde der Titel eines serbischen Märchens in der DDR übersetzt, wie ich vor Kurzem erfahren habe. Eigentlich heißt es *Das Schloss, weder im Himmel noch auf der Erde.*

Als ich fünf Jahre alt war, bekam ich es vor dem Schlafengehen vorgelesen: Nachdem eine Prinzessin von einem Drachen entführt wurde, machen sich ihre drei Brüder auf die Suche nach ihr und stellen fest, dass sie in einem Schloss zwischen Himmel und Erde festgehalten wird. Der jüngste Bruder opfert sein Pferd, er macht aus dessen Haut einen Riemen, der an einem Pfeil befestigt und mit dem Bogen zum Schloss hinaufgeschossen wird. Dort hakt sich der Pfeil fest und der junge Mann klettert an dem Riemen hinauf. Im Hauptsaal sieht er seine Schwester, der Drache schläft, den Kopf in ihrem Schoß, während sie ihn laust. Sie gibt ihrem Bruder ein Zeichen und er schlägt dem Drachen in die »Zeugungskraft«. Das Ungeheuer stirbt. Es gibt viele Schätze und drei hübsche Mädchen im Schloss. Die beiden älteren Brüder sind nun neidisch, dass der Jüngste der Held ist. Sie reißen die Schätze, die Schwester und die Mädchen an sich und lassen ihn nicht hinunterklettern – sie zünden den Riemen an. Auf dem Weg zu ihrem Vater, dem König, begegnen sie dann einem Hirtenjungen und verkleiden ihn als ihren Bruder. Bevor die drei jedoch die hübschen Mädchen heiraten können, kommt der Jüngste auf einem Rappen angeflogen – den er im Stall des Schlosses gefunden hat – und gibt seinen Brüdern jeweils einen leichten Stoß mit der Keule in den Rücken; den Hirten aber schlägt er tot. Alles geklärt, alle glücklich.

Ich schlief unzufrieden ein. Es gefiel mir nicht, dass der Hirtenjunge sterben musste, dass er ein wehrloses Opfer war. Vor allem aber irritierte mich seine Passivität. Und die Schwester hätte ihrem Vater sofort erzählen müssen, dass ihr jüngster Bruder im Schloss in den Wolken zurückgelassen worden war.

Ich vergaß die Geschichte bald und floh dreizehn Jahre später nach Deutschland, um dem Krieg zu entkommen, in dem Brudervölker gegeneinander kämpften. Ich wollte nicht schießen und vor allem wollte ich nicht erschossen oder totgeschlagen werden. Unterwegs dachte ich an das Gedicht eines jugoslawischen Poeten – *Die Sonne des fremden Himmels wird nicht so warm sein wie die der Heimat.*

Die Sonne in Süddeutschland wurde immer heißer und ich verdrängte das Gedicht. Zwei Jahre später hörte ich von dem Buch eines deutschen Geschichtsphilosophen – *Der Untergang des Abendlandes.* Zwei Mal S, an den Enden zweier aufeinanderfolgender Wörter. Die Melodie und der Rhythmus gefielen mir, es klang mysteriös, wie ein Geheimspruch, und der Titel ging mir in einer endlosen Schleife durch den Kopf. Ich fragte mich, ob meine Heimat auch zum Abendland gehörte – denn dort schien alles unterzugehen – und ob ich in Deutschland heimatlos und orientierungslos bleiben würde, unfähig mit Menschen zu kommunizieren, ohne die Möglichkeit zu arbeiten oder zu studieren.

Achtzehn Jahre später durfte ich wieder nach Serbien fahren, der Krieg war längst vorbei. Dort sprach ich Serbisch mit deutschem Akzent, konnte mich an meine Kindheit nicht erinnern und erkannte keinen einzigen Menschen. Ich fuhr zurück nach Deutschland und sprach Deutsch mit serbischem Akzent. Auch hier erkannte ich keine Menschen und fragte mich, was ich in den achtzehn Jahren eigentlich gemacht hatte – außer mich mit Sprachen zu beschäftigen. Ich brachte alle meine Bücher in den Keller hinunter und wartete.

Eine Zeit lang passierte nichts. Bis mir das Märchen wieder einfiel – *Das Luftschloss,* wie es in der neueren deutschen Übersetzung heißt. Ich bin weder im Himmel noch auf der Erde, ich habe weder ein Zuhause noch habe ich keins. Ich wurde nicht entführt, ich bin kein Drache, ich habe keine Geschwister, ich bin kein Held. Ich bin der Geist des Hirtenjungen, der in das Schloss zwischen zwei Welten hinaufgeklettert ist. Keine Schätze, keine Mädchen und auch keine bösen Brüder. In der Gesellschaft eines toten Drachens ohne Zeugungskraft.

Banu Acun

Kinder der Fremde

Es war vor rund fünfzehn Jahren: Ich musste für ein Nachrichtenmagazin im türkischen Fernsehen einen Beitrag über die Hip-Hop-Kultur in der Türkei produzieren. Erstaunt stellte ich fest, dass die Heimat des türkischen Rap nicht in der Türkei, sondern in Deutschland lag. Die Kinder der türkischen Einwanderer in Deutschland, die unter sich blieben, begannen Anfang der 90er-Jahre des vergangenen Jahrhunderts ihre Gefühle und Sehnsüchte durch Rap auszudrücken. Islamic Force – so hieß eine Rap-Gruppe, die im Berliner Stadtteil Kreuzberg entstand.

Nach meinem Umzug aus der Türkei nach Berlin vor einem Jahr ertappte ich mich dabei, wie ich die Melodie und den Refrain eines Liedes von Islamic Force summte. In dem Liedtext heißt es: *Der Deutsche, der mit seinem Leben nicht zurechtkommt, macht dich an. Der Deutsche flucht auf uns. Der Deutsche, der Streit mit seiner Frau hat, pöbelt uns auf der Straße an. Am liebsten möchte er uns an die Türkei verkaufen. Da ist Schluss mit Menschenrechten.*

Vor fünfzehn Jahren meinte ich als Redakteurin in Istanbul, der Text strotze nur so vor Klischees und sei pessimistisch. Nach fast einem Jahr in Deutschland hat sich meine Meinung geändert. Ich möchte von meinen persönlichen Erfahrungen erzählen, die erklären mögen, wie es zu dem Wandel kam.

Türken gegen Deutschländer

Bevor ich nach Deutschland zog, war ich – wie viele in meinem Umfeld auch – voller Vorurteile gegenüber jenen, die wir in der Türkei als »Almanci«, »Deutschländer«, bezeichneten, also Türken, die nach Deutschland ausgewandert waren. Aus meiner Kindheit erinnere ich, wie die Deutschländer in den Sommerferien mit Luxuskarossen in die Türkei kamen und den Kindern besondere Schokolade schenkten, die wegen der protektionistischen Wirtschaftspolitik in der Türkei nicht erhältlich war. Für die Frauen gab es Nylonhöschen und Parfüm, für die Männer Zigaretten. Es waren entfernte Bekannte (niemand aus unserer Familie war nach Deutschland ausgewandert). Ich erinnere mich an Sprüche wie »Nirgends ist es so schön wie in der Heimat« oder »Wir haben starke Sehnsucht nach dem Wasser und der Luft unserer Heimat«. Andererseits protzten sie mit der D-Mark, die sie verdienten, erzählten von den sozialen Rechten der Arbeiter in Deutschland, den geregelten und langen Urlaubszeiten und von der Rente, die sie erwartete. Sie suchten nach rationalen Argumenten, um ihren Aufenthalt in Deutschland zu rechtfertigen. Wir nahmen sie als ungebildete Menschen wahr, die stets prahlten. »Bleibt doch dort, wenn es euch so gefällt«, sagten wir. Doch sie hielten nach Immobilien Ausschau, wo sie sich nach ihrer endgültigen Rückkehr in die Türkei niederlassen wollten.

Ihre Kinder sprachen ein schlechtes Türkisch. Erst jetzt verstehe ich, dass es ein Türkisch war, das in deutsche Satzstrukturen gepresst war. Und ich wunderte mich, dass wir englischsprachige Brieffreunde hatten, weil das Erlernen einer Weltsprache zum Kodex guter Bildung gehörte, während die Deutschländer noch nicht einmal deutsche Freunde hatten (was Rassismus heißt, wusste ich als kleines Kind noch nicht). Später, als wir Rockmusik hörten, kamen die Kinder der Deutschländer mit ihrer türkischen Kitschmusik. Sie kamen mir seltsam vor und es gab kaum Berührungspunkte für Kommunikation. Die türkische Mittelschicht blickte von oben auf die Deutschländer herab. Der Verlust der türkischen Sprache befremdete sie ebenso wie die Fixierung auf das Geldverdienen. Und sie warfen den Deutschländern vor, dass sie sich – obwohl sie schon so lange in Deutschland lebten – nicht weiterbildeten.

Warum Deutschland?

Ich bin vierundvierzig Jahre alt. Und die türkische Identität war für mich nie etwas von Bedeutung. Wir haben uns als Bürger dieser Welt begriffen. Seit meiner Kindheit träumte ich davon, in verschiedenen Regionen der Erde zu leben. Und es waren wohl die Erinnerungen an die Deutschländer meiner Kindheit, die zur Folge hatten, dass Deutschland an allerletzter Stelle der Länder stand, in denen ich leben wollte. Doch das Schicksal machte mir einen Strich durch die Rechnung. Ich heiratete einen Türken, der deutscher Staatsangehöriger ist. Vor einem Jahr verließen wir unser geliebtes Viertel in Istanbul und zogen nach Berlin. Es schien eine durchdachte Entscheidung zu sein. Wegen der Bombenanschläge, der Diktatur, der willkürlichen Festnahme unserer Freunde machten wir uns Sorgen um die Zukunft unseres siebenjährigen Sohnes. Da er Deutsch spricht, dachten wir, es wäre das Beste, dass er in Deutschland eingeschult wird. Er würde mit den neuen Verhältnissen schon klarkommen. Die räumliche Nähe Deutschlands zur Türkei – wichtig, wenn man ältere Mütter hat – und Freunde, die nach Berlin gezogen waren, beförderten die Entscheidung. Wäre da nicht das »Aber«. Denn eigentlich wollten wir nicht in einem Land leben, wo wir immer wieder daran erinnert werden, dass wir Türken und anders sind.

Der Vater meines Mannes war ein gefragter Chirurg, der Anfang der 60er-Jahre in Deutschland zu arbeiten begann. Seine Mutter eine gebildete, selbstbewusste Frau. Mein Mann kam als Dreijähriger nach Deutschland, machte später Abitur und dann sein Universitätsdiplom. Er spricht Hochdeutsch. Doch er ist klein gewachsen, hat schwarzes Haar, Bart und dunkle Haut. Seit wir zusammenleben, habe ich einige seiner Kindheitserinnerungen aufgeschnappt: Er konnte nicht in den Kindergarten, weil es vor Ort nur kirchliche gab und er als »Moslem« nicht aufgenommen wurde. Die Eltern wussten nicht um die Tradition von Schultüten, und so ging er als einziges Kind ohne Schultüte zum ersten Schultag. Die anderen Kinder spotteten. Kinder ohne Schultüte würden zeit ihres Lebens Loser sein. Und er durfte nie andere Kinder zuhause besuchen. Die Eltern der Kinder wollten es nicht. Solche Traumata aus der Kindheit können ganz unterschiedliche Folgen haben. Entweder du akzeptierst die Niederlage, die Erniedrigung und isolierst dich von der Gesellschaft. Oder du kämpfst um die Akzeptanz des »Andersseins«. Doch egal, welchen Weg man geht, die Last ist zu schwer für ein kleines Kind. Er habe immer versucht, besser in der Schule zu sein als die anderen Kinder, erzählte mir mein Mann. Eine Istanbuler Freundin, die in Deutschland aufgewachsen ist, wählte ähnliche Worte: Um akzeptiert zu werden, musst du immer fleißiger, immer besser angezogen sein als die anderen.

Warum wird man Argentinier? Warum wird man nicht Deutscher?

Mein Mann und ich haben uns in Argentinien kennengelernt. Unser Sohn kam in Buenos Aires zur Welt. Durch Geburt war er Argentinier. »Ach, Sie sind Eltern eines Argentiniers«, sagte dort freundlich eine junge Frau in der Immigrationsbehörde. Nach einer Stunde hatten wir als Eltern eines Argentiniers eine unbefristete Aufenthaltsgenehmigung. Als die Kinder aus dem Kindergarten zusammen mit den Eltern zu einem Zeltlager fuhren, kam irgendwann das Gespräch darauf, dass unser Sohn in Buenos Aires geboren ist. Voller Selbstverständlichkeit hörten wir die anderen sagen: »Aha, ihr Sohn ist Argentinier.« Wenn man in einem Land, dessen Sprache man nur gebrochen beherrscht, so schnell, so bedingungslos, ohne Wenn und Aber akzeptiert wird, fühlt man Nähe und Geborgenheit. Man liebt das Land, man fühlt sich zugehörig. Genau an diesem Punkt liegt das Problem der Einstellung gegenüber Immigranten in Deutschland. Egal, ob du hier geboren und aufgewachsen bist, egal, was du machst – wenn dein Name türkisch klingt, bist du kein richtiger Deutscher. Du bist Türke oder vielleicht türkischstämmiger Deutscher.

Mein Sohn und mein Mann haben die deutsche Staatsangehörigkeit. Ich musste einen Stapel von Dokumenten beim deutschen Konsulat in Istanbul vorlegen, um einen Antrag auf Familienzusammenführung zu stellen. Bei dem Gespräch im Konsulat musste ich glaubhaft machen, dass es sich bei meiner Beziehung nicht um eine Scheinehe handelt. Nach der Einreise per Visum musste ich zur Ausländerbehörde. Dort erhielt ich eine Aufenthaltsgenehmigung für ein Jahr. Und natürlich wollte ich nach unserer Entscheidung, nach Deutschland zu ziehen, Deutsch lernen. Eine Selbstverständlichkeit. Doch Wut kochte in mir auf, als ich in großen Lettern auf der Aufenthaltsgenehmigung las: »Verpflichtung zur unverzüglichen Anmeldung und Teilnahme an einem Integrationskurs«. Da merkte ich, dass ich in die Rolle des Deutschländers gezwängt wurde. Doch ich wollte mir die gute Laune nicht verderben lassen. Ich hatte den Irrglauben, alles würde besser, sobald ich Deutsch gelernt habe. Ich hatte die Hoffnung nicht aufgegeben, dass ich mich wie in Argentinien als Teil der Gesellschaft fühlen würde.

Unterstützen die Türken in Deutschland Erdoğan?

Das Referendum über das Präsidialsystem im April 2017 war faktisch eine Abstimmung für oder gegen Erdoğan. In Izmir, der Stadt, in der ich aufgewachsen bin, stimmten 69% der Menschen mit Nein. In Deutschland stimmten 63% mit Ja. Wie schrecklich, diese 63%. Wohin wandere ich aus? Diese Frage stellte ich mir. Doch dann relativierte ich. Ich wusste, dass diejenigen, die die deutsche Staatsangehörigkeit angenommen hatten und die türkische abgeben mussten, nicht wahlberechtigt waren. Von den wahlberechtigten Türken in Deutschland waren nur 46% zu den Wahlurnen gegangen. Zudem wusste ich, wie zielstrebig die Erdoğan-Anhänger mobilisierten. Doch trotz aller Relativierung: 453 000 Türken in Deutschland hatten für Erdoğan gestimmt.

Das Wahlverhalten der Türken im Ausland zeigte große Unterschiede. Ein überwältigendes Nein in Ländern wie den USA (83%), Kanada (72%), Großbritannien (79%) und Spanien (86%) gegenüber einem überwältigenden Ja in Österreich (73%), den Niederlanden (70%), Frankreich (66%) und Deutschland (63%). Diese Diskrepanz ist nur zum Teil dadurch zu erklären, dass je nach Land die soziokulturelle Zusammensetzung der türkischen Auswanderer unterschiedlich ist. Nicht umsonst ist der Anteil von Ja-Stimmen gerade in jenen europäischen Ländern hoch, wo populistisch-rassistische Parteien und Bewegungen im Aufwind sind.

Ich beobachte, dass bei vielen Türken in Deutschland, die gut ausgebildet sind und deren Hauptsprache mittlerweile Deutsch ist, die Bindungen zur Türkei schwächer werden. Viele sagen, sie fahren noch nicht einmal zum Urlaub in die Türkei, solange Erdoğan regiert. Auf der anderen Seite gibt es rund eine halbe Million Menschen, die Erdoğan ihre Stimme geben. Diese Menschen, die ohnehin einen konservativen Wertekodex haben, denken, dass sie in der Gesellschaft nicht die Achtung erfahren, die ihnen zusteht. Doch Erdoğan ist einer von ihnen. Da ist einer, der sie vielleicht zum ersten Mal für voll nimmt. Er redet davon, dass er ebenso wie sie unterdrückt wurde: »Sie sagten über mich, dass ich nicht Dorfvorsteher werden könnte. Doch ich bin Präsident geworden.« Ich glaube, erfahrene Erniedrigung und Nicht-Akzeptanz in der deutschen Gesellschaft haben die Stimmabgabe für Erdoğan befördert.

Es gibt wirklich Dinge, die ich nicht verstehe. In der anti-demokratischen Türkei gibt es staatliche Fernsehsender, die auf Kurdisch und Arabisch senden. Warum gibt es nichts Vergleichbares in Deutschland? Oder vielleicht Untertitel? So etwas hat großen Symbolwert: Es bedeutet, wir akzeptieren euch mit eurer Sprache.

Seit ich Deutsch verstehe, kann ich mich nicht mehr integrieren

Jeden Tag gehe ich zum Integrationskurs in Berlin-Kreuzberg. Danach habe ich Zeit, auf dem Marktplatz, in den Geschäften, Cafés und Restaurants mit den Türken zu reden. Sie fragen mich: »Wie kann man bloß die schöne Türkei verlassen und hierherkommen?« Ich antworte ihnen: »Ihr kennt die Türkei doch nur von eurem Urlaub. Es gibt dort nicht das glückliche, liebliche Leben, das ihr euch so vorstellt.« Ich sage: »In einer anti-demokratischen Türkei voller Unrecht wollte ich nicht mehr leben.«

Sie sagen: »Denkst du denn, hier regiert das Recht? Wenn im Laden ein Diebstahl passiert, schauen sie zuerst in deine Tasche. Sieh dir die NSU-Morde an. Jahrelang haben sie uns gesagt, dass die Täter Türken waren. Sie können noch nicht einmal einen Spielplatz aushalten, der *Ali Baba und die vierzig Räuber* heißt.«

Ich frage beiläufig eine Frau, die im Café kellnert: »Wieso seid ihr so gegen Deutsche?«

Sie sagt: »Meinen Bruder Mete Eksi haben Neonazis ermordet. Die Täter kamen mit drei Jahren Gefängnisstrafe davon.« Ihre Schwester, blond und blauäugig, mischt sich in das Gespräch: »Ich kriege alles mit, was Deutsche so reden. Weil sie nicht auf den Gedanken kommen, dass ich Türkin bin. Lern du erst mal Deutsch. Dann verstehst du vieles, was du jetzt nicht verstehst.« Tatsächlich war ich ein glücklicherer Mensch, als ich nur mit Englisch und Türkisch in Berlin zurechtkam. Doch mittlerweile bin ich in der Stufe B1 des Deutschkurses. Ich verstehe mehr. Auch den Liedtext, den ich einst für Kitsch hielt: *Der Deutsche, der Streit mit seiner Frau hat, pöbelt uns auf der Straße an. Am liebsten möchte er uns an die Türkei verkaufen. Da ist Schluss mit Menschenrechten.*

Aus dem Türkischen von Ömer Erzeren

Linda Benedikt

Räumlich erweitert

Es war früher Donnerstagnachmittag, als ich eine Anfrage in meinem E-Mail-Postfach fand. Ob ich einen Text schreiben möchte. Über das Thema »Ankommen«. Ich habe gleich zugesagt, weil ich mich erstens für das Thema interessiere und mir zweitens langweilig war. Die Sonne schien, ich dachte nach und nach. Es wurde Abend, es wurde Nacht. Ich war nervös und angespannt.

Ich ging ins Wohnzimmer, wo meine Zweitkatze wie ein Sack Walnüsse auf dem Sofa lag. Ich wollte mich mit ihr besprechen. (Die Erstkatze konsultiere ich schon lange nicht mehr bei Problemen schriftstellerischer Natur. Wir haben uns einmal deswegen fürchterlich in die Haare bekommen. Außerdem lag sie schon im Bett und las *Jerry Cotton.*) Die Katze war ursprünglich eine arme Straßenkatze aus dem armen Griechenland und trug den Namen Babina. Da sie nichts Zartes hatte, nichts südlich Elegantes, sondern nur ein angebissenes Ohr, eine zerboxte Nase und einen melancholischen Blick, gab ich ihr als Allererstes einen anderen Namen. Noch vor der Willkommensmilch und dem geschwind organisierten Souvlaki-Spieß. Das war vor vier Jahren.

Während ich mich nun geknickt auf den Wohnzimmerboden legte und ihr von meinen voluminösen Schwierigkeiten bezüglich des kleinen Textes erzählte, warf sie immer wieder gemütliche, aber kluge Gedanken vom Sofa auf den Boden. Bald schon aber bat sie mich, sie zu entschuldigen: »Ich bin greislich müd.« Den ganzen Tag hatte sie die Erstkatze mit Schafkopfen, Trimm-dich-Übungen und Quizfragen zum neuen Kabinett Söder traktiert. Geschwind ging ihr Atmen in ein wohliges Schnaufen über und ihre rosa Zunge spitzte zwischen den Zähnen hervor. Ich zwickte sie mehrfach in ihren dicken Bauch, aber sie war nicht mehr wach zu kriegen. So lag ich allein mit meinen unbequemen Gedanken.

Gleichzeitig wurde ich sehr melancholisch. Zu gut erinnerte ich mich an die erste Zeit nach ihrem Einzug. In den ersten Tagen lebte sie allein in einem »Untendrunter« und »Dahinter«, sodass ich meinte, gar keine zweite Katze zu haben. Auch die darauffolgenden Wochen existierte sie, wenngleich räumlich erweitert, in tonloser Angst und Panik: vor meinen Berührungen, vor unangekündigtem Besuch und dem von ihr nie korrekt einschätzbaren Höhenunterschied zwischen Tisch und Stuhl.

Nach einem halben Jahr hatte die gesprächige Erstkatze es geschafft – obwohl sie selbst nicht mit einer besonders schönen Stimme gesegnet ist –, ihr das Miauen beizubringen. Anfänglich klang es wie das Blöken eines Schafes, heute ist es klangvoller als das Kastratengepiepse der Erstkatze.

Nach einem Jahr bat ich einen Schreiner, Bretter und Gestänge an den Wänden meiner Wohnung anzubringen. Auf denen unterrichtete ich die Katze im freihändigen Klettern und dem gesicherten Abseiling. Heute kippt sie nur noch bei Fieberanfällen ungebremst vom Tisch. Nach zwei Jahren durfte ich sie zum ersten Mal auf den Arm nehmen, im dritten Jahr aß sie erstmals gemeinsam mit mir und meiner Erstkatze zu Abend: Lüngerl mit Knödel. Ihre neue Leibspeise. Seit diesem Frühjahr lernt sie, Zither zu spielen, hört Bayern 2 beim Frühstück und wenn sie mit ihrer Mutter in Griechenland skypt, verabschiedet sie sich mit den Worten »Pfiat di und Servus«.

Ich hingegen kam vor dreizehn Jahren nach München. Obwohl, das ist so nicht ganz richtig. Eher: Ich wurde hier geboren, wuchs hier irgendwie auf, ging dann weg, zog zurück, ging wieder fort und kam dann wieder. Dazwischen liegen siebenunddreißig Umzüge. Siebenunddreißig Mal Taschen, Koffer, Kisten packen. Siebenunddreißig Mal von einer unvertrauten Ortsvorwahl zu einer neuen. Siebenunddreißig Mal von einer Stadt zur nächsten, von einem Stadtviertel zum nächsten, von einem Land, von einer Sprache und einem Essen zum nächsten Viertel / Stadt / Land / Sprache / Essen. Dann kam ich wieder nach München, weil ich meinte, hier etwas erledigen zu müssen.

Anfangs wartete ich zwar immer auf die richtige Straßenbahn, aber grundsätzlich auf der falschen Straßenseite. Ich besichtigte Wohnungen in mir vollkommen unbekannten Gegenden, die ich nur schwer fand. Die einzige Straße, die ich immer blind fand, war die, in der mein Elternhaus stand. Eine Straße mit einem Haus, das ich nicht mehr finden wollte.

Dann hatte ich erledigt, was erledigt werden musste. Und blieb.

Heute spreche ich, flüssiger und klangvoller als früher, die Sprache der Stadt, kenne wieder und neu ihre Gassen, ihre friedvolle Gemütlichkeit und weitläufige Kleingeistigkeit. Ich weiß jetzt wieder, wie der Sommer hier riecht und der Winter schmeckt; ich kenne jeden Stein auf ihrem Hauptmarkt und jeden Kiesel in ihrem Fluss.

Ich pausierte kurz in meinen Gedanken, um dann zu überlegen, dass mir bei den siebenunddreißig Mal wohl mein Gefühl von fraglosem Sein abhandengekommen war.

Ich fand diese Schlussfolgerung fast schon mathematisch in ihrer Logik. Andererseits dachte ich auch, dass ich mich noch nie als besonders passend empfunden habe. Weder zu den Menschen in dem Haus, in dem ich aufwuchs, noch zu der Stadt, in der ich geboren war. Und manchmal nicht einmal zu der Sprache, die die meine ist, seit ich denken kann. Außerdem meinte ich zu wissen, dass es genau das Fremdsein war, in dem ich mich über Jahrzehnte daheim gefühlt habe.

Ich wurde sehr ärgerlich angesichts dieser klischeehaften Feststellung und bezichtigte mich einer gedanklichen und auch sprachlichen Inkontinenz. Am Ende einigte ich mich mit mir darauf, dass München der einzige Ort in meiner Welt ist, in dem ich regelmäßig vor lauter Heimweh ein Ziehen und Krampfen im Bauch verspüre.

Und dann hatte ich überhaupt keine Lust mehr, auch nur einen Gedanken weiter in diese Richtung zu schicken. Ich stand vom Boden auf, nahm meine mittlerweile flötend schnarchende Zweitkatze auf den Arm und trug sie zu der beim Lesen eingeschlafenen Erstkatze im Katzenzimmer. Ich deckte beide mit einer gewürfelten Decke zu und löschte ihr Nachtlicht.

Dann hielt ich meiner Katze so lange die Nase zu, bis sie aufwachte: »Kisch, entschuldige bitte die Störung, aber könntest du mir aushelfen?« Die Katze schaute mich fragend an. »Ich meine«, und da hielt ich kurz inne, weil mir meine Bitte fast peinlich war, »könntest du vielleicht den Text schreiben? Mir ist das Thema«, setzte ich noch nach, »einfach zu … greislich«. Die Katze blinzelte kurz, sagte »Freilich!« und schlief augenblicklich wieder ein. Ich ging erleichtert ins Bett, fiel in einen lichten Schlaf und träumte von Zuckerwatte, Phosphorbomben und Salz auf meiner Haut.

Mariam Meetra

Meine Identität

Straßen, die sich leeren
vom Duft der Menschen, von Lebensfarben,
einer nach dem anderen treten wir ab.
Niemand ruft dort nach mir,
niemand betritt die Straße.
Wir sprechen durch Mauern miteinander,
in einer Stadt, deren Himmel
Kugeln blutig gefärbt haben …
Deine Stimme habe ich mir gemerkt,
nach jedem Treffer
schreien wir gemeinsam …
Wo soll ich mich verbergen?
Wo immer das Dach einstürzt, es fällt auf dich herab.
Das Dach dieses Hauses stürzt seit Jahren schon über mir ein,
in allen Himmelsrichtungen ist es zerborsten …
In mir habe ich ein Haus errichtet
mit meinen Erinnerungen und Träumen,
mein innerstes Haus,
das ich nie verlasse.
Es ist meine Zuflucht,
wenn ich keine Anschrift habe,
wenn niemand meinen Namen kennt.
Ein Haus habe ich in mir errichtet …
Sie fragen,
woher ich komme? Wo ich geboren wurde?
Sie fragen nicht, wo ich gelitten habe?
Wo ich lachte,
wo ich weinte,
wo ich meine Freunde verlor?
Ich bin mein eigener Ausweis
aus Träumen und Ängsten,
mit denen ich Flüsse, Berge und Flughäfen passierte.

Augen, Erinnerungen, Kummer, Lachen,
meine Liebsten und meine Ängste
sind meine Identität.
Jeder Mensch ist ein Haus in sich,
mit Sprachen, die er spricht,
mit wiedererweckten Erinnerungen.

Abschiedsbrief

Bevor ich meine Einsamkeit in Koffer packte
und in diese Stadt mitbrachte,
war das Leben nicht eine unbehauste namenlose Frau.
Ohne deine Hände zu schütteln,
ohne diesen Brief auf deinem Tisch
oder zwischen deinen Büchern,
verschloss ich mein Zimmer,
jenes ängstliche schlaflose Zimmer,
verschreckt von ständigen Explosionen.
Ich weiß,
zweifelnd bin ich hergekommen,
zweifelnd küsse ich dich,
zweifelnd liebe ich dich.
Einsamkeit kennt keine Grenzen,
um sie in einer anderen Stadt zu lassen;
hier schläft sie jede Nacht neben mir
und lässt mich nicht an dich denken.
Keiner Straße versprach ich zu bleiben,
damit sie nicht meine Rückkehr erwarte.
Diese Stadt ist eine kleine Herberge,
die so viel Einsamkeit nicht erträgt.

Aus dem Persischen von Susanne Baghestani

Lena Gorelik

Der, die, das; und ich

Zug, der: Schlafwaggons, die Liegen blau. Blaues Plastik, aus dem durch Risse und Löcher der Schaumstoff drängt. Ich habe noch nicht gelernt, mich zu ekeln, und später werde ich es auf eine pubertäre Weise tun: rebellisch und drastisch. Bei der Sauberkeit von Hotelbetten bin ich pingeliger als jeder, mit dem ich jemals verreiste. Das wird später sein, da werde ich mich hinter dem Stacheldraht eines Asylantenheims zu lang unter blau-karierter Bettwäsche mehr durch die Nächte geängstigt denn geschlafen haben, und auf karierte Bettwäsche wird der Hass ebenfalls ein pubertärer, beinahe faschistischer sein.

Der Zug jedenfalls: Schlafwaggons, die Liegen blau. Wir haben, wahrscheinlich, Karten gespielt. Wir haben, mit Sicherheit, aus dem Fenster gesehen. Das Grau wich mit jedem Kilometer, als hätte jemand langsam die Glasscheiben poliert. Klarheit wie Freiheit, so ein Gefühl. In Warschau war mir – der Eiserne Vorhang schien, wenn man in der Sowjetunion lebte, östlicher zu hängen –, als hätten wir den Westen betreten; ein buntes Schlaraffenland voller Menschen im Glück.

Gegessen haben wir im Zug auch und manchmal brachte der Schaffner einen Tee. Mein Vater hatte im Vorfeld die Taschen gepackt, die eigens für diese Auswanderung angefertigten großen, beigefarbenen Taschen aus reißfestem Stoff, der Reißverschluss schwarz, ein verpacktes Leben oder eben, was nutzvoll erschien. Wertvoll wäre besser gewesen, aber das kann man erst im Nachhinein wissen, wenn man wo angekommen ist. Mein Vater faltete und legte zusammen und quetschte dazwischen: Bettwäsche, Geschirr, Bücher kaum, ich durfte zwei mitnehmen, ich wählte Astrid Lindgren, und den Tolstoi drehten sie mir an, der Bildung wegen. Kleidung, nur wenige Fotos, ein Bügeleisen war auch dabei, Schulhefte, Seife – wir hatten gehört, dass die in Deutschland teuer sei, sogar Küchenhandtücher, die meine Eltern bis heute benutzen.

Nützlich, ein bedeutendes Wort unter jenen, die um die Unsicherheiten des Lebens wissen. Meine Großmutter stöhnte und küsste die Dinge, die an Familie und Freunde verschenkt wurden, mein Vater dauergereizt, nein, das können wir nicht mitnehmen, nein, das auch nicht, ich sage das nicht noch einmal. Neun Gepäckstücke, die mein Vater dauernd durchzählte, eins, zwei, drei, vier, fünf, wie zwanghaft, neun Gepäckstücke und ein zweites Leben, wir stiegen in den Nachtzug ein, den nach Berlin. Draußen vor den Fenstern war es dunkel, als der Zug Sankt Petersburg verließ. Das Verstehen ließ sich Zeit, es kroch gemächlich in mich hinein; den Erwachsenen schaute ich beim Weinen zu.

Berlin, der / die / das: Der Geruch von mit Käse überbackenem Laugengebäck, und das wird für immer so bleiben. Wir stehen am Gleis. Mein Vater bewacht die Taschen. Diese andere Sprache, die ohne Sinn. Sauberkeit und ich weiß, ich darf nicht fragen, ob ich ein Stück von diesem Gebäck haben darf, dessen Namen ich noch nicht kenne und das so riecht wie Berlin für mich immer riechen wird. Das Geld ist ebenfalls ein anderes und wir haben wenig davon. Mein Vater trägt einen Teil in einer Tasche an seinem Herzen, meine Mutter den anderen in ihrem BH, und was nach einer Schmuggelgeschichte klingt, ist nur die blanke Angst: alles zu verlieren.

Wir verbringen den ganzen Tag am Gleis, einer dieser wenigen Tage im Leben, die in Details in der Erinnerung kleben, und dieses eine Wort: bunt; aber wirklich alles. Familienlegenden werden an diesem Tag geboren, zum Beispiel die: wie ein fremder, Russisch sprechender Mann meinen Vater fragte, ob wir aus Russland seien und ob wir wohl für immer nach Deutschland zögen, und wie er ihm nach Bejahung dieser offensichtlich zu bejahenden Frage zwei Weisheiten mit auf den Weg gab: »Erstens hättet ihr das schon vor Jahren machen sollen und zweitens: nur den mitnehmen«, und er nickte in Richtung des kleinen, orangeledernen Aktenkoffers mit den zwei silbernen Schnallen, den mein Vater seit unserer Abfahrt an sich drückte wie einen neugeborenen Säugling, den man vor umherschwirrenden Viren bewahren will. Darin wurden alle Dokumente, Geburts- und Heiratsurkunden, Ausreisegenehmigungen und in der Sowjetunion hart erarbeiteten und in Deutschland nie anerkannten Diplome gelagert.

Stuttgart, ohne Artikel: Letztes Jahr in der Wohnung meiner Eltern, in der mein Vater immer noch die Synthetik-Jogginghose trägt, die er damals in einer dieser Taschen mitgebracht hat, sie taugt immerhin noch etwas. An den Wänden hängen Fotografien von Petersburg zwischen afrikanischen Masken, die mein Vater auf Flohmärkten kauft. Es ist Morgen und ich habe nicht gut geschlafen, ich habe mich gewälzt und ich habe unter der Teddybären-Bettwäsche geschlafen, blaue Teddybären auf gelbem Grund, eine der gescheiterten Freuden, die meine Mutter mir zu machen versuchte; sie wartete auf ein Lächeln. Eine Erinnerung an die Kindheit, aber für Kindheit war ich zu groß, als ich diese Bettwäsche bekam, in der Pubertät, als meine Eltern endlich Arbeit hatten und jetzt befanden, dass da etwas Geld sei, um mir die Sachen zu kaufen, auf die ich lange mit großen Augen gestarrt hatte; ich hatte schweigend gestarrt und vielleicht schon zu viel verstanden.

Wir haben nie über das eine Stückchen Kindheit gesprochen, das fehlt. Das ist verloren gegangen und als es zu spät war, zu spät für die Teddybären-Bettwäsche, suchte ich unruhig danach.

Ich habe nicht gut geschlafen und der Kaffee bei meinen Eltern schmeckt nach Wasser und ich traue mich endlich zu fragen, was ich seit Jahren schon fragen will: ob ich den orangeledernen Aktenkoffer wohl haben darf. Vorab erben, sozusagen. Warum denn das, fragt mein Vater und schaut überrascht von seinem morgendlichen Käsebrot auf. Wir sprechen nicht.

Kindheit, verlorene, die: Unwichtig: Einmal saßen mein Vater und ich im Bus und der Bus fuhr an einem Eiskiosk vorbei und wir dachten wohl beide dasselbe, wir dachten beide daran, wie wir ganz frisch in Deutschland waren, ein paar Wochen vielleicht, ich, ein elfjähriges Mädchen mit kurzen Haaren, und er, mein Vater, ich glaube, er war schon immer alt. Wir waren ganz frisch in Deutschland, alles schien oder war bunt, und meine Augen hüpften hin und her und wussten nicht, wohin, und mein Vater hatte Angst, wahrscheinlich, ich habe ihn nie gefragt; so eine Angst vor dem Leben.

Das Eis war ebenfalls bunt, die vielen Sorten, 60 Pfennig die Kugel, daran dachte ich im Bus, und dass die Preise ja seitdem …, so etwas dachte ich, unwichtige Dinge, über die Inflation dachte ich nach, über den Wechsel von D-Mark zu Euro, da sagte mein Vater, dass er den Anblick dieses Kioskes hasse. Warum, fragte ich und schaute auf, das erste Mal seit Langem tatsächlich interessiert. Ich hätte dir hier viel öfter ein Eis kaufen sollen, sagte mein Vater. Du hast immer mit diesen wollenden Augen hingeguckt, aber nie darum gebeten, und mir kamen die 60 Pfennig so viel vor und ich hatte Angst, dass wir das Geld brauchen könnten, aber es waren ja nur 60 Pfennig, was ist das schon, du warst doch ein Kind. Ein Kind, sagte er und blickte zum Fenster hinaus. Jedes Mal, wenn ich hier vorbeifahre, ärgere ich mich, warum habe ich dir nicht öfter ein Eis gekauft, du wolltest so gerne eins, sagte mein Vater. Alles war neu, ich wusste nichts, und dann sagte mein Vater: Aber das soll keine Entschuldigung sein. Wir saßen im Bus, mein Vater und ich, als er mir von seinem Schmerz erzählte, und ich wusste nicht, was ich sagen sollte, ich traute mich nicht, seine Hand zu nehmen.

Zuhause, das: Hinter Stacheldraht, was man damals Asylantenheim nannte; zu dem man heute Flüchtlingsunterkunft sagt. Als würden Worte Orte zu etwas Besserem machen, als nähmen Worte Orten die Scham. Sie steckten uns hier hinein, das Hier mit Stacheldraht umzäunt, und hier blieben wir, zu fünft in ein Zimmer gedrängt, zwei Stockbetten aus braunem Metall, ein Tisch dazwischen, ein orangefarbener Schrank. Eine Matratze für meinen Bruder, die mein Vater jeden Morgen hinter den Schrank presste, und als mein Bruder später zum Studieren wegzog, das Gefühl von Freiheit: Das Zwölf-Quadratmeter-Zimmer schien mit einem Mal groß.

Vom Sperrmüll schleppte ich eines Tages stolz einen grünen Sessel an und mein Vater schickte mich wieder zurück, wohin damit, aber die rote Stoffmaus, die ich am selben Tag fand, die durfte ich behalten. Kein Heim – kein Heimweh, paradox eigentlich, weil wir das, was wir nicht Zuhause zu nennen wagten, Heim nannten; es war einfacher auszusprechen und vielleicht einfacher zu beleben als das andere, das Asylantenwohnheim. Nachts weinte ich unter blau-weiß-karierter Bettwäsche, die von der Heimverwaltung ausgeteilt wurde, den Stacheldraht weg, diese stinkende, stets fettfilmüberzogene Küche, die die 60 Menschen, die sie teilten, nicht sauber kriegten, die dünnen Holzbrettwände zwischen den einzelnen Zimmern, Holz, ein Hauch, die Angst, die nachts größer wurde, und die Scham, die nicht wich. Ich weinte, obwohl sich nichts änderte, und wenn sie mich fragten, nach dem Warum, und meistens fragten sie nicht, so erwiderte ich, ich weine dem Hund nach, den wir bei Verwandten zurücklassen mussten.

Wir gaben uns Mühe, ein Leben zwischen den mitgebrachten Sachen, den zwei braunen Stahlhochbetten, dem Tisch und dem wutgetränkten Schweigen auf zwölf Quadratmetern einzurichten, über uns wachte die Angst, sie klebte sozusagen an der grauen Decke.

Erinnerungen, die: Unsere Erinnerungen legen wir uns zurecht in erzählbare Geschichten. Ich hatte mir auch eine zurechtgelegt, und ich achtete darauf, sie so zu erzählen, dass man lachen durfte über mein Unglück: Wenn ich gefragt wurde, wie es war, neu in einem Land zu sein und die Sprache nicht zu verstehen, so erzählte ich, wie ich anfangs die Schulfächer, aufgrund nicht vorhandener Sprachkenntnisse, anhand der verschiedenfarbigen Heftumschläge unterschieden hatte: Montags hatte ich Gelb, Blau, zwei Mal Rot und dann Grün, dienstags Blau, Gelb, Orange, Braun, Grün. Ich erzählte, wie ich die Sprache aufsog, wie ein hungriges Tier schnappte ich nach Worten, hielt sie mit aller Kraft fest, ließ sie auf der Zunge zergehen: Monatelang antwortete ich mit »meinetwegen« auf jede mir gestellte Frage. Ich wusste nicht, ob das Wort »ja« oder »nein« bedeutete, aber ich mochte den Klang.

Als ich genug Worte gesammelt hatte, schrieb ich ein Buch, in dem auch das Flüchtlingswohnheim eine Rolle spielte, und über das Wohnheim schrieb ich: ein Zuhause, für das ich mich bis auf die Knochen schämte, und ich freute mich an der Sprache, die die meine geworden war. Meine Geschichte hatte ich mir zurechtgelegt und -gefaltet, so dass ich sie vorzeigen konnte. Nichts davon war gelogen, und nichts war erzählt.

Ich habe versucht, aber nie gelernt, wie man das aufschreiben kann: wie es ist, wenn man das verlässt, was so großspurig und assoziationsgetränkt Heimat genannt wird, was sowohl Liebe ist als auch Hass, und wie es ist, ein neuer Mensch werden zu müssen oder vielleicht überhaupt wieder ein Mensch. Wie das langsam geschieht, in kleinen Erfolgen und großen Ängsten; diese eine Freude, wenn man nach dem passenden Artikel zum Wort nicht mehr suchen muss. Der Baum und das Gebüsch, der Teebeutel, das ist das Ding mit dem Faden dran, das man in die Teetasse hängt, ein westliches Wunder.

Kleine Erfolge: wenn die Dinge keine Wunder mehr sind, sondern Alltag und der Teebeutel ein Teebeutel sein darf. Große Ängste: dass man mir ansieht, anhört, anriecht, dass ich anders bin. Erst Jahre später die Erkenntnis, sich an falscher Stelle geschämt zu haben, und die zweite Scham: die, sich geschämt zu haben. (Und die Selbstverständlichkeit, mit der dieser Konjunktiv II – oder was für eine Zeitform das sein soll – gebildet wird; dieser nicht mehr notwendige Stolz.)

Die Klassiker im Versuch, aus der Minderheit in die Mehrheit aufzusteigen: sich für die Eltern schämen, die zu russisch erscheinen und deshalb nicht zu Schulaufführungen kommen dürfen oder zum Abholen vom Schullandheim. Bücher mit kyrillischer Schrift werden zuhause gelesen und über Dinge, die in meiner Erinnerung fehlen, schweige ich mit einem Nicken hinweg, als wüsste ich genau, worum es geht: was eine Schultüte und wer Wickie ist, wonach Weihnachten riecht und wie Stollen schmeckt (bis man allein verstanden hat: Es ist etwas zu essen!).

Im Soziologiestudium lerne ich später, was ich da tat: sich selbst verschweigen, um sich in einer neuen Welt hörbar zu machen. Der größte kleine Erfolg: Die Angst verwandelt sich in eine vor mir selbst. Nicht, was die anderen von mir denken, sondern was ich bin oder nicht mehr bin, weil ich es nicht mehr zu sein wage. Wie aus einer Bewegungslosigkeit aufzuwachen: Er kann das, der Hals, den Kopf erheben. Geschriebene Worte, ich. Ich bin es, die der Sprache befiehlt.

Ich bin mir nicht sicher, was ich mit dem Aktenkoffer machen soll, in dem mein Vater all die Dokumente mitbrachte, die auswiesen, wer wir in diesem anderen Leben gewesen waren; er darf nicht in den feuchten Keller und auch sonst habe ich keinen Platz für ihn. Also steht er vorübergehend – und das Vorübergehen ist zum Alltag geworden – hinter dem Kachelofen herum. Einfach so.

Ankommen, das.

Rudolf Ohlbaum

Menschen in Flüchtlingslagern – Besuch im Lager II, München-Allach

20. März 1949

Die bayerische Flüchtlingsverwaltung betreut zurzeit noch über 90000 Menschen in 514 Lagern. Davon sind 214 ausgesprochene Massenlager, in denen noch über 40000 Flüchtlinge und Heimatvertriebene leben müssen. In letzter Zeit hat sich in der Unterbringung zweifellos manches gebessert, nachdem durch Hungerstreiks, Kundgebungen und Aufrufe die staatlichen Behörden und die ganze Öffentlichkeit auf die unhaltbaren Missstände in einzelnen Lagern aufmerksam gemacht worden waren. Es war auch höchste Zeit, dass einmal an die Lösung des Problems der in Lagern zusammengepferchten Menschen herangegangen wurde. Ohne die »Revolten« in den Flüchtlingslagern wäre alles beim Alten geblieben. Gerade hier hat sich gezeigt, dass sich hinter dem »Unmöglich«, womit die staatlichen Behörden die Forderungen nach einer Besserung der Lagerverhältnisse zuvor ablehnten, nicht ein wirklicher Mangel an Besserungsmöglichkeiten verbarg, sondern vielmehr der Mangel an Einsicht, gutem Willen und innerem, unbürokratischem Schwunge.

Das Flüchtlingslager II in München-Allach ist durch seinen Hungerstreik vor Monaten bekannt geworden. 1945 wurden dort wie in anderen Lagern der Stadt Flüchtlinge und Heimatvertriebene untergebracht und zunächst von der Stadt München betreut, dann aber in die Fürsorge des Regierungsbeauftragten für das Flüchtlingswesen übernommen. Von den sechs Holzbaracken dieses Regierungsdurchgangslagers dienen – wie ein Insasse erklärt, der von Anfang an dort wohnt – immer nur drei Baracken als Wohnbaracken, während die drei anderen gleich großen von der Lagerverwaltung genutzt werden. Gegenwärtig sind die drei Wohnbaracken noch mit über 600 Menschen belegt. Das seien jetzt aber schon bedeutend bessere Verhältnisse als vor einigen Monaten, als in denselben Räumen 2400 Menschen wohnen und schlafen mussten, wird mir mehrmals versichert.

Die Baracke, die ich zuerst betrete, ist in zwei etwa 20 Meter lange Räume geteilt. Im ersten stehen auf beiden Fensterseiten hölzerne, übereinander gebaute Doppelbetten, in der Mitte auch noch vereinzelte Betten, dann Tische, Sitzgelegenheiten, eiserne Öfchen und kleine Herde. Manche Betten sind mit Decken verhängt, die meisten stehen frei. In dem Raume hausen 120 Menschen. Überall hängen Kleidungsstücke zwischen den Fenstern und am Deckengebälk, auf gespannten Schnüren hängt Wäsche zum Trocknen, Kisten und Koffer stehen umher: ein Anblick, der sich kaum durch einen Vergleich wiedergeben lässt, denn Ausdrücke wie Schuppen oder Stall treffen nicht zu, da man sich darunter nicht notwendig etwas maßlos Hässliches, Unordentliches vorstellen muss. Nicht, dass die Menschen, die hier leben, die Schuld daran hätten! Man sieht sogar deutlich, wie ein jeder sich bemüht, seinen Wohn- und Schlafplatz in Ordnung zu halten und sogar zu verschönern. Die Betten sind sauber bedeckt, die Kleider hängen geordnet, auch die vielen anderen Dinge sind auf ihren Platz gerückt – und trotzdem oder gerade deswegen wirkt das Ganze so unsäglich abstoßend.

Hier leben heimatvertriebene Deutsche aus dem Südosten und dem Sudetenland und die »Illegalen« aus der Russischen Zone vom Säugling bis zum Greise, Männer und Frauen, Verheiratete und Ledige, Gesunde und Kranke. Dass sich daraus eine Lebensweise ergibt, die leicht zu einer Umkehrung aller sittlichen Wertungen führt, ist nicht verwunderlich. Diese Menschen haben kein Privatleben mehr, sie leben immer in der Öffentlichkeit ihrer Baracke. Die Kinder sehen Dinge, die sie unter normalen Verhältnissen nicht zu sehen bekämen. Das Beieinander so vieler Menschen führt zu Reibungen aller Art, auch innerhalb der Familien, deren Bande sich lockern, da die Familien nicht mehr abgeschlossen leben und den einzelnen Familienangehörigen durch keine Abgeschlossenheit mehr Schutz gewähren können. Wie die Grenzen der Familien zwischen den einzelnen Betten des großen Raumes verschwimmen, so verschwimmen auch die Grenzen des Eigentums. Wer aber darf die Menschen verurteilen, wenn sie nicht immer Sitte und Recht achten, so lange sie in Verhältnissen zu leben gezwungen sind, die ein Hohn auf Recht und Sitte und alle Menschenwürde sind?

Die mehr als 600 Menschen des Lagers sind hier zum Teil schon seit zwei Jahren. Die schlimmste Zeit war vor etwa einem halben Jahre, als ihrer fast viermal so viele in denselben Räumen leben mussten wie heute. Damals war noch dazu eine Lagerleitung eingesetzt, die die unmenschlichen Verhältnisse durch Ungerechtigkeit und Gewalt verschlimmerte. Eine eigene Lagerpolizei schlug die Leute, wenn sich ein Widerspruch erhob. Erst ausländische Studenten, die das Lager besichtigen kamen und mit den Insassen selbst sprachen, schufen dem Druck, unter dem die zusammengepferchten Menschen standen, das erste Ventil. Ein Hungerstreik unterstützte dann die Forderung, die ärgsten Missstände zu beseitigen, wozu die Lagerleitung selbst gehörte.

Schließlich wurden die Forderungen in gewissen Grenzen durchgesetzt. Der gehasste Lagerleiter verschwand, ja es wurde auch ein Gerichtsverfahren gegen ihn eingeleitet, das dieser Tage mit einem Freispruch »aus Mangel an Beweisen« endigte. Die Verpflegung, die früher nur aus Kartoffelsuppe bestand, hat sich gebessert, und die arbeitsunfähigen Lagerinsassen bekommen wenigstens ein paar Mark Taschengeld. Vor allem aber ging man ernstlich daran, die Belegung des Lagers aufzulockern, und fast 200 Menschen haben in den letzten Monaten eine andere Unterkunft erhalten. Auch ein

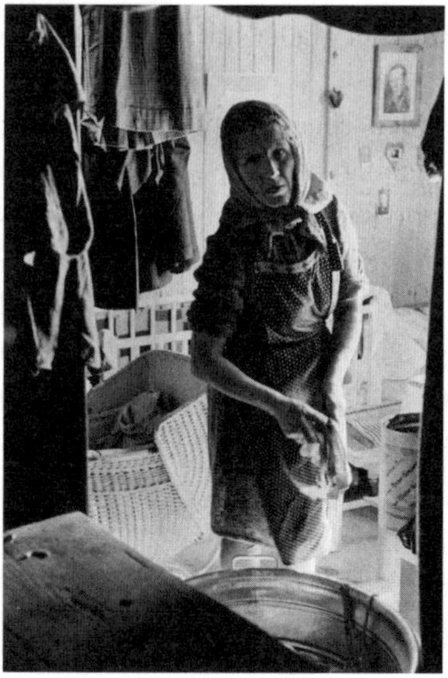

großer Teil der jetzigen Lagerbewohner wird in andere Lager der Umgebung von München übersiedeln, in Lager allerdings, die nicht mehr Massenlager sind, sondern Wohnlager, wo die Familien ein oder zwei Räume erhalten und endlich wieder als Familien leben können.

Auch wenn die Menschen mit viel Hoffnung der Übersiedlung entgegensehen und den festen Willen haben, wieder von vorne anzufangen, lassen sich die Folgen des jahrelangen Lagerlebens – besonders die seelischen, aber auch die leiblichen Schäden – nicht sofort wiedergutmachen, manchmal wahrscheinlich fürs ganze Leben nicht mehr. Denn was hier an den Seelen der Kinder und Jugendlichen verdorben wurde und was sich hier an innerem Zerwürfnis in manchen Familien eingenistet hat, das lässt sich oft weniger ausheilen als ein Lungenleiden, das auch einige Lagerbewohner befallen hat und doch bisher kein Grund war, den Erkrankten zu einer besseren Wohnung zu verhelfen. Es ist höchste Zeit, dass Massenlager vom Typ Allach II aufgelöst oder umgebaut werden.

Eine besondere Bedeutung kommt in den Lagern der seelsorglichen Betreuung zu. Ein Teil der Menschen verschließt sich freilich dagegen, nicht nur, weil er es auch in der alten Heimat und in besseren Zeiten tat, sondern auch, weil der Hader mit Gott und dem Schicksal kein Ende findet.

Vielfach aber klammern sich die Menschen umso mehr an Gott als einzigen Halt, je mehr sie allen anderen Halt verlieren. Wenn dann ein Priester versteht, sie anzusprechen – am ehesten wird das der Leidensgenosse im Priesterkleide tun können – dann finden sie auch im Gotteshause ein Stück Heimat. In den größeren Lagern sind meist Notkapellen eingerichtet, auch im Massenlager Allach II. Ein erheblicher Teil der Katholiken, der Kinder, Jugendlichen und Erwachsenen, versammelt sich hier allsonntäglich zum Gottesdienst, insgesamt immer 100 bis 150 Personen.

So erfreulich das ist, wenn jeden Sonntag ein Fünftel des Lagers den katholischen Gottesdienst besucht und damit gewiss auch christliche Gesinnung bezeugt, so ist doch die Frage, was die übrigen vier Fünftel tun und denken und anstreben, nicht grundlos. Welche Gesinnung keimt in ihnen? Werden nicht einmal die Sendboten eines falschen Erlösers diese verhärmten, verbitterten, verzweifelnden, nach dem Leben verlangenden Herzen im Sturme mit sich reißen und zu verzweifelten Taten treiben? Hier kann nur wirkliche soziale Besserung Dämme bauen, und wo die Hilfe ihre Grenze findet, da müssten diese, mit den Fluten des Elends kämpfenden Menschen wenigstens die Hände sehen, die ihnen die am Ufer Stehenden aus christlicher Brudergesinnung entgegenstrecken.

Aus dem Nachlass, den Herausgebern überlassen von Isolde Ohlbaum

Raaed Al Kour

Les Misérables

Seit zwei Jahren lebe ich im schönen München, geflohen vor Krieg, Tod und dem, was sie mit sich bringen, auf der Suche nach einem Ort, an dem ich etwas Frieden finde. Selbst wenn es kein echter Frieden ist, so bietet er mir doch eine Weile Ruhe. Ich ordne, was von meiner Seele geblieben ist, und beginne von vorn.

Wie alle Neuankömmlinge in einem fremden Land versuche ich mich einzugewöhnen und zu integrieren. Dabei hilft es mir, mich mit schönen Dingen zu beschäftigen, um angesichts all der unschönen Dinge weiterleben zu können.

Mehr und mehr Menschen fliehen vor Krieg und Flammen, ja sogar vor sich selbst und allem, was sie zurückgelassen haben.

In den fragwürdigen Berichten europäischer Regierungen und ihnen folgender Medien führen dabei die Syrer die Liste der Geflohenen an. »Syrischer Flüchtling« liest und hört man am häufigsten. Überall. Auch unter den Geflüchteten selbst. Der syrische Flüchtling ist der bekannteste von allen und wird sehr beneidet. Kameras, Fernseh- und Radiosender, Moderatoren und Politiker heißen ihn willkommen, als wäre er gerade vom Mond herabgestiegen.

Afghanen, Iraker, Libanesen und andere betrachten den Syrer als den Einzigen, der die Prüfung bestanden hat, den Einzigen mit einer schönen Zukunft und vielleicht sogar einer Führungsrolle in spe in diesem alten Land.

Sobald die Grenzen zum Paradies Europa – wie es nur jemand nennen kann, der es nicht kennt – geöffnet wurden, strömten all die elenden Flüchtlinge herein. Damals arbeitete ich als Helfer und Übersetzer in einem der Zentren, um die vielen (mit Gottes Hilfe) Ankommenden zu empfangen. Ich verbrachte dort einen Großteil meiner Zeit und ich habe das wirklich gern gemacht.

Zu meinen wichtigsten Utensilien gehörte ein Zettel an der Brust, auf dem *Arabisch* stand. So wusste jeder, dass er sich an mich wenden konnte, sei es zum Übersetzen oder wegen anderer Wünsche, wie etwa die Beendigung des Kriegs in Syrien, eine Aufenthaltserlaubnis innerhalb von zwei Tagen (sie wussten nicht, dass auch ich damals kein Bleiberecht in diesem Land hatte und es bis zur Überarbeitung dieses Textes immer noch nicht habe) oder eine Braut. Ja, eine deutsche Braut, und blond musste sie sein. Wirklich, das ist kein Witz! Wir sind elend dran, habe ich das nicht gesagt? Ich konnte ihr Leid nachempfinden und hörte ihnen aufmerksam zu. Wir diskutierten, teilten Traurigkeit und Klagen, wie alte Freunde, die sich nach langen Jahren wiedertreffen. In ihren Augen sah ich die Heimat … und mich allein als Flüchtling.

Ich sah ein brennendes Land, einen Weg voller Diebe, Menschenhändler, Rassisten und Mörder. Ein Meer voll mit Toten – Menschen, die versucht hatten, ans andere Ufer zu gelangen. LKWs, in denen zuerst die Männer erstickten, dann die Frauen und Kinder. Starre Körper und blau angelaufene Gesichter, die sich anschließend als Ausstellungsstücke im Museum wiederfanden.

Das bedeutete jedoch nicht, dass sie keine Schlitzohren waren, die gern mein Telefon benutzten und Zigaretten schnorrten, bloß weil auf meiner Brust *Arabisch* geschrieben stand. Aber ich war gerne mit ihnen zusammen. Ich sah meine Wunden in ihren Geschichten und auf ihrer Haut. Sah meinen Vater, meine Mutter, unser Viertel, unsere Städte und Dörfer. Sah Tragödien, schlimmer als die des Propheten und seiner Anhänger zu Beginn seiner Botschaft. Massive Überlastung. Viele Sprachen. Müde Gesichter. Augen, die den Moment der Ankunft im neuen Land aufnahmen und ins Gedächtnis brannten.

Viele freiwillige Helfer. Blonde Helferinnen. Und ich mittendrin. Über das Handy erhielt ich einen Anruf von der Registrierung. Ich würde sofort gebraucht.

Eine gerade angekommene syrische Familie sei in Tränen aufgelöst. Zu müde und ängstlich, um zu sprechen. Dann endete der Anruf.

Es war, als hörte ich die Trompete des Erzengels … Gnadenlos.

Ich lief eilig los, doch nach und nach wurde ich langsamer. Meine Schritte zogerten, angstzitternd, in meinem gesenkten Kopf rasten die Gedanken. Welche traurige Geschichte würden sie im Gepäck haben? Welcher Albtraum würde sich heute Nacht in meine Träume schleichen? Wie sollte ich anfangen? Was sollte ich sagen, um sie zu beruhigen?

Das Leben hatte sie bezwungen, geohrfeigt, ihren Stolz soweit gebrochen, dass sie bei ihrer Ankunft völlig verängstigt und ohnmächtig waren.

Am besten beginne ich mit: »Keine Angst, hier seid ihr sicher.«

Nein, nein. Das ist lächerlich. Selbst hier gibt es nicht genug Sicherheit für jemanden, der glaubt, er sei endlich angekommen.

Oder ich sage im Scherz: »Herzlich willkommen, lieber Gast!«, aber das ist erst recht albern, wenn darauf kein arabischer Kaffee, kein deftiges Mahl mit viel Fleisch folgt.

Nie zuvor hatte ich mich so hilflos und beklommen gefühlt. Ich hatte keine Ahnung, dass die Schmerzen der Gläubigen jene von Jesus am Kreuz übertreffen können.

Aber vielleicht war ja auch nur ich so verlegen angesichts ihrer Not und des Leids, das sie auf der Reise ins Ungewisse, von nun an ihr Los, erfahren hatten. Ich würde einfach mit »As-salamu aleikum« (Friede sei mit euch) beginnen, vielleicht würde das etwas Frieden in ihre Herzen bringen. Ich betrat den Raum. Ihrer Angst begegnete ich mit einem trostspendenden Lächeln. Doch nach dem »As-salamu aleikum« vernichteten sie mich erbarmungslos mit einer Sprache, die ich nicht verstand.

Ich hatte keine Ahnung, dass die Schmerzen und Tragödien der Syrer mittlerweile zu einer Rolle geworden waren, die man in Afghanistan, Osteuropa und anderswo einstudierte, um im kalten Europa vermeintlich bessere Chancen zu haben. Doch die arabische Sprache ist nicht leicht zu lernen und die Fremden kennen nichts weiter als »As-salamu aleikum«.

Wir sind elend. Habe ich das nicht gesagt?

Aus dem Arabischen von Jessica Siepelmeyer

Angelica Ammar

Hier ein Meer, dort eine Fabrik

Momar rief aus Marrakesch an, als ich mir gerade einen Salat zum Mittagessen machte, deprimiert vom Stand der katalanischen Politik, fahrig vom Wind, der gegen die Fenster toste, als wollte ein Gott die Welt seinen Zorn spüren lassen.

»Du bist also los«, sagte ich und er antwortete, »Ja, ich bin los, aber nicht auf der Route, von der wir gesprochen haben«.

Zuletzt hatte er aus Dakar angerufen und ich hatte ihn an die Gefahren erinnert, die ihm auf einer Fahrt durch die Wüste drohen würden, an die Schieber, Banditen, Unfälle, an all das, was man über die Verzweiflung der Menschen las, die sich auf diesen Weg begeben. An die Boote, die Skrupellosigkeit, an all das Unvorstellbare.

Er hatte das Geld zusammengekratzt und sich aufgemacht. Er hatte ein Flugzeug bis in den Norden Senegals genommen und von dort mehrere Busse bis nach Marrakesch. Am Telefon zusammengefasst in einer halben Minute, während ich in Barcelona eine Avocado schnitt.

Er warte auf Nachrichten von einer Frau, »une dame«, sagte er, die ihm bezüglich der möglichen Überfahrten Bescheid geben solle. In der Zwischenzeit werde er für einen Tag nach Agadir fahren, um sich dort umzusehen.

Von Agadir fahren die Boote ab, die die Kanarischen Inseln ansteuern. Ich telefonierte mit jemandem, der womöglich ein paar Tage später auf einem wackeligen Kahn über das Meer kreuzen würde. Es war November. Wie hatte er das Geld zusammenbekommen? Sein letzter Alternativplan war ein Flug nach Malaysia gewesen, wo offenbar Arbeitskräfte gebraucht wurden. Ein Ticket von Dakar nach Kuala Lumpur kostete an die fünftausend Euro.

Als ich Momar kennenlernte, lebte er in einer besetzten Fabrik in der Nähe des unübersichtlichsten Flohmarkts der Welt, der Encants, auf dem man von Medaillen aus dem Zweiten Weltkrieg über Spiderman-Figuren bis zu Lötkolben alles bekommen konnte. Inzwischen wurde den anarchischen Zuständen dieses Labyrinths aus Verkaufstischen ein Ende gemacht und auf der anderen Seite des vierspurigen Kreisverkehrs von Glories ein neues, nicht minder scheußliches Konstrukt errichtet, auf mehreren Ebenen mitsamt Überdachung.

Um die Ecke des alten Geländes aber lag die Fabrik, ebenso unüberschaubar und verschachtelt, in die Jordi und ich vom Bürgerzentrum Poblenou geschickt worden waren, um mit Fragebögen eine Erhebung über die Bewohner zu erstellen und zu erfragen, wer an möglichen Weiterbildungen oder Sprachkursen interessiert sei.

Ich war in Barcelona angekommen, wie man als Europäer eben ankommt. Ich hatte mir eine Wohnung genommen, meinen Computer auf einen Schreibtisch gestellt und weitergearbeitet. Ich hatte ein Kind bekommen, ging mit ihm zum Strand, dem großen Spielplatz der Stadt, und flog in den Ferien quer durch die Weltgeschichte.

Damit war ich nicht allein. Barcelona ist in den letzten Jahren zu einer der Hauptattraktionen der globalisierten Reisebegeisterung geworden. Als ich ankam, gab es noch eine Wintersaison, in der die Strände leer waren und die Bewohner der Barceloneta sonntags ihren Wermut in alten Bars mit Blick auf den Strand tranken. Inzwischen reihen sich dort Surfläden und coole Lokale, in denen man frisch gepresste Säfte, vegane Hamburger und Quinoa-Salate bekommt. Wenn man sich erst einmal den Weg bis zum Meer am Hafen entlang erkämpft hat, vorbei am Emporium der Nike-Turnschuhe, Gucci-Taschen und Sonnenbrillen, alles fake natürlich, aber wen stört das, die chinesische Wirtschaft boomt. Die Waren sind auf Tüchern ausgebreitet, die im Notfall schnell an den vier Enden zusammengerafft und als Bündel auf den Rücken gehievt werden können. Bis die neue Bürgermeisterin die Spielregeln änderte, wurden die Verkäufer in regelmäßigen Abständen von motorisierten Polizisten verscheucht. Man sah sie in großen Gruppen an den Luxusjachten des neu veredelten Jachthafens vorbeihasten, sich durch den fahrenden Verkehr schlängeln, ihre Schritte hallten durch die schmalen Gassen. Allein die Metro-Stationen waren neutrales Gebiet, dort konnte ihnen niemand etwas anhaben. Wie beim Fangenspielen, der Ort, an dem man freischlägt. In langen Reihen sah man sie dort auf den Bänken sitzen, ihre Bündel vor sich zwischen den Beinen. Sie unterhielten sich, lachten, den Blick nach vorne gewandt. Manchmal kam eine

Frau mit einem Einkaufswagen vorbei, in dem sie Essen hatte, das sie an die Jungs verkaufte. Sollte ich hinzufügen, dass sie ebenfalls Schwarzafrikanerin war, um einen möglichst neutralen Begriff zu benutzen? Spielt ihre Hautfarbe eine Rolle? Wenn ich als weiße Europäerin sie beschreibe? Dass jemand weiß ist, würde ich explizit wahrscheinlich nur in einem außereuropäischen Kontext erwähnen. Verliert oder gewinnt diese Frau etwas von ihrer Identität, wenn ich ihre Hautfarbe nicht benenne?

Eine Zeit lang gab ich Alphabetisierungskurse im Bürgerzentrum von Poblenou. Jeden Dienstagnachmittag stand ich vor acht Marokkanerinnen, einer Senegalesin, zwei Pakistanern und zwei Nigerianern und sah meine Unfähigkeit, mein Leben zu begreifen, in ihnen gespiegelt, meine Sinnsuche. Ich kam mir vor wie eine Hochstaplerin und leistete dafür Abbitte, indem ich diese Farce des Unterrichtens fortführte, mich selbst beobachtete, wie ich mir Wörter für Buchstaben ausdachte, die irgendwann einmal jemand erfunden oder von einem anderen übernommen hatte, um die Laute, die Menschen von sich gaben, zu reglementieren, und die allgemein von der jeweiligen Sprachgemeinde als etwas Gottgegebenes betrachtet wurden, das zu erlernen unablässiger Schlüssel für das Reich der Auserwählten war.

Die zunehmend ungezwungene Fröhlichkeit der Frauen half mir, mich zu entspannen. Sie kicherten hinter hochgezogenen Kopftuchzipfeln, warfen sich arabische Wortfetzen durch das Klassenzimmer zu, die von den weniger schüchternen für mich ins Spanische übersetzt wurden, und ignorierten majestätisch die paar männlichen Exemplare, die sich in die Stunde verirrt hatten. Der schmale Raum mit den Bildern und Buchstaben an den Wänden war ihre kleine Auszeit, aus der sie fünf Minuten vor Unterrichtsschluss forteilten, um die Kinder von der Schule abzuholen. Ich lernte ihre Namen, seit wann sie in Barcelona waren, fragte mich, wie sie all die Jahre zurechtgekommen waren, ohne ein Straßenschild lesen zu können, und dann nutzte ich die Zwangspause der Sommerferien, um mich von meinem Posten zu verabschieden. Wie oft hatte ich mich schon aus meinem eigenen Leben fortgestohlen, hatte Uni, Stadt, Land gewechselt. Weil die Ideen immer so viel weiter tragen als die Wirklichkeit.

Jetzt ging ich einmal wöchentlich zu der Arbeitsgruppe, die Fortbildungskurse für Migranten organisieren sollte. Viele von ihnen, vor allem Afrikaner, lebten in den besetzten Fabriken und Lagerhallen im Poblenou, dem ehemaligen Industrieviertel von Barcelona. Eine Initiative der evangelischen Kirche hatte in einem strengen Winter, als die Krise über alle hergefallen war, begonnen, ihnen Lebensmittel zu bringen. Zweimal wöchentlich fuhren jeweils zwei Freiwillige die verschiedenen Adressen ab, die im Laufe der Zeit auf die Liste gekommen waren, um entsprechend der Anzahl der Bewohner Reis, Nudeln, Öl und Dosentomaten zu verteilen. Das war natürlich nur eine Notlösung, die auf Dauer keinem half; deshalb war man im Bürgerzentrum auf die Idee eines Nachbarschaftsnetzwerks für kleine Reparaturen gekommen.

Ferrán und ich waren die Fabriken abgefahren, um Fragebögen auszufüllen und Kandidaten für den Kurs zu rekrutieren, dessen Teilnehmer lernen sollten, wie man Haushaltsgeräte repariert. Eine Hilfsorganisation stellte dafür ihren Lagerraum zur Verfügung, in den deckenhohen Regalen stapelten sich Kartons mit sortierter Kleidung. Dort standen die zehn jungen Männer an einem langen Tisch und lernten, wie man Steckdosen auseinandernimmt und wieder zusammenbaut und was es mit dem Innenleben eines Toasters auf sich hat. Unterwiesen wurden sie von Adolf, einem Mittfünfziger mit Rauschebart, der kein Handy besaß und wirkte, als wäre er gerade mit dem Mountainbike aus den Pyrenäen gekommen. Dann nahte wieder der Sommer, und an besonders schönen Tagen fanden sich gerade noch drei Teilnehmer zum Herumschrauben ein. Der Hafen rief, die Touristen flanierten, die Eltern, Geschwister, Tanten, Onkel warteten auf Nachricht von Western Union.

In den letzten beiden Jahren hat sich die Situation für die Straßenverkäufer dank der neuen Bürgermeisterin, die früher einmal Hausbesetzerin war, deutlich verbessert. Am Hafen kommt man kaum noch zwischen den Waren hindurch, die über fast einen Kilometer links und rechts von einer schmalen Trasse ausgebreitet sind, an manchen Stellen läuft man Gefahr, von einem Kinderwagen, einem Fahrrad oder einer Gruppe motorisierter Roller auf eine liebevoll arrangierte Auslage von Fußballtrikots oder auf großflächig ausgebreitete indische Tagesdecken gedrängt zu werden.

Momar hatte davon gehört, wie erfolgreich der Straßenverkauf in der Stadt wieder ist, die »Top Mantas«, wie sie hier genannt werden, kommen inzwischen von überall her, sogar aus Italien. Es ließ ihm keine Ruhe, er hatte alles versucht, um auf legalem Weg nach Europa zurückzugelangen. Das erste Mal war es so einfach gewesen, ein Freund, der ihm ähnlich sah, zumindest einigermaßen, hatte ihm seinen Pass mit einem gültigen Visum darin gegeben, er hatte in Dakar ein Flugzeug genommen und war in Barcelona ausgestiegen, hatte ein paar Tage bei seiner Schwester gewohnt, die mit ihrem Mann und ihrer Tochter in einem Vorort lebt, und sich dann selbstständig gemacht, voller Tatendrang.

Er zog in die Fabrik, besorgte sich mit Nonchalance seinen ersten Stock Ware für den Hafen, alles lief nach Plan, sagte er, dann wurden ihm die Sonnenbrillen konfisziert und er musste von vorne anfangen. Das Bürgerzentrum von Poblenou vermittelte ihm eine Ausbildungsstelle als Kellner. Vier Monate mit praktischem Einsatz in einem solidarischen Café. Momar war voller Elan. Als die vier Monate vorbei waren, bekam er keinen Job. Er ließ sich die Rastas abschneiden, aber das war es auch nicht, es waren die Papiere. Im Bürgerzentrum fing er an, Katalanisch zu lernen. Das Spanische war ihm praktisch zugeflogen, auf dem Arbeitsmarkt hätte er mehr Chancen mit Katalanisch, sagte man ihm. Hätte er Papiere.

Kam man in die Fabrik, von dem schmalen Gehsteig durch die überraschend kleine Metalltür mit dem zersprungenen Riffelglas, war erst einmal alles dunkel, bis sich die Augen langsam daran gewöhnten, im trüben Zwielicht Umrisse auszumachen. Treppenstufen mit dem melierten Muster einer über Jahrzehnte festgetretenen Schmutzschicht, ein Autowrack, eine mit Planen verhängte Sperrholzwand. Hinter einer schwarz spiegelnden Wasserlache öffnete sich eine Halle, die durch die hohen Dachfenster über den Metallstreben geradezu hell wirkte. Nur wenige Lichtpartikel erreichten tatsächlich den Boden, sodass die Gesichter derer, mit denen man sich hier unterhielt, immer etwas Vages behielten.

Die Holzwand umgab den Aufenthaltsraum, bestehend aus einem mottenzerfressenen Sofa und einem Tisch mit zwei Stühlen, und wer immer etwas richten, schrauben oder hämmern musste, kam hier her, wo Strom und Neonlicht am solidesten waren. Abends gegen zehn wurde alles beiseitegeschoben und ein Fitnessraum eingerichtet, erklärte man Ferrán und mir, in dem die Jungs Sit-ups machten und trainierten, mit Hanteln, einem Rudergerät, an Stangen. Durch eine Tür in der Sperrholzwand betraten wir Momars Zimmer, da stand ein Bett mit bunter Überdecke, ein Tischchen mit einem Fernseher, in dem Musikvideos liefen, eine Stehlampe erleuchtete alles, die Wände waren mit einer Blümchentapete tapeziert. Erst später fragte ich mich, woher der Strom kam. Auf einer Kochplatte stand eine silberne Teekanne. Nachdem das Wasser mit dem grünen Tee eine Weile gekocht hatte, maß Momar Zucker mit einem Teeglas ab und rieselte ihn hinein. In hohem Bogen goss er den Tee in eines der beiden verzierten Gläser. Von dem einen Glas in hohem Bogen ins andere. Dann wieder zurück in die Kanne. Von der Kanne wieder in das eine Glas, von dort ins andere, ein kleiner Rest in einen großen Blechtopf, der zu diesem Zweck auf dem Boden stand. Zahllose Male wiederholte er das Ritual, bis der Tee schäumte. Er reichte jedem von uns ein Glas, der Tee legte sich heiß und bittersüß auf meine Zunge.

»Warum machst du das?«, fragte er mich einmal.

»Was?«, fragte ich zurück.

»Hierherkommen und all das«, sagte er. Irgendwann hatte ich seine Einladung ausgeschlagen, zu zweit auszugehen, offenbar war ich ihm ein Rätsel. Ich wusste nicht, was ich antworten sollte. Wie sollte man erklären, was man für sich selbst nicht in Worte fassen wollte. Das Privilegiertsein. Dass einem all diese Dinge nicht zustoßen konnten, mit denen Momar und die anderen sich tagtäglich herumschlagen mussten. Dass ich mir vermutlich nie in einer leer stehenden Fabrik ein Kabuff bauen würde.

Irgendwann verlor Momar den Glauben an Spanien. Er fuhr nach Frankreich, wo es auch keine Arbeit gab, dann nach Belgien, um Asyl zu beantragen, monatelang bei Minusgraden in einem Aufnahmelager bei Lüttich, wieder zurück nach Frankreich. Dort heiratete er eine sehbehinderte Französin, der er in Barcelona einmal aus der Patsche geholfen hatte und um die er sich mit aufrichtiger Zuneigung kümmerte. Nach der Hochzeit rief er mich an, gab das Telefon an seine Frau Nadine weiter, deren Stimme unsicher klang, aber auf den Fotos wirkten sie glücklich.

Momar wollte eine Familie gründen, er war jetzt dreißig. Doch Nadines Eltern gerieten in Panik, als sie schwanger wurde, woraufhin sie die gemeinsame Wohnung verließ, Momar der Vergewaltigung beschuldigte und abtrieb. Ein paar Wochen später wurde er, immer noch in der einst gemeinsamen Wohnung, festgenommen und nach Dakar zwangsrepatriiert. Seine Bemühungen, über einen Anwalt bei der französischen Botschaft ein Visum zu erlangen, um bei dem Scheidungsverfahren anwesend sein zu können, waren erfolglos, ebenso seine Versuche, einen Teil der auf dem gemeinsamen Konto deponierten Hochzeitszuwendungen für sich zu beanspruchen.

Seitdem versuchte Momar, wieder nach Europa zu kommen.

»Kannst du nicht Arbeit in Dakar finden?«, fragte ich ihn, ich stellte mir das Leben für ihn dort so viel besser vor. Er war gelernter Schweißer, aber auf dem Bau sei es aussichtslos, sagte er, die französischen Baufirmen importierten chinesische Arbeiter. »Hier gibt es nichts für uns.« Ich vermittelte ihm den Kontakt zu einem in Barcelona ansässigen Senegalesen, der in ein Taxi in Dakar investieren wollte, eine rentable Anschaffung, wie er sagte. Momar kaufte das Auto, schickte mir ein Foto, posierte stolz mit dem dunkelblauen Peugeot aus zweiter Hand. Zwei Wochen später wartete er nach einem Fußballspiel bei strömendem Regen auf Passagiere, ein Lastwagen verlor in einer Kurve die Kontrolle und rutschte in seinen Wagen. Momar brach sich ein Bein, das Auto war nicht mehr zu gebrauchen. Als das Bein geheilt war, heuerte ihn ein Verwandter für seine Hühnerfarm außerhalb der Stadt an. Nach einem Monat erklärte er ihm, er könne ihn fürs Erste nicht bezahlen, stattdessen schlug er ihm Prozente an den Eierverkäufen vor. Momar rechnete aus, dass er sich mit dem Wochenlohn bei guten Verkäufen gerade mal ein Taxi nach Dakar leisten konnte, und verabschiedete sich.

Dann kamen der Malaysia Plan und die Reise nach Marokko. Dort blieb er zunächst in einem Call Center hängen, er bat mich um einen kleinen Zuschuss für die Arbeitserlaubnis, ich hoffte, es könnte ihm gefallen. Ich hoffte, er würde nicht sein gesamtes Geld einem der Mittelsmänner übergeben, der ihn mit etlichen anderen in einem stickigen Lieferwagen an die Küste fahren würde, wo er in einem

Versteck tage- oder wochenlang darauf warten müsste, abgeholt zu werden, von den Mittelsmännern in unregelmäßigen Abständen mit Wasser und ein wenig hartem Brot versorgt. Dass er nicht mit Knüppeln in ein Boot getrieben würde, das er selbst zusammengezimmert hatte und das unter dem Gewicht seiner Insassen bereits am Ufer so tief lag, dass das Wasser auch ohne Seegang hineinschwappte. Dass er nicht von einem orientierungslosen Kapitän durch schwarze Wellentäler gelenkt würde, mit einer Schale das Wasser aus dem Rumpf schöpfend. Dass Motor und Benzin keine Explosion verursachen würden, einer plötzlich lichterloh in Flammen stände und ins Meer spränge, um sie zu löschen, gleich verschluckt von Wasser und Nacht. Dass er nicht einer derer wäre, die vor Kälte und Hunger in sich zusammensackten und nicht mehr aufwachten, die Küste nicht mehr erblickten, die sich nach zwei endlosen Tagen und Nächten am Horizont abzeichnete, verheißungsvoll näherkam, dass er nicht vor Euphorie ins Wasser spränge, wo es noch einen halben Meter zu tief war, dass er nicht kurz vor der Küste ertrinken würde, dass die Guardia Civil ihn in Empfang nehmen, mit Decken und Wasser und Essen versorgen würde, dass sie ihn nicht zurückschicken, sondern von den Kanarischen Inseln aufs spanische Festland übersenden würden, damit wenigstens nicht alles umsonst gewesen wäre und er die Reise nicht noch einmal unternehmen müsste.

In der Fabrik gab es irgendwann einen kleinen Schwelbrand, die Behörden nahmen es als Vorwand, sie zu räumen. Mit vermauertem Eingang steht sie jetzt da, an den Balkonen gegenüber wehen die katalanischen Unabhängigkeitsflaggen, seit Monaten spricht man hier von nichts anderem mehr.

Andreas Unger

Platz ist noch im kleinsten Boot

Für die afrikanischen Flüchtlinge vor Lampedusa gibt es in dem Gefüge aus Schlepperbanden, der italienischen Küstenwache und der EU-Grenzschutzagentur Frontex eine bisher wenig beachtete Größe: die Fischer von Lampedusa. Sie ziehen Flüchtlinge aus dem Meer, versorgen sie mit Wasser und Kleidung. Erst dann kommen die Flüchtlinge in überfüllte Lager und werden abgeschoben. Unterstützt von der Dolmetscherin Sabine Wimmer sprach Andreas Unger mit den Fischern über die ungeheuren Situationen, mit denen sie in ihrem Alltag konfrontiert werden.

Lampedusa, im Dezember 2013. Einheimische und Militärs in Tarnanzügen flanieren über die Via Roma, die Hauptstraße von Lampedusa. Die Fensterläden der meisten Souvenirgeschäfte und Restaurants sind jetzt, nach der Urlaubssaison, zugeklappt. Die Rathausuhr ist stehen geblieben, der Ein-Euro-Shop hat Kalender von 2011 im Angebot. In einem Café stehen kleine Malereien: Sonnenuntergang im Hafen, schöne Frau am Strand, Palmen vor blauem Himmel, Boot bei Sonnenschein, mit Flüchtlingen überfüllt. Über den Bootssteg kommt der Fischer Pasquale Palmisano herangerauscht, er ist auf dem Weg ins »Café del Porto« und macht kurz Halt.

»Schreib: Es ist eine Schande! Seit Zwanzig Jahren schenken wir Lampedusaner den Flüchtlingen unser Herz. Wir Fischer wollen den Leuten helfen, wenn sie in Not sind. Wie sie dann im Auffanglager behandelt werden, das würde ein Lampedusaner niemals tun. Das denken sich die in Palermo und Rom aus. Die gehören ins Gefängnis! Uns macht es total fertig, wenn wir erfahren, wie die Welt uns sieht. Wir sind doch keine Rassisten! Schöne Werbung ist das, bald kommt kein einziger Tourist mehr.«

Neben dem Hafen liegt der Schiffsfriedhof: alte Boote mit arabischen Namenszügen, zersplittertes Holz, rostige Nägel, verfilzte Decken, Wasserkanister, Kinderschuhe, zusammengefallene Schlauchboote. Weiter hinten steht Fischer Vincenzo Billeci auf seinem Kutter und flickt seine Netze.

»2011 kamen so viele Flüchtlinge hier an, dass sie sogar im Hafen übernachten mussten. Als ich abends eingelaufen bin, bat mich ein Junge um zwei Fische für sich und seinen Freund. Sie waren um die sechzehn Jahre alt, wie meine Söhne. Sie hatten seit drei Tagen nichts gegessen. Ich habe ihnen gesagt: ›Ihr bekommt keinen Fisch, ihr bekommt ein Zuhause.‹ Meine Frau hat für sie gekocht. Iheb und Sabri wollten danach noch mal runter zum Hafen, um auch ihren Freunden was vom Essen abzugeben. Sie schliefen im Zimmer meiner Söhne. Sie nannten uns ›Mama‹ und ›Papa‹. Eine Woche sind sie geblieben. Nicht die Not hat Iheb hierhergetrieben, er stammt aus einer reichen Familie. Er hat mir Fotos von der Villa seines Vaters gezeigt. Seine Eltern waren geschieden, er wollte zu seiner Mutter, die in Nizza lebt. Er hatte sie seit drei Jahren nicht gesehen, als Minderjähriger durfte er nicht auf eigene Faust ausreisen, also nutzte er das Chaos des Arabischen Frühlings und hat sich schleusen lassen. Der Junge hat sein Leben riskiert, um hierher zu kommen. Dafür verdient er meinen Respekt.

Ob auf der Flucht vor Krieg, Hunger, Armut, aus Leichtsinn oder weil er seine Mutter vermisst? Mir ist das egal. Niemand läuft von zu Hause weg, wenn es ihm gut geht. Dann landete Berlusconi, der ›Retter des Vaterlandes‹, auf Lampedusa und tönte: ›In achtundvierug bis sechzig Stunden wird Lampedusa nur mehr von Lampedusanern bewohnt sein.‹ Iheb hat zum Abschied gesagt: ›Alles, was ich trage, ist von euch, mein Hemd, meine Hosen und Unterhosen. Das Einzige, was von mir ist, ist mein Koran.‹ Er hat ihn uns geschenkt.

Seit der Katastrophe vom 3. Oktober, als 366 Flüchtlinge ertranken, fliegen immer mehr Flugzeuge und Hubschrauber von Frontex die Küste auf und ab, auch mehr Schiffe des Grenzschutzes sind unterwegs. Sie wollen die Flüchtlinge jetzt früher abfangen. Aber draußen auf dem Meer sind es noch immer wir Fischer, die sie zuerst entdecken. Wenn wir ein Flüchtlingsschiff in den Hafen begleiten, geht uns ein Arbeitstag verloren. Eine Entschädigung bekommen wir nicht, meistens bezahlen sie uns noch nicht einmal das Benzin fürs Abschleppen. Aber man rechnet nicht aus, was es kostet, ein Leben zu retten.«

Zwei junge Männer schlendern entlang.

»Die beiden hab ich noch nie gesehen. Sind nicht von hier. Sie wohnen sicher im Flüchtlingslager. Es gibt ein Loch im Zaun dort. Jeder weiß das, auch der Leiter des Aufnahmelagers. Er lässt es bewusst offen, damit die Flüchtlinge raus können. Inoffiziell, versteht sich, denn er will keine Verantwortung übernehmen, wenn was passiert. Aber er hat Angst vor Unruhen in der überfüllten Anlage. Das Lager ist für uns tabu, nicht einmal die Bürgermeisterin darf rein. Wir nennen es die ›Insel auf der Insel‹.« (Anm.: Das Flüchtlingslager wurde am 24. Dezember 2013 auf massiven öffentlichen Druck hin fast vollständig aufgelöst.)

Fischer Filippo Solina, blau-weiß kariertes Flanellhemd, Dreitagebart, ist in den Hafen eingelaufen, hat seinen Fang in großen schwarzen Kübeln an Land gebracht und raucht eine Zigarette.

»Nicht die Flüchtlinge sind das Problem, sondern die Schlepper: Draußen auf dem Meer, in internationalen Gewässern, lassen sie sie nachts von ihrem großen Schiff in kleinen Schlauchbooten ins Wasser, alle paar Meilen eins, und drehen ab, um nicht entdeckt zu werden. Ein Riesengeschäft ist das.«

Während Filippo erzählt, hat sich ein Kollege dazugesellt. Er hört zu, lässt seine Augen umherschweifen, wartet eine Gesprächspause ab, nimmt uns schließlich zur Seite.

»Die Küstenwache muss nicht erfahren, wer die folgende Geschichte erzählt hat. Vor ein paar Jahren entdeckten wir ein Boot mit Flüchtlingen, etwa sechzehn Meilen südlich von Lampedusa. Als die Küstenwache kam, brachten sie die Menschen mit ihrem eigenen Motorschiff zum Hafen. Das Flüchtlingsboot ließen sie im Meer zurück. Ich wollte es abschleppen, raus aufs offene Meer bringen und dort versenken. Das machen wir immer so: Wir markieren dann die Stelle per GPS, warten ein paar Jahre, bis sich viele Fische im Wrack tummeln, und wenn wir wieder hinkommen, machen wir einen guten Fang. Ich stieg also auf das Boot, um ein Loch hineinzuschlagen, da rumpelte etwas im Inneren. Ich bin total erschrocken. Aus der Luke ganz vorne, wo Seile, Bojen und Anker verstaut sind, krabbelten zwei Flüchtlinge, völlig entkräftet. Sie waren wohl dort eingeschlafen. Die Küstenwache hatte sich nicht die Mühe gemacht, nachzusehen. Hätte ich sie nicht entdeckt, wären sie auf dem Meer zurückgeblieben.«

240 Kilometer nördlich von Lampedusa liegt die sizilianische Stadt Mazara del Vallo, Sitz des größten Fischereihafens Siziliens. Die Fischer, die hier leben, sind mit großen Fischfangschiffen bis zu vierzig Tage lang auf See. Maschinist Matteo Giaca ist im Maschinenraum seines Schiffs. Er kann gerade aufrecht stehen. Neonlicht. Ein Metallsteg führt um den blauen Motor in der Mitte herum. Ventile, Druckmesser, Ladestandsanzeiger, Schläuche. An der Wand hängen Schraubenzieher und Ohrenschützer. In einer Ecke stehen Arbeitsstiefel, daneben Schlappen. Es riecht nach Metall und Diesel, aber es ist blitzsauber.

»Hier ist mein Zuhause. Ich sorge dafür, dass der Motor läuft. Wenn viel zu tun ist und es laut ist im Maschinenraum, geht's mir gut. Auch nachts in der Kombüse, wenn die Wellen ans Boot klatschen. Aber auf dem Festland fängt es wieder an, nachts, vor allem wenn es regnet. Ich schrecke hoch, meine Frau fragt, was los sei. Ich erzähle ihr nichts. Ich sage ihr bloß: Es ist mein Defekt. Dass ich immer wieder daran denken muss.

Es war 2011, ein Uhr nachts, scheußliches Wetter, Windstärke fünf, die Wellen zwei, drei Meter hoch. Wir holten gerade die Netze ein, damit sie nicht reißen. Die Flüchtlinge kamen in völliger Dunkelheit heran, aus dem Nichts. Man weiß nicht, ob es Piraten sind, ob sie Messer haben, Pistolen. Ungefähr dreißig saßen in dem Holzboot. Sie waren total ermattet, fühlten sich an wie Kartoffelsäcke. Einer hat sich den Kopf gestoßen, er muss ohnmächtig geworden sein. Ich konnte ihm nicht helfen, ich musste die anderen heraufziehen. Er wurde zerquetscht, als die beiden Boote aneinanderstießen. Ich weiß noch, wie das klang.

Hierher kommen so viele Journalisten. Sie fragen nach den Toten, nach den Lebenden, nach dem Flüchtlingslager. Wie es uns Fischern geht, fragen sie uns nicht. Und untereinander sprechen wir nicht darüber. Auch ich versuche, das alleine wieder hinzubekommen. Das ist etwas, das ich fühle, verstehen Sie, das ist nichts zum Besprechen. Ich fühle, was diese Leute fühlen. Mein Defekt hat sich eh schon etwas gelegt, ich kann schon wieder besser einschlafen.

So, jetzt muss ich heim. Wenn meine Frau erfährt, dass ich mich immer noch auf dem Schiff herumtreibe, während ich auf dem Festland bin, lässt sie sich scheiden (*lacht*). Aber ich zeige euch schnell den Mannschaftsraum. Hier um den Tisch herum saßen sie, siebenundzwanzig Leute. Wir gaben ihnen Wasser, dann Milch. Bloß nichts zu essen! Ihre Mägen waren verschlossen, sie konnten erst mal keine Nahrung aufnehmen. Einer war bewusstlos, ich legte ihn auf eine Matratze auf dem Boden, zog ihm die nasse Kleidung aus und föhnte ihn. Die anderen Flüchtlinge sahen zu. Irgendwann ist er aufgewacht. Als er alle um sich herum versammelt sah, hat er gelacht. Da haben sie alle geklatscht. Daran denke ich gern.

Ich bin bestimmt kein Heiliger, jeder andere hätte in meiner Situation genauso gehandelt. Es sind Menschen, die Hilfe brauchen, basta. Und wenn sie bleiben wollen, sollen sie. Ist doch genug Platz da, mir nehmen sie bestimmt nichts weg. Ich habe meine Hose verschenkt, mein Hemd und meine Schuhe. Und als wir zurück im Hafen waren, bin ich in Schlappen heimgegangen.«

Einen Spaziergang vom Hafen entfernt gibt es ein Restaurant, das uns Fischer empfohlen haben. Die Portionen seien reichlich, hieß es, und der Koch kennt alles und jeden. Wir setzen uns, fragen den Kellner nach ihm, warten. Irgendwann setzt er sich zu uns. Es ist nicht schwer, ihn zum Reden zu bringen, man muss ihm nur zuhören: Bevor er im Restaurant seines Sohnes angefangen hat, fuhr er zweiundvierzig Jahre zur See, davon achtunddreißig Jahre als Kapitän. Seine Geschichten gehen nie zur Neige.

»Wir holten gerade die Netze ein, als das Schlauchboot mit den Flüchtlingen näherkam. Auf die kleinen Fische, die aus dem Netz rutschten, lauerten Delfine, die um unser Schiff herum schwammen. Sie sprangen in die Luft, direkt neben dem Schlauchboot. Die Flüchtlinge gerieten in Panik, lehnten sich alle auf die andere Seite, das Boot kippte. Ein einjähriges Mädchen und eine Frau sind ertrunken, wir konnten einundzwanzig Menschen aus dem Wasser ziehen. Einen Monat später wollte mir die Hafenkommandantur irgendeine Bronzemedaille verleihen, aber ich bin nicht hingegangen.

Jeder würde sich so verhalten. Wissen Sie, Leute aus Sizilien und Lampedusa wandern seit 200 Jahren aus, in die Vereinigten Staaten, nach dem Zweiten Weltkrieg nach Deutschland. Sie suchen Arbeit, ein Zuhause, eine Zukunft. Das kann man niemandem vorwerfen.«

Es ist Abend geworden in Mazzara del Valle. Nicola Amzaldi sitzt allein am Hafenpier und schaut aufs Wasser. Fast hätten wir ihn übersehen, denn der Pier ist kaum beleuchtet. Amzaldi scheint es genau so recht zu sein. Wenn er wie jetzt im Winter wegen der Stürme nicht zum Fischen auf dem Meer ist, geht er eben angeln. Übertrieben gesprächig ist er nicht. Wir sollen später wiederkommen, sagt er und deutet auf eine Wirtschaft ein wenig oberhalb des Piers. Stunden später treffen wir ihn dort.

»Gegen zehn Uhr abends sind sie aufgetaucht aus der Nacht. ›Haltet Abstand!‹, schreien wir ihnen zu, weil wir Angst haben, dass ihr Schlauchboot kentert, wenn es zu schnell auf uns zufährt. Sind ja keine Seeleute. Ich stehe an der Reling, schaue runter, sehe eine junge Frau, sie hat was in der Hand, plötzlich hebt eine Welle das kleine Boot unserem viel höheren Schiff entgegen, die Frau muss diesen Moment genutzt haben, jedenfalls wirft sie in dem Augenblick etwas nach oben, ich sehe es nicht, ich greife hinunter ins Dunkle, bekomme es mit beiden Händen zu fassen, es ist nicht schwer, es ist ein Baby. Ich halte es im Arm, ich bringe es nach unten in meine Kajüte, gebe ihm Milch zu trinken, nach einer halben Stunde bringen sie die Mutter. Ich weiß nicht, wie die beiden hießen, und ich weiß nicht, was aus ihnen geworden ist. Ich habe nicht geweint, aber fast.«

Björn Kuhligk

Die Sprache von Gibraltar

Am Tag, an dem die ersten Blütenblätter
der Lilien auf den Wohnzimmertisch fallen
an einem Montag der Unruhe
fliege ich an die Grenze Europas
mit 520 km/h in 4000 Meter Höhe
überquere ich um siebzehn Uhr fünfzehn
in einem nicht fassbaren Zustand
mit einer Erkältung, die eine Angst ist
den 36. Breitengrad, die Sonne ballert

das Ende Europas, Europas Ende
die Möwen mit ihren Möwenhirnen
die Affen mit ihren Affenhirnen
wissen nichts davon, wir sind die Minderheit
die Lebenden, das Ende Europas ist da
wo der Anfang Afrikas ist, dort draußen
auf dem Wasser, in Sichtweite

Die Geschichte meiner Abstammung
ist die Geschichte meiner Abstammung
die Geschichte meiner Hautfarbe
ist die Geschichte meiner Hautfarbe

es ist 2015, Oktober
es ist Bewegung auf den Kontinenten
die Stewardess mit den Apfelbrüsten
rammt ihre Absätze in den Flugzeugteppich
und fragt, ob süß oder salzig
ich bin bei den Satten, den Siegern
das ist mein Standpunkt
ich sehe das Meer, den Grenzübergang

hinter dem es eine Stunde früher ist
den Monte Gourougou, den Mischwald
eine spanische Fahne, groß wie ein Dach

ich gehe über das Rollfeld
ich setze die Sonnenbrille auf
ich habe den Reisepass, ich kann mir
das Essen aussuchen, das Hotel, die Uhrzeit
mare nostrum, nicht eures

Ich sehe, was ich sehe
die Segelboote im Segelboothafen
eine Ausstellung von Porträtfotografien
ein Basketballspiel mit schwarzem Block
aus dem Auffanglager, die Präsentation
neuer Wüstenjeeps, die Rennradfahrer
die Feierabendjogger auf der Strandpromenade
die komplementär beleuchteten Springbrunnen
Papa, was hast du gemacht, als die Leute
von den Zäunen geschossen wurden
ich habe etwas für meinen Körper getan

ich sehe, was ich sehe
in den Häusern das Lampenlicht
in einer Nacht der Ruhe, auf dem Balkon
oberhalb der Stadt, den Berg
der dort ist, wo die Dunkelheit
in die Dunkelheit des Himmels reicht

Heute, an einem Dienstag der Unruhe
gehe ich die Grenze am Zaun entlang
alle zwanzig Meter ein Scheinwerfer
alle zwanzig Meter eine Überwachungskamera
alle fünf Minuten ein Jeep der Guardia Civil
mittags ruft der Muezzin, durch die Maschen

sehe ich Schulkinder, die Zelte
der marokkanischen Armee, dahinter Drahtrollen
ein Zaun, ausgehobene Erde, derselbe
in seiner Farbe aufgehobene Himmel

an einem Übergang tragen Männer
Stoßstangen hinüber, Rückbänke, Plastik
Bretter, ich sehe desaströse Gebisse
Arme, an denen die Venen hervortreten
als wollten sie die Körper verlassen

Ein Golfplatz, erbaut mit Hilfe von MEDIOS DE LA UE
sein leuchtender Rasen, blendend weiße Reiher
ein weißes Golf-Mobil, drei Männer in roten Polohemden
gegenüber das Auffanglager, ein staubiger Vorplatz
die Hoffnungsbaracke, darüber fliegt eine Maschine
air nostrum, nicht eure, in fünfzig Meter Höhe
zum europäischen Festland, in keine andere Richtung

der Vulkankrater in der Danakil-Wüste, Äthiopien
ein Auge, das nach oben blickt
im Weltraum kreist der Schrott
in Halberstadt, Sachsen-Anhalt, läuft 639 Jahre lang
John Cage, und ich, in meiner Winzigkeit
höre die Musik Europas, heraus
aus einem Busch, gesungen von Gefieder
eine Funken sprühende, sprachlose Hymne

wohin warst du aufgebrochen
wo hast du geschlafen
ein Schlepperdasein ist ein Einzelhandelsdasein
denkt man es mal anders
mit sozialer Komponente
wohin warst du aufgebrochen
wo hast du geschlafen
wer hat dich gebracht

Heute, an einem Mittwoch der Unruhe
passiere ich die Linie mit dem Pass in der Hand
ich sehe, wie Schlagstöcke den Grenzverkehr regeln
ich sehe, wie eine Faust ein Gesicht trifft
ich verändere die Uhrzeit

auf der anderen Seite treiben die Minzblätter
die Epoche pocht weiter, auf den Flachdächern
trocknet Wäsche, ein Pferd, gelenkt von Kindern
zieht eine Karre voller Weintrauben, der Schrott
aus Melilla liegt in den Läden, ich stehe hier
mit über zweihundert Knochen, drei davon
waren schon ein Mal gebrochen, ich habe
zwei Währungen, ich bin der VISA-König, ich kann
mir die Uhrzeit aussuchen, den Schrott, die Trauben

Der König auf dem Geldschein, auf jeder Münze
ich sehe Mädchen auf einem Esel
ich sehe Männer sitzen und Frauen laufen
ich sehe Kühlschränke auf Mopeds
ich sehe Plastiktüten in jedem Strauch
die Hitze auf dem Dorfplatz ein flirrender Kreisel

der gerahmte König an der Wand des Cafés
eine Gruppe alter Berber sieht
mit konzentrierten Gesichtern
die Zerlegung eines Wals im Fernsehen

parallel zu einer Überlandleitung
hocken zwei Zerstörte
unter zerrupften Palmen
mit Blick auf die Dornenhecke
und schlachten sich mit der Flasche

Die in die Nächte verlängerten Gesichter
der brüllenden Soldaten, der Bettler
und Schlepper, der dreckigen Kinder
neben den Abfall fressenden Ziegen
das Gesicht des Jungen, der die Kontrolle
durchbrach, Richtung Spanien rannte
dem die Beine weggetreten wurden

ich bin angekommen in der Krise
es ist kein Zeitungsartikel, kein Diskurs
kein surrealer Film, es ist zum Riechen
zum Anfassen, zum Durchgehen
ich bin in diese Gegenwart geflogen
ich, mit der Hautfarbe eines Brötchens
das zu kurz gebacken wurde
mit einem Sonnenbrand im Nacken
mein Nacken steht selbst am Abend
in diesem sanften, heruntergebrochenen Licht
wenn die elektronische Glocke angeht
wenn der elektronische Muezzin angeht
wenn drei Mädchen auf der Strandpromenade laufen
auf ihren T-Shirts IT'S NOT OKAY
selbst mein Nacken steht
außer Frage bis zum Haaransatz

Wenn die als Schlafstörung
formierte Schuldkröte kommt
und vor dir die Rechnung ablegt
hast du nicht mehr als ein Gedicht
XXL, einen Überfluss, einen Luxusartikel
und die Sonne, eine grelle Orange
ein entzündetes Auge, geht auf
über dem Meer, das Wasser rollt an
rollt aus, schleift die Steine rund
ich habe es aufgegeben

zwischen Patrouillenbooten und Hügeln
nach Schönheit zu suchen

und die Luft, was hat die Luft
sie hat den Duft der Souks
die Kühle des Wassers
das Sägen der Zikaden
sie trägt die Reiher, die Möwen
den Helikopter, der nachts
mit hellem Auge
die Linie absucht

Martin Lickleder

Freuden des Kreisverkehrs

Im Raum angekommen bin ich persönlich noch nie so richtig. Ich habe ja, außer touristisch oder sonst wie eskapismusbefeuert, die Gegend hier noch nie so richtig verlassen. In der Zeit dagegen komme ich schon öfter an. Ich mache nämlich gern Musik; wobei ich da auch am liebsten im Kreis reise, in der Liedform, so wie sie sich so um 1700 in Europa eingebürgert hat (eventuell sogar mit der Betonung auf »Bürger«): Man geht auf dem Grundton los und kommt am Ende, auf welchem verschlungenen Wege auch immer, wieder dort an.

Von zu Hause weggehen, aber nur um am Ende wieder zu Hause ankommen zu wollen, das klingt triumphal spießig (»Daheim ist es doch am schönsten«), kann es durchaus auch sein (»Dahoam = Dahoam«) – aber ist es eben doch nicht ganz. Denn nur, wenn man vom Grundton weggeht, gibt es überhaupt ein Lied (es sei denn, man ist sowieso die ganze Zeit unterwegs, so wie Jonathan Richman in seinem 1-Akkord-Song *Roadrunner*). Und durch das, was sich da nun alles an Spannungen, Wendungen, Finten, Ausbrüchen, Rückungen, Auflösungen tut, wird der Schlussakkord dann eben doch anders klingen: Wir sind immer noch dieselben und trotzdem zu anderen geworden – von der Kindheitsfreundin zur verlassenen Geliebten zum Beispiel, wie Barbara Acklin in *Am I The Same Girl?*

Aber entscheidend ist eben nicht, »was hinten rauskommt« (Helmut Kohl), sondern was dazwischen passiert. Nehmen wir, um des Themas Willen, *People Get Ready* von den Impressions – ein Aufruf zum Aufbruch, schöner geht's kaum, aber wo kommt er an? Der Duktus des Liedes ist gospelhaft getragen und harmonisch, erst einmal alles andere als aufbegehrend, euphorisch oder voranpreschend: Es beginnt auf C-Dur, macht einen behutsamen Schritt nach a-Moll, sieht sich das Ganze auf F-Dur noch einmal bedächtig von der Seite an, um wieder ganz ruhig auf C-Dur zurückzukehren, dreimal hintereinander.

People get ready, there's a train a comin'
You don't need no baggage, you just get on board
All you need is faith, to hear the diesels hummin'

Doch dann, in der vierten Zeile, öffnet sich völlig unvermittelt der Himmel: Das Lied schießt in das glorreich hellblaue e-Moll 7 empor, gewährt im Sinkflug auf das majestätische d-Moll 7 einen göttlich schwerkraftbefreiten Blick über die Herrlichkeit der Schöpfung – und zwar zu der großartigen, weil gesellschaftliche, juristische, ökonomische Fesseln konkret und mit der doppelten Verneinung des afro-amerikanischen Slang-Idioms benennenden Zeile:

Don't need no ticket

– um abschließend wieder bei sich selbst, im gewohnten F-Dur / C-Dur-Abschluss und bei der rückversichernden Autorität namens Gott anzukommen – die aber durch den utopischen Sprung in die Wolken in der Halbzeile zuvor zu einem Garanten der Befreiung verwandelt worden ist.

You just thank the Lord.

So kann's weitergehen, denke ich mir, und stimme die zweite Strophe an.

Suli Kurban

Wann darf ich endlich ankommen?

Ich muss ehrlich sagen, dass ich eigentlich nie von einem Leben in Europa geträumt habe. Vielleicht war ich einfach zu jung. Meine Eltern waren gezwungen und mussten mit uns weg. Zuerst meine Mutter, mein Bruder und ich. Später mein Vater.

Manchen gelingt das Ankommen ganz einfach. Die packen ihren Koffer oder die Taschen aus und sind da. Gehen raus, fallen nicht auf, tauchen unter in der Masse. Manchmal zeigen sie sich, wenn sie statt der Muttersprache ein bisschen Englisch sprechen, weil man so als guter Ausländer durchgeht.

Wir? Ja, wir sind aufgefallen. Dunkle Haare, dunkle Augen, asiatische Gesichtszüge. Eine komplett anders klingende Sprache, undefinierbar. Wenn man uns gefragt hat, waren wir nicht mal in der Lage, zu erklären, woher wir kamen. Kaum hörte jemand »China«, wurden wir als Chinesen bezeichnet. Deswegen habe ich mich irgendwann als Türkin ausgegeben, aber damals wusste ich noch nicht, dass man sich als Türkin auch nicht besonders beliebt macht.

Wenn man mich von außen betrachtet, sagt man mir nach, dass ich ja sehr gut ankomme und »fast« eine Deutsche geworden bin. Zumindest besitze ich jetzt den deutschen Pass. Im Ausland wurde ich bisher als »Deutsche« nie hinterfragt. Vielleicht hatte ich einfach Glück. In Deutschland? Je nachdem, ob ich nur Ausländer treffe oder »richtige« Deutsche und wie stressig eine Woche bei mir ist, werde ich mindestens zwei bis drei Mal die Woche gefragt, woher ich komme. Warum ich so gut Deutsch spreche. Wie ich hier Geld verdiene. Und wie lange ich schon hier lebe. Ob ich einen Schulabschluss habe. Wenn ja, welchen. Warum ich ohne Abitur studieren darf. Ob das ein Ausländerbonus ist. Je nach Situation antworte ich verschieden. Manchmal bin ich besonders gut drauf, fühle mich politisch dazu berufen, Aufklärungsarbeit zu betreiben, und erzähle die Geschichte. Flucht, Ankunft, Widrigkeiten, das Leid der Uiguren und meine Rettung in Deutschland. Was gut gelungen ist und wo ich Schwierigkeiten hatte. Man tauscht sich aus. Kriegt viele Komplimente. Bewunderung, wie gut man mittlerweile, nach fast neunzehn Jahren, Deutsch spricht.

Und manchmal bin ich trotzig, weil es mich nervt, immer wieder die fast formatierte Ankunftsgeschichte zu erzählen: »1999 sind wir nach Deutschland gegangen. Die Uiguren gehören zu einer der Volksminderheiten im Nordwesten von China. Wir dürfen die eigene Sprache nicht sprechen, Religion nicht ausüben, als Moslems werden wir als Terroristen gesehen, unterdrückt, deshalb sind meine Eltern mit uns nach Deutschland geflohen. München, weil meine Tante hier lebt. In München lebt die weltweit größte uigurische Minderheit außerhalb bla bla bla bla bla …«

Locationwechsel: Ich bin auf einer Dinnerparty und langweile mich, weil alle nur herumsitzen und schon stundenlang reden. Nicht mal Musik läuft. Sobald das Tischgespräch noch langweiliger wird, wird der einzige Exot der Gruppe angesprochen und präsentiert. Ich? Besonders schlecht drauf, vollgefressen und müde. Vom Tischende stellt jemand eine Frage ganz laut in meine Richtung.

»Sag mal, ist Suli dein voller Name?«

»Ja!«

»Wo kommst du her?«

»Aus München.«

»Wie, aus München? Hier geboren?«

»Ja klar, hier geboren, siehst du doch, ein echtes Münchner Kindl. So was gibt es heutzutage nicht mehr so oft.« Schließlich frage ich zurück: »Sind Sie in München geboren?«

Ein peinliches »Nein«. Danach kommen noch weitere peinliche, stille Minuten, bis meistens ein Kompliment folgt. Bei so einem hübschen »Mädchen« dürfe man doch mal fragen, woher die schönen Gene kommen. Ich antworte noch mal trotzig: »Ja. Aus Deutschland.«

Nora Zapf

passieren

ankamst, wenn grenzen dir zustößen, wie am reißbrett schössen blumen an linien hervor, blaues auge vielleicht vergissmeinnicht auf alpenpass bildern, die strecke voll narben aufgesichtet heben ihre lider und schautest kameras in gesenkter pupille noch tiefer, das licht zu der zaun, gebrochen schneidezähne, in traben nachts schlagstöcke wie haustier versteckt wären, wendeten sich keine zentren, nein, wieder nie, erst recht nicht an vorbei, gehen sie weiter, hallo die erste frage, geht an fremde wird sein, bittesehr, wer du bist die zweite, was du hast die dritte, was ist mit dir, warum bist du passiert, aber du, was machst du, zwischen straßenschiffen stellst dich ein auf berge, auf meer, auf alles, was dir entgegnet hier, stehen sie, wenn der himmel ins leere greift bleiben gedanken unter sich, sträubst dich im angesicht symmetrischer argumente von strom und die schwärme, der scham auf der suche, stopp schmeißen auf volle fahrt die uniformierten flanieren hände ans geweih, voraus und überfürchtet, nächster halt: muttermund, nächster straßenhund, nächster ein großes, fahles zelt. teilung mit vielen, die papiere abtreiben, wir leben in eisengelben zeiten, sagt jemand hinter dir, will man die landschaft aus grenzen zusammenfassen, wird ein immer schmaleres land in kufstein deine hand es brennt sogar blau.

Georg Picot

Zwischen den Orten: Aufbrechen, Ankommen und der Universitätsbetrieb

Als ich aus Manchester aufbrach, fühlte es sich an, als würde ich verreisen. Ich hatte einen großen Rucksack auf dem Rücken und einen kleinen in der Hand. Obwohl ich es eigentlich besser wusste, war ich wie elektrisiert und dachte: »Was für einen wunderbaren Beruf ich habe, der es mir ermöglicht, verschiedene Teile dieser Erde kennenzulernen!« Zwar ging es nur um einen Umzug von England nach Norwegen, aber Norwegen erschien mir sehr exotisch. Paola, die mich zum Flughafen fuhr, war traurig. Der Großteil meiner Habschaften befand sich in einem weißen Lastwagen, gefahren von einem schlecht gelaunten und vermutlich schlecht bezahlten Polen, den meine britische Umzugsfirma per Untervertrag eingesetzt hatte. Später zeigte der Fahrer mir im Fahrerhäuschen das Foto seiner Tochter, die er nur selten sah.

Der Universitätsbetrieb

Im Hinblick auf die Städte und Länder, in denen ich gelebt habe, sagte ein guter Freund neulich zu mir: »Dein Leben ist so spannend!« Well, it comes at a price! Unter anderem zu dem Preis, dass mir das, was ich sagen will, nicht immer in der Sprache einfällt, in der ich schreiben soll. Die deutsche Sprache ist trotzdem manchmal wunderbar einleuchtend. *Aufbrechen*: Da steckt *brechen* drin. Man bricht nicht nur seine Zelte ab, sondern man zerbricht auch seine sozialen Netzwerke.

Wer eine akademische Laufbahn anstrebt, verliert die Kontrolle darüber, wo er sich aufhält. Die Hauptgründe dafür sind der Mangel an Stellen und der harte Wettbewerb. Man kann es sich nicht aussuchen, wo man eine Stelle findet, nachdem man seine Promotion abgeschlossen hat oder wenn ein befristeter Vertrag ausläuft. Wenn man dann hingegen eine feste Stelle hat, kann man nicht einfach entscheiden, irgendwo anders zu wohnen. Denn eine andere feste Stelle zu finden, ist schwer.

Zusätzlich wird Mobilität im Universitätsbetrieb aktiv gefördert und gewünscht. Einen internationalen Lebenslauf zu haben, gilt als Vorteil bei Bewerbungen. Das macht durchaus Sinn. Wer sein Fach in mehreren Ländern gelernt und ausgeübt hat, hat meist reichere Berufserfahrung gesammelt und eine größere Vielfalt von wissenschaftlichen Perspektiven kennengelernt. Insbesondere in den Sozialwissenschaften können diese persönlichen Erfahrungen auch zur Qualität der Forschung beitragen. Außerdem signalisieren Auslandsaufenthalte, dass die eigenen Fähigkeiten in anderen Ländern anerkannt werden.

Die marktbedingte Notwendigkeit sowie Erwünschtheit der internationalen Mobilität haben allerdings klare Kehrseiten für diejenigen, die ihnen nachkommen. Sie sind ein Symptom der Kommodifizierung des Wissenschaftlers. Um einen Arbeitsplatz zu bekommen, muss der Einzelne sein Leben diesen Anforderungen anpassen. Wer in der Unikarriere erfolgreich sein möchte, muss sein Privatleben in der Regel hintanstellen. Insbesondere feste Beziehungen und das Gründen einer Familie sind da schwierig. »Schatz, mein Vertrag läuft aus, aber ich hab eine tolle neue Stelle an der University of Sydney angeboten bekommen!«

Das traditionelle deutsche Universitätssystem ist anders strukturiert. Hier herrschten in den meisten Fächern bis vor gar nicht langer Zeit noch feudale, also vorkapitalistische Verhältnisse. Ein Professor hält dabei seine schützende Hand über den heranwachsenden Forscher. Dieser macht als Zuarbeiter und Mitarbeiter des großen Professors seinen Weg vom »Hiwi« (wissenschaftliche Hilfskraft) zum Doktoranden und schließlich zum Habilitanden und bleibt somit normalerweise an derselben Universität. Erst nach der Habilitation ist der akademische Lehrling gezwungen, in die Welt hinauszuziehen, obgleich die Empfehlungen und Kontakte seines akademischen Meisters ihm weiterhin die Türen öffnen – oder auch nicht, denn im deutschen System entsteht die größte Beschäftigungsunsicherheit erst nach der Habilitation bzw. nach Auslaufen der promovierten Mitarbeiterstelle.

Das skizzierte deutsche System ist allerdings dabei, sich aufzuweichen, und nach und nach kehren die international üblichen Marktverhältnisse auch in Deutschland ein. »Alles Ständische und Stehende verdampft, alles Heilige wird entweiht.«

Von der Leichtigkeit aufzubrechen und der Schwierigkeit anzukommen

Die menschliche Herausforderung, welche die berufliche Mobilität einem aufbürdet, steckt nicht so sehr im Aufbrechen als im Ankommen. Es ist leicht aufzubrechen, aber es ist schwer anzukommen. Häufig machen wir uns nicht klar, was andere Menschen uns bedeuten, und wir wissen nicht, was wir ihnen bedeuten. Der Aufbruch offenbart die Bedeutung dieser Beziehungen durch ihren Verlust. Das hat Suchtpotenzial. Das Drama des Aufbruchs. »Wann werden wir uns wiedersehen?« Sich die gegenseitige Zuneigung versichern. Zu hören, was für ein Verlust es ist, dass man wegzieht. Winken, bis der Bus um die Ecke biegt, bis der Zug aus dem Bahnhof rollt.

Gleichzeitig steckt in jedem Aufbruch eine Befreiung. Die menschlichen Beziehungen, die uns schützen und nähren, definieren uns allzu häufig auch. Es ist schwer, sich zu verändern, wenn die Menschen um uns herum sich festgelegt haben in dem, was sie in uns sehen, was sie von uns erwarten. Ist der Aufbruch erstmal geschafft, fühlt man sich frei – frei von den Bindungen, die uns halten und bestimmen. Dieses Gefühl hat die Band Kante in ihrem großartigen Lied *Highway (zwischen den Orten)* besungen, unter anderem mit der Zeile: „Zwischen den Orten fühlen wir uns elektrisch." Und Hermann Hesse erhob in seinem Gedicht *Stufen* den Aufbruch sogar zu einem stets erwünschten Schritt der Weiterentwicklung: „Es muss das Herz bei jedem Lebensrufe / Bereit zum Abschied sein und Neubeginne".

Wie ungleich schwerer ist hingegen das Ankommen! Und wie lange es dauert, sich irgendwo »zu Hause« zu fühlen! *Ankommen* hört sich nach etwas an, das rein passiv geschieht, wie ein geworfener Ball, der am Ende der Flugbahn schlicht wieder Boden trifft und landet. Für das körperliche Ankommen an einem neuen Ort trifft das *mutatis mutandis* zu. Man wird von einem Flugzeug auf irgendeinem Flughafen dieser Welt ausgespuckt.

Darüber hinaus bedeutet Ankommen allerdings Arbeit. Nicht nur muss man sich alle praktischen Lebensumstände aufbauen, von Arbeit und Wohnung über Telefon und Bank. Vor allem das soziale und seelische Ankommen erfordert Mühe und Aufmerksamkeit. Mit sozialem Ankommen meine ich, ein neues soziales Netzwerk zu knüpfen, das nicht nur oberflächliche Kontakte enthält, sondern auch gute Freunde. Mit seelischem Ankommen meine ich, Gemütsruhe an einem Ort zu finden: das Gefühl, dass es gut ist, dort wo man gerade ist. Dabei hängt das seelische stark vom sozialen Ankommen ab.

Sozial anzukommen, ist Arbeit. Es passiert nicht von allein, dass man Freunde findet. Selbst wenn Menschen auf einen zukommen und einen einladen, muss man über seinen Schatten springen. Man muss sich auf Partys einlassen, bei denen man niemanden kennt, auf Gespräche mit Menschen, die man nicht einschätzen kann, auf Rituale, die einem nicht immer liegen. Eine bulgarische Freundin erzählte mir, dass sie, um in Norwegen Anschluss zu finden, lernen musste, viel zu trinken. Zum Glück war das nicht meine Erfahrung, aber ich war auch nicht Student, als ich hierher kam. Vor allem aber muss man immer wieder, immer wieder, immer wieder selber die Initiative ergreifen, um Kontakte zu knüpfen und zu pflegen.

Neben dem sozialen Ankommen als Voraussetzung gibt es für das seelische Ankommen noch eine andere Ebene, die zugleich einfach und doch anspruchsvoll ist. Wenn seelisch ankommen das Gefühl bedeutet, dass es dort gut ist, wo man ist, so muss man innerlich den gegenwärtigen Ort akzeptieren. Das hängt prinzipiell nicht von den äußeren Umständen ab, genau genommen noch nicht einmal vom sozialen Ankommen. Wir versuchen ständig, die äußeren Umstände unseres Lebens zu verbessern und anzupassen. Inneren Frieden können wir jedoch nie in den äußeren Umständen finden. Natürlich hilft es, wenn bestimmte äußere Bedingungen wie Gesundheit, Einkommen, Wohnung und Freunde stimmen. Aber sie selbst können nicht unser innerliches Ankommen, unser Glück gewährleisten. Wenn man den Gedanken, dass äußere Umstände nicht entscheidend sind, weiterdenkt, so tritt letztlich sogar die Frage des Ortes in den Hintergrund zugunsten des Moments: Ankommen im Moment, Akzeptieren der Gegenwart, um sich zu lösen von der Frage des Ortes. Das wäre wohl ein Ankommen, mit dem auch Hesse sich anfreunden könnte.

Als ich in Bergen eintraf, war es dunkel. Die Lichter der Häuser funkelten an den Berghängen. Mit meinem großen Rucksack auf dem Rücken und dem kleinen in der Hand ging ich die Straße hinunter und suchte nach der Hausnummer meiner neuen Wohnung. Ich war körperlich angekommen und freute mich hier zu sein. Sozial und seelisch anzukommen, sollte noch etwas dauern.

James Tugume

Neuland

Ich bin seit drei Jahren in Deutschland, ich fühle mich frei: Ich kann mich mit allen Leuten unterhalten, ich kann meinen Weg finden, wenn ich irgendwo hin will.

Als ich acht Jahre alt war, starben meine Eltern. Dann wurde ich nach Kampala gebracht, in die Hauptstadt von Uganda, um dort als Hausjunge für jemanden zu arbeiten. Dort blieb ich ein Jahr. Dann lief ich weg, weil ich misshandelt wurde. Drei Jahre lang lebte ich mit anderen Kindern auf der Straße. Die meisten dieser Kinder mussten stehlen für ihr Essen. Aber ich habe mit einem Kanister immer Wasser aus der öffentlichen Quelle geholt und auf einem kleinen Markt verkauft. Nach zwei Jahren konnte ich für einen Marktverkäufer arbeiten, indem ich sein Obst und Gemüse anpries. In diesen drei Jahren schliefen wir zum Beispiel in unfertigen Häusern oder in Video-Hallen. Wir wussten am Morgen oft nicht, wo wir am Abend schlafen würden. In der ganzen Zeit hatte ich aber nie das Gefühl, dass mir etwas fehlte oder dass ich Probleme hätte. Ich hatte nie Angst, auch nicht vor gefährlichen Situationen. Für mich war das mein normales Leben.

Wenn mich heute Deutsche nach Uganda und den Gefahren dort fragen, dann erzähle ich von Löwen oder Schlangen, die in die Augen spucken, von Straßendieben, verrücktem Verkehr, Malaria-Mücken, giftigem und verdrecktem Essen und Wasser. Aber als Kind war ich nie krank, ich wusste, wer oder was gefährlich war, und hatte auch nie einen Unfall.

Das erste Mal habe ich Julia in einer Pizzeria in meiner Heimatstadt Fort Portal gesehen. Ich war von einem deutschen Freiwilligen eingeladen worden. Es waren viele Leute da und der Tisch war sehr groß. Ich kam ein bisschen später, es war nur noch ein Platz frei – genau gegenüber von Julia. Ich kannte sie nicht, aber ich fand es sehr gut, gegenüber von einem schönen Mädchen zu sitzen. Wir haben dann den ganzen Abend geredet und so fand ich heraus, dass sie ein

Fahrrad brauchte, um zur Arbeit zu fahren. Ich habe zu der Zeit mit gebrauchten Fahrrädern gehandelt, sie repariert, verkauft und auch kleine Fahrradtouren für Touristen angeboten. Da habe ich mich natürlich gefreut, ein Geschäft mit Julia zu machen, denn ich brauchte das Geld. Das Fahrrad habe ich zu ihr nach Hause gebracht. Im Garten rief ich »Kodi, kodi« (»Hallo, hallo« in meiner Muttersprache), bin aber nicht zur Haustüre hin. Julia hat mir später erzählt, dass sie das sehr beeindruckt hat, weil alle anderen Leute immer sofort an die Haustür klopften oder einfach so ins Haus kamen. Das Fahrrad, das ich Julia dann verkauft habe, war aber für ihre Größe nicht richtig, und das konnte man nicht ändern. Sie hat mich gefragt, ob sie es tauschen könne, und ich habe ihr wie ein Businessman den Wunsch erfüllt. Als wir uns dann für die Übergabe des zweiten Fahrrads trafen, haben wir noch mal viel gequatscht und Scherze gemacht. Alle Jungs, die in der Werkstatt waren, fanden Julia sehr hübsch. Ich sagte ihr, sie solle nie einen Mann ohne Leatherman heiraten, das fand sie lustig. Da habe ich zum ersten Mal gefühlt, dass ich mit dieser schönen Frau zusammen sein möchte. Zum Glück hatte ich einen Leatherman und habe ihn immer noch – genauso wie ich Julia habe.

2014 kam ich das erste Mal nach Deutschland, um Julia zu besuchen. Wir sind mit dem Auto zu ihr gefahren, stiegen aus und gingen ins Haus. Dann merkten wir, dass ich meine Tasche im Auto vergessen hatte. Ich rannte noch mal raus, aber übersah die große Glastür. Das Gute war: Die Tür zerbrach nicht. Das Problem war: Ich hatte Teile meiner Zähne im Mund, überall war Blut, meine Lippe wog ein Kilo, und meine Freundin sagte, ich würde hässlich aussehen. Ich habe mich so geärgert, dass mir das sofort nach meiner Ankunft passieren musste. Dabei hatte ich vorher noch nie einen Unfall gehabt!

In Uganda ist es normal, Menschen ohne Zähne zu sehen. Nur in der Stadt kann man für viel Geld zum Zahnarzt gehen. Aber für die Allermeisten ist das nicht möglich. In Uganda gibt es keine Krankenversicherung. Entweder man zahlt selber oder man lebt ohne Zähne oder betet zu Gott für neue (was schwierig wird!). Alte Leute haben selten Zähne. Das ist normal in Uganda. Das Schlimmste aber sind schwere Verletzungen oder schlimme Krankheiten, die unversorgt bleiben. In Uganda gibt es zum Beispiel viele schreckliche Verkehrsunfälle, weil viele junge Leute ohne Führerschein und manchmal unter Drogen Auto oder Boda Boda (Taxi-Motorrad) fahren. Entweder sterben die Opfer auf der Straße oder sie haben Glück und werden mit einem Bodaboda oder einem *Special Hire* (Autotaxi) ins Krankenhaus gebracht. Aber die meisten werden dort nicht versorgt, weil sie kein Geld haben. Einen Notarztwagen bekommt man sehr selten und auch nur, wenn man das Benzin vorher bezahlt und dann die Fahrer noch mal extra mit Geld oder Tee.

Wegen meiner Erfahrungen aus Uganda war ich sehr traurig, weil ich dachte, meine Zähne wären für immer weg. Erst nach vier Tagen hatte ich einen Termin bei einer Zahnärztin. Ich hatte ein schreckliches Gefühl, weil ich dachte, meine Freundin müsse furchtbar viel Geld für meine Zähne zahlen und ich wäre jetzt ein schlimmes Problem für ihre Familie. Aber sie erklärte mir, dass ich ja krankenversichert sei und diese Versicherung für mich zahlen würde.

Dann kam der magische Moment: Ich saß wie eine ugandischer Präsident oder ein großer Politiker auf einem höhenverstellbaren Sessel, alles war schick und weiß und sauber, zwei Frauen beugten sich über mich, 40 Minuten lang hörte ich die Geräusche der Werkzeuge, Absauger, Luft, Bohrer, und dann gab mir die nette Zahnärztin einen Spiegel: Die Zähne waren wie vorher. Magisch! Ein Wunder! Aber hier war es Realität. Die Zahnärztin lachte, ich ging nach Hause – und es war keine Polizei da! In Uganda hätte das Krankenhaus längst die Polizei gerufen, damit sie ihr Geld bekämen.

In Uganda habe ich einen Bachelor in Sozial- und Gemeinschaftsentwicklung gemacht. Ich habe mit jugendlichen Waisen- und Straßenkindern gearbeitet und in Teilzeit auch mit Flüchtlingen.

Seit Dezember 2015 arbeite ich in einer Flüchtlingsunterkunft als pädagogische Ergänzungskraft. Es ist anders, hier mit Flüchtlingen zu arbeiten, als in Uganda, weil die Systeme unterschiedlich sind. Trotzdem macht es Spaß; ich arbeite gern mit Menschen. Leider wird mein Bachelor hier nicht anerkannt und ich muss noch ein Jahr studieren, damit ich als Sozialpädagoge arbeiten kann. Jetzt fange ich mit dem Aufbaustudium an, aber es hat lange gedauert, weil ich die B2-Sprachkenntnisse brauchte und viel Bürokratie erleiden musste.

In den zwei Jahren hier in München hatte ich immer das Gefühl, sehr vorsichtig sein zu müssen, weil es überall gefährlich ist: elektrische Autos, die ich nicht höre, Fahrräder, die rücksichtslos fahren, aggressive Leute auf der Rolltreppe, die links überholen wollen, überall komplizierte Regulierungen, die ich nicht immer verstehe.

Aber das Allerschlimmste passierte mir im Januar, eine Woche vor meinem Geburtstag: Es war morgens, ich war auf dem Weg zur Arbeit am Odeonsplatz und spät dran. Die U-Bahn war schon da und so rannte ich die Treppe runter, um sie noch zu bekommen. Unglücklicherweise fiel mir mein Handy direkt hinter dem letzten Waggon in den Gleisschacht. Ich wartete, bis die U-Bahn losfuhr. Auf der Anzeige stand dann, die nächste Bahn käme in drei Minuten. Also sprang ich in den Schacht, um das Handy zu holen. Eine Frau schrie: »Raus, raus, raus! Was machst du da? Die U-Bahn kommt, die U-Bahn kommt!«

Ich hatte mein Handy schon in der Hand und wollte wieder nach oben springen, doch es war nicht einfach. Die Frau schrie: »Komm raus, komm raus!«, aber ich konnte es nicht allein. Da rannte die Frau herbei, gab mir ihre Hand und half mir raus. Ich spürte schon den kalten Wind der U-Bahn, die kam. Es war in der letzten Sekunde.

Als ich in der U-Bahn saß, klopfte mein Herz, und ich wusste, dass diese Frau mir das Leben gerettet hatte. Leider konnte ich mich nicht bei ihr bedanken, sie ging einfach weg, irgendwo in die U-Bahn. Sie hat einem Typen aus Uganda das Leben gerettet!

So wie es schwierig ist, einen Weg im Dschungel zu finden, war es auch hier am Anfang schwierig für mich. Zum Beispiel mit dem Verkehrssystem. Das war der große Dschungel. Und auch die deutsche Sprache. Trotzdem fühle ich mich bis jetzt gut hier.

Daniel Bayerstorfer

Der Alte Brüggner

Wie Brüggner noch ein Kind von fünf Jahren war, senkte sich die Sonne so stark auf seine schmalen Schultern, dass sich, drückte er mit dem Finger auf die rote Fläche, für lange Sekunden ein weißer Fleck darin zeigte und wieder schloss, als würde seine Haut ihm müde zuzwinkern. Seitdem hat er keinen Sonnenbrand mehr gehabt, hat sich viel geschämt in der Schule für seine Italiener-Haut und schließlich den Hof des Vaters in der Nähe von Neubeuern übernommen, wie er sechsundzwanzig wurde. Der Vater war mit seiner Familie einst aus dem Südtiroler Unterland in den Norden gezogen.

Seitdem schließen die Lerchen im Frühling immer wieder mit sattem Hellgrün die Lücken zwischen dem Dunkelgrün der Fichten an den Hängen, die Maximilian I. (Habsburg) schön fand. Und die Pappeln, auf Anordnung von Ludwig I. (Wittelsbach) am Wegesrand der alten, begradigten Römerstraße gepflanzt, spenden angenehmen Schatten. Für Brüggner sind sie schlicht die Bäume, an deren Rinde die Böcke ihre »Krickl fegen«, also ihr Geweih im Juno oder Julei von der Basthaut befreien.

Der Bauernhof steht beharrlich, selbst einmal erbaut im Stil der Südtiroler Höfe, deren Fassadengestaltung über die Handelswege ins Inntal kam, wie die Seide, die Gewürze und er. Der nächste große Ort: Neubeuern, einst stolz genug, sich zum bedeutenden Handelsort, zum neuen Rosenheim aufzuschwingen, wurde zur Idylle unter dem gleichnamigen Schloss mit mittelalterlichem Bergfried degradiert.

Der Inn wurde gezähmt und bekam die A93 als asphaltierten Zwilling an die Seite gestellt. Die Schwestern der A93 wiederum: die A12 in Österreich und die A22-*Brennerautobahn* in Italien, ein im Winter zuverlässig geräumtes und bestreutes Geflecht aus Kurven und Geraden. Sie verbinden das Inntal mit dem Eisack- und dem Etschtal und fuhren weiter zum Gardasee, wo Bruggners Enkel *Gar-*

daland fast jährlich besuchen. Er selber war schon lange nicht mehr die ehemalige *via imperii* nach unten gefahren, hatte eh keine Verwandten mehr in Salurn. Die zahnweißen Kalkfelsen folgen dort auf den roten, spröden Bozener Quarzporphyr, der sich kurz vor seinem Geburtsort ablösen lässt und unter den Apfelbaumfeldern und der Kalksteinplatte verschwindet. Die Haderburg, die auf einer schwindelerregenden Steinfingerkuppe seit Jahrhunderten über die Salurner Klause wacht, machte einen tiefen Eindruck auf den Buben, aber der Vater zeigte auf eine markante Felswand weiter hinten, die »Ursulawond«, wie er erklärte, deren Name sich nicht von der Heiligen Ursula ableite, sondern in der von italienischen Adern durchzogenen Sprache der Arbeiter eine Uhr auf der Wand meine, *sulla Wand*, weil die Sonne auf dieser Felswand die Stunden anzeige. Der Vater flocht gerne italienische Worte in seine Sätze; am liebsten ein »comunque«, auf das nicht immer etwas folgen musste. Erst als er schon sehr krank war, tauschte er es gegen eine deutsche Entsprechung und meinte: »wie auch immer«. Weil der Bub eigentlich uninteressiert an der Ursula war, hatte ihm der Vater gesagt, dass Heinrich der Löwe sie einmal aus Rache zerstört habe, und hatte dann noch eine Sage über die Haderburg nacherzählt, die *Der Alte Weinkeller von Salurn* hieß. Wie die ging, hat der alte Brüggner aber vergessen. Nur dass da drei Geister am Ende einer Treppe saßen, die ein Kreuz auf eine Tafel malten, fällt ihm noch ein.

Laut sind diese Autobahnen, die, wenn man auf ihnen dahinfährt, scheinbar den Großteil des durchfahrenen Raums einnehmen, sodass man annehmen könnte, für die Einwohner des Tals existiere nichts anderes als Autobahnen. Diese Sicht kehrt sich optisch natürlich um, wenn man vom Dorf auf den schmalen Streifen schaut und die Landschaft die Größenverhältnisse wieder zurechtrückt.

Brüggner ist ein Mensch, der gerade zufällig wieder einmal an die Grenze denkt.

Ist ein Mensch, der sich nie vorgestellt hat, wie sich die Grenze den Hang entlang auf den Berg bis zur Baumgrenze fortsetzt, aber er kennt jemanden, der exakt weiß, wie sie verläuft.

Der, wäre er ein Käfer, sie auf den Millimeter genau abfliegen könnte.

Er selbst ist jemand, der das mit der Grenze nie verstanden hat, weil sie ihm auf eigenartige Weise ähnelt.

Brüggner genießt das Gluckern eines Dieselmotors vor seinem Garten, den scheppernden Ton einer Traktorschaufel und die stille Bahn des Habichts darüber. Er hebt dann den Kopf etwas, lugt unter dem Filzhut hervor, die Nase braun vom Schnupftabak, und schaut in die breite, einladende Fläche des Inntals, die einst die ersten Siedler anlockte. Trampelpfade, am Wildwechsel orientiert, führen großzügig an Mooren und Sümpfen vorbei, bilden ein weitreichendes Netz durch die Berge, das schon Kelten und Etrusker kaufmännisch verband.

Brüggner schiebt eine holpernde Schubkarre vor sich her über die Wiese, in der kleine Spinnen und Heuschrecken vor dem Quietschen des rostigen Rads flüchten. Da er diese Strecke von wenigen Metern bereits so oft in seinem Leben genommen hat und dabei stets, sei es aus Aberglaube oder Konzentration, dem am Vortag umgeknickten Gras folgt, hat sich ein reifenbreiter Weg zum Kompost gebildet. Er kippt den Inhalt darauf und vertreibt nur aus Gewohnheit, mit einer uralten Bewegung, die Fliegen von den Eierschalen.

Die stille Loyalität alter Fassaden, der tragenden Elemente und Balken, die oft Jahrhunderte treu ihren Dienst tun an denen, die sie durchlaufen, schweigt über den Garten hin zu Brüggner und Brüggner schweigt zurück. Ein Zwanzigkilometergedanke verbindet ihn danach mit dem Wendelstein hinter der anderen Seite des Tals, geleitet von Kilometersteinen aus Erinnerungen, über die er nicht mehr gänzlich verfügt, die er aber immer noch tief in sich eingegraben spürt. Vielleicht könnte er jede dieser Wegmarken auf Geschehnisse seines Lebens hin überprüfen und diese damit ins Gedächtnis zurückholen, doch die heraufbeschworenen Gefühle gelten für Brüggner im Grunde mehr. Und so ist dieses Verhältnis zu den Orten da unten zwar bildlich entleert, doch angereichert durch einen wohltuenden, weil fühlbaren Kompromiss mit der Zeit.

Kufstein gehörte mal Bayern, mal Tirol. Die Festung Kufstein, in der Brüggner schon einmal im Biergarten war, gehörte unter an derem den Bischöfen von Regensburg und Ludwig dem Bärtigen. Viele Burgen sind's bis zur Haderburg. Alle paar Kilometer eine. Und viele Autogrillfilialen, von denen manche, von massiven Betonpfeilern gestützt, über die Autobahn gebaut sind; mit schrägen, dunkel getönten Fenstern, worin sich die darunter durchtauchenden Autos spiegeln. Autogrill geht auf eine Firma zurück, die Mario Pavesi gehörte, dann durch die Staatsholding *Istituto per la Ricostruzione Industriale (IRI)* mit den Firmen *Motta* und *Alemagna* zusammengelegt wurde und nun im Besitz der Familie Benetton ist. Autogrill expandiert weltweit.

Brüggner ist nie weiter in den Norden gekommen als bis München. Und nie weiter südlich als bis Salurn.

Und er ist ein Mann, der den Kompost wieder bemerkt. Der die Serpentinen hinter dem Dach bemerkt und die Zaunlatten, die zwischen den Johannisbeersträuchern hervorschauen.

Und er ist jemand, dem etwas schwarz vor Augen wird.

Und er spürt oder besser: ihm geschieht ein schmerzhafter, doch schwer zu lokalisierender, weil flächiger Knall in seinem Hals, als würde man die Schlagader schockfrosten.

Und er wird zu einem Menschen, der in die Wiese schlittert und dessen Hand sich verkrampft, bis das Moos und die Erde aus seinen Fäusten quellen.

Und er wird zu einem Menschen, der versucht zu schreien, aber nur blökt.

Der Wald rückt neugierig ein, zwei Schritte näher an den Garten, neigt sich etwas hin zum Tal, geht die Schritte wieder zurück und hält die Nadelhaare ins Rauschen. Der Wald ist unbeobachtet, und es wäre ihm ein Leichtes, alle Bäume untereinander (unbeobachtet) Position tauschen zu lassen.

Senthuran Varatharajah

Reste
(Und die weißen Streifen kenne ich)

Wenn ich das Fenster öffne, sehe ich das Feld, durch das ich manchmal lief, und die Ähren hinterließen weiße Streifen auf meinen Beinen, als es Abend wurde, auch gestern. Mein Vater holte mich am Bahnhof ab; ich war aus Berlin gekommen. Ich stehe am Fenster, vor dem Küchentresen, und ich sehe das Feld, durch das ich manchmal lief, die gemähte Wiese, die es von dem Wald trennt, in dem meine beiden Brüder und ich uns früher verliefen, im Regen, der in den Wimpern hängen blieb, als wir unsere Schuhe in das nasse Moos gruben und warteten, und in den ich nicht hineinsehen kann, von dort, wo ich stehe, vielleicht 800 Meter von ihm entfernt, aber die dünnen Stämme, die dicht nebeneinanderstehen, in einer breiten, wellenförmigen Reihe, und die ineinander verhakten Kronen, über denen der bläuliche Schatten, den wir Abend nennen, liegt, sie sehe ich, von dem Fenster aus, an dem ich stehe, vor dem Küchentresen; Reste von Reis liegen auf den Tellern vor mir. Es ist August, Sonntag; 20 Uhr. Ich kam gestern an. Neun Jahre habe ich in dieser Wohnung gelebt, zwanzig in dieser oberfränkischen Kleinstadt, in der uns verschiedene Namen gegeben worden waren, Asylanten, Ausländer, Affen, Neger, Dahergeschleifte; so hießen wir. So wurden wir genannt.

Ich schließe das Fenster. Ich sehe das Feld, durch das ich manchmal lief, und den Pfad, der es von dem Haus, in dem meine Eltern 1996 diese Eigentumswohnung am Stadtrand gekauft haben, trennt und der sandig ist. Als wir aus der Sozialwohnung, der ersten Wohnung, in die wir nach dem letzten Asylbewerberheim, in dem wir fünf Jahre lebten, ziehen durften, auszogen, sind mein jüngerer Bruder und ich diesen Weg gelaufen, mit den Einkaufstüten, die unsere Mutter gesammelt hatte, von Aldi, Edeka und Netto, und die wir tragen sollten, zwei in jeder Hand, bis das Plastik rote Streifen in die Ballen schnitt. Es war August, Sonntag; vormittags. Wir liefen eine Stunde.

Wir stellten die Tüten vor der Haustür ab, auf den graumarmorierten Stufen, und ich konnte das Feld sehen, durch das ich manchmal lief, und den Pfad, der es von dem Haus, in das wir zogen, trennt und über den wir gekommen waren. Mein jüngerer Bruder und ich liefen ihn hoch, gestern, nachdem ich meinen Rucksack in meinem alten Zimmer unter dem Lichtschalter abgestellt hatte, dort, wo er auch nach der Schule stand, und bevor die Ähren weiße Streifen auf meinen Beinen hinterließen, wir liefen in die entgegengesetzte Richtung, anders als vor einundzwanzig Jahren, als wir die Landstraße, die den Wald in zwei ungleichmäßige Flächen teilt, hochgelaufen waren, auf dem weißen Seitenstreifen, bis wir am Ortsausgang, an dem Schild, auf dem der Name dieser Stadt durchgestrichen war, standen; der Pfad beginnt an dieser Stelle, auf der linken Seite, an dem Platz, an dem das Johannisfeuer jeden Juni brennt. Diesen Umweg hatten wir genommen. Wir wollten nicht gesehen werden. Wir wurden nicht gesehen.

Ich stehe am Fenster, Reste von Reis auf den Tellern vor mir. Ich sehe das Feld, durch das ich manchmal lief, den Pfad, der es auf der einen, und die Wiese, die es auf der anderen Seite begrenzt, ich sehe den Wald, der nach oben steigt, und den Mast, der oben auf dem Berg steht, ich sehe den bläulichen Schatten, der über ihnen liegt und den ich nicht Abend nennen werde, ich sehe sie durch mein Gesicht, das durchsichtig ist, auf der Scheibe, auf der es sich spiegelt, vor mir. Ich sehe sie. Ich sehe die Landschaft und die Namen, die mir in den neun Jahren, die ich in dieser Wohnung, und in den zwanzig, die ich in dieser oberfränkischen Kleinstadt gelebt habe, gegeben worden waren, ich sehe den Asylanten, den Ausländer, den Affen, den Neger, den Dahergeschleiften, auf der Scheibe, die mein Gesicht spiegelt, durch das ich das Feld, durch das ich manchmal lief, sehe, die Ähren, und die weißen Streifen kenne ich.

Kathrin Reikowski

Und nachts fallen

Immer wenn wir aus dem Landesinneren kommend eine Weile durch karge Wüste gefahren sind, riechst du, Tholo, auf einmal den Nebel und spürst die Kälte der Küste. Ich nicke dann, nichts riechend, nichts spürend in der Luft der Klimaanlage, aber kribbelig vor Freude wie du. Und versuche, die Kinder auf das einzustimmen, was jetzt gleich kommen wird: Meist nach mehreren Jahren in Deutschland – die Flüge zu teuer, der Aufwand so groß – kommen wir wieder zu Papas, zu deiner Familie, Tholo. Nach Hause zu unserer Familie.

Die Ankunft – wir können nur blinzeln: Das Haus von Oma ist größer, es hat eine andere Farbe. Autos parken davor. Die Kinder! Die Kinder! Die Großen – Jasmine, Zemo, Aaliyah, Ronaldo?! Tatsächlich! Ronaldo! – schlurfen zögerlich auf uns zu, sie grinsen, warten ab. Die Kleinen – schaut mal, das ist Baba, das ist Maizie (wir kennen sie nur von Fotos) –, sie springen herum. Und deine Schwestern, sie sehen jünger aus, sind schlanker geworden, haben einen anderen Style. Sie sind älter geworden. Sie sind noch die Gleichen.

Diego ist zum ersten Mal hier, sieht zum ersten Mal die Tanten, Cousins und Cousinen. Und Oma? Dein Bruder? Nicht zuhause. Unser Gepäck, viel zu viel für hier. Hatten wir nicht bewusst wenig gepackt dieses Mal? Wo sollen wir schlafen – ich drehe mich um nach dir. Du bist nicht mehr da. Diego krallt sich an mir fest und zeigt das Lächeln nicht her, das deine Familie auf den Bildern gesehen hat, auch nicht die Grübchen. Zachory spricht sofort wieder Afrikaans und verschwindet mit drei Cousins im Haus seiner Tante, ganz so als wären nur zwei Tage vergangen seit seinem letzten Besuch.

Irgendwo ist ein Bett hergerichtet für uns, Geschenke für unsere Kinder obendrauf. Irgendwann nachts noch die Stimmen von Oma und dir und deinem Bruder vor der Tür. Bei eurem Wiedersehen soll niemand dabei sein.

Am nächsten Morgen wache ich auf in einem Bett, das 10000 Kilometer entfernt von meinem Bett in München steht. In Mondesa, Swakopmund, Namibia – an der Straße Richtung Tamariskia, gleich hinter der New Game Shebeen, einer stadtbekannten Bar. Tholo wohnt seit acht Jahren mit mir in München, wir haben zwei Kinder, Zachory und Diego. Hier ist er aufgewachsen. Immer noch leben all seine Geschwister, mit Partnern und Kindern über 20 Leute, gemeinsam hier, auf einem Grundstück, aber jede Familie im eigenen Haus. Wir schlafen bei seinem Bruder, er ist Ingenieur, ihm gehören die Autos vor dem Haus. Seine drei Schwestern arbeiten als Security-Aufsicht, im Café und im Fitnessstudio, Oma ist jetzt in Rente.

Mit noch geschlossenen Augen habe ich das Gefühl, ich würde fallen, wenn ich mich nicht festhalte. Fallen in unser anderes Leben, nach München. Eben noch traten wir dort morgens aus der Tür, rein in den Schnee, jetzt ist der Schnee für ein paar Wochen unerreichbar fern für uns. Vorletzte Nacht kroch die Linie auf dem Bildschirm im Flugzeug weiter und weiter nach Süden, über Südeuropa, Nordafrika, die Sahara – den Rest habe ich im Schlaf übersprungen. Die Fahrt an die Küste, jetzt sind wir da. Neben mir Diegos kleiner, im Schlafsack eingerollter Körper.

Die Haustür öffnet sich quietschend. Zachory schlurft über den gefliesten Boden, man hört, wie er den Sand im Haus verteilt. »Mama, ich soll dir sagen, der Papa holt Frühstück. Die Aunties sind weg. Arbeiten oder so, und irgendwas mit Einkaufen hab ich verstanden.« Ich krame in der Küche nach einem Teebeutel und setze Wasser auf, gehe durch den Garten in Omas Haus, zur Toilette. Zurückgekehrt, gieße ich den Tee auf und trinke ihn heiß. Ich will gerade durchatmen.

Da merke ich, dass ich alleine bin.

Nicht ganz alleine allerdings.

Nacheinander grüßen mich Maizie, Baba, Ntando, Lanrik, Manrik, Junior und Precious mit einem »Morre Auntie«, »Morgen Tante«. Ich sitze hier mit neun Kindern, das Älteste im Vorschulalter. Im Kühlschrank einige Scheiben Brot und ein paar Eier, in meinem

Magen ein Loch, in meinem Handy eine SIM-Karte, die deine neue namibische Nummer noch nicht kennt. Ich kann es nicht fassen, wie lange du brauchst, um Frühstück zu holen. Ich weiß, Tholo, dass dich zu viel Nähe zu deiner Familie überwältigen kann, dass du andrerseits die Nähe, die du über die Jahre so schmerzlich vermisst hast, nicht sofort wiederfinden kannst. Genauso geht es wohl deiner Mama und deinem Bruder. Und mir ist klar, dass es in der Nachbarschaft unzählige Menschen gibt, denen du etwas schuldest. Nämlich: deinen Besuch. Trotzdem werde ich nach eineinhalb Stunden Warten wütend, kann dich immer noch nicht erreichen. Ich habe Hunger. Mache den Kindern Brote und muss mich fragen lassen, warum ich so geizig mit Essen sei. Diego will Joghurt, pünktlich wie zuhause. Ich schimpfe auf Deutsch vor mich hin – fragende Blicke. Zum Supermarkt mit neun Kindern, die sich noch über die Anwesenheit der irgendwie von Fotos bekannten Auntie wundern? Unmöglich! Jemanden einfach zuhause lassen? Ungerecht! Gefährlich! Ich bin wütend, verfluche, dass ich mich hier wieder mal wie eingesperrt fühle. Im Township von Weitem als Fremde erkennbar, kann ich mich kaum bewegen, ohne angesprochen zu werden. Darauf habe ich jetzt absolut keine Lust.

Als du am frühen Nachmittag mit Brot und Wurst und Joghurt und Chips kommst, Sandwiches und Witze machst und Süßigkeiten verteilst (die Kinder sind happy), bin ich so wütend, dass ich kein Wort mehr sagen kann. Und verziehe mich aufs Bett. Als meine Schwägerin – sie ist diejenige, die immer zuhause ist, wenn alle anderen arbeiten – abends mit einem Taxi voller Einkaufstüten kommt und jedem Kind, ohne zu fragen, wie der Tag war – kurz vor der Schlafenszeit! – eine Dose Cola gibt, könnte ich überschnappen vor Unverständnis für diese Art und Weise, Kinder zu erziehen. Dazu sagen kann ich nichts mehr, heute nicht

Am nächsten Morgen haben acht der Kinder, darunter meine beiden – und ja, auch ich – starken Durchfall. Tholo hat die Nacht damit verbracht, die beiden Jungs abwechselnd und im Fünf-Minuten-Takt durch den dunklen Garten zur Toilette zu begleiten und zurück ins Bett zu tragen. Die Schwester von Tholo, die heute frei hat, kümmert sich um uns alle und läuft ständig kopfschüttelnd auf und ab. Da muss jemand mit *winds* bei uns gewesen sein. »There must have been someone with winds.« Wieder und wieder kommt sie an mein Bett und will wissen, ob gestern Besuch da war. Irgendjemand muss auf dem Grundstück gewesen sein, der schrecklich schlechte Gefühle mitbrachte und alle – bewusst oder unbewusst, so genau könne man das nicht sagen – krank gemacht habe. Mit ebendiesen *winds.* Es gebe halt Menschen, die anderen Unheil brächten, wenn sie sich nicht unter Kontrolle hätten. Wenn sie anderen etwas missgönnten und nur auf ihr eigenes Wohl schauten. »Dabei lasse ich meine Kinder mit Absicht immer zuhause, damit sie eben nicht solchen Menschen ausgesetzt sind, damit sie geschützt sind. Verstehst du, Sista?« Aber dieser massive Durchfall – der sei einfach nicht anders zu erklären.

Ich verstehe. Den Rest des Tages verhalte ich mich unauffällig.

Drei Wochen später verlasse ich morgens klammheimlich das Haus und setze mich in ein Taxi Richtung Stadt. Ich gönne mir einen vegetarischen Toast im Strandcafé, lese ungestört, bummle wie eine Studentin auf Weltreise durch die Souvenirläden. Nicht mal meinen eigenen Kindern habe ich Bescheid gegeben, dass ich weggehe. Weil ich mir schlecht vorkomme, wenn ich immer nur sie mitnehme und die anderen mit fragenden Blicken zuhause lasse. Und weil meine beiden, beschäftigt mit Plastikrollern und Fußball und Schule spielen und damit, mit den großen Cousins und Cousinen über Zäune zu klettern, sowieso kaum merken, ob ich da bin oder nicht. Ich habe mich rausgeschlichen, damit ich als Erste weg bin. Und nicht als letzte Erwachsene zuhause übrig bleibe. Irgendjemand passt sowieso auf die Kinder auf, darauf ist Verlass, sie sind bestens versorgt. Versucht man aber am Vorabend etwas für den nächsten Tag auszumachen (ich möchte in die Stadt), könnte man schlafende Hunde wecken (und wieder alleine aufwachen). Bin ich doch mal wieder zuhause übrig geblieben, muss ich über mich selbst lachen, schicke zwei der älteren Kinder für Brot, Obst und Limo in den Supermarkt oder bitte einen der Nachbarn, für uns zu gehen. So einfach ist das! Versuche, für alle halbwegs so gut zu kochen wie die Mamas hier es tun, ernte aber immer wieder zweifelnde Blicke, wenn sie sehen, was ich ihnen auf die Teller packe. Und ich lerne, keine weiteren Kollektivdurchfälle mehr auszulösen. Sondern, wenn sich in mir Stress und schlechte Laune aufbäumen, darauf wie auf einer Welle zu surfen.

Nach diesen drei Wochen habe ich einen riesengroßen Respekt für meine »Sistas« in law. Die tatsächlich nicht fünf, sondern sieben Tage die Woche arbeiten gehen und in den Stunden, die sie zwischen ihren Tages- und Nachtschichten zuhause haben, putzen, für sich, die Männer, die eigenen Kinder und die der Schwestern kochen und Wäsche waschen, die Haare machen und die Hausaufgaben kontrollieren. Ich habe Respekt für meine Schwägerin, die Frau deines Bruders – weil sie all die Stunden, in denen die anderen arbeiten gehen, alleine bewältigt. Und dann auch noch uns mit unseren schrankgroßen Koffern bei sich aufnimmt. Ich frage mich, wie sie alle so ohne Zeit für sich alleine, ohne jegliche Ruhe überleben können. Einen Tag shoppen in der Stadt? Eine Nacht klammheimlich auf eine Party verschwinden und erst am übernächsten Morgen wiederkommen? Der Kirche beitreten, die den längsten Gottesdienst anbietet? Ja, Sistas – genau! So! Muss das! Ich liebe euch dafür.

Tholo, Oma und ich waren mit allen dreizehn Kindern im Aquarium. Haben im Großraumtaxi, acht von uns im Kofferraum, laut den neuesten Hit mitgesungen. Endlich vereint und wie vereint! Wir haben über den kleinen Hai im Becken gestaunt und auf der Wiese vor dem Aquarium ein Schlemmerpicknick gefeiert. Ein andermal waren wir am Meer, sind mit den Kiddies durch die Wellen getobt. Und mussten stundenlang auf ein Taxi warten, auf einen Fahrer hoffen, der sich bereit erklärt, eine aufgedrehte, müde und sandige Meute mit nassen Klamotten nach Hause zu bringen.

In den letzten Tagen vor der Abreise bist du viel alleine unterwegs. Dich verabschieden. Besorgungen für Tanten erledigen, Versicherungen für deine Mama abschließen, Familienentscheidungen treffen. Für deine Kollegen in München und deine zweite Familie (meine Familie) Souvenirs kaufen, die ein bisschen was von deinem Leben hier erzählen können. Durch die Läden streifen, verzweifelt auf der Suche nach der allerbesten Erinnerung für dich selbst. Die Jungs und ich gehen keinen Meter mehr von unserem Zuhause weg, versuchen alle

Eindrücke aufzusaugen und die Familie festzuhalten. Unser Jüngster fühlt sich endlich auch richtig wohl, dank einer unendlich geduldigen Oma und seinem großen Cousin Zemo, der ihn zum Lachen bringt. Oma lässt sich von ihm im Fußball besiegen. Er ist stolz und kichert mit Manrik, dem kleinen Cousin, über diese tollpatschige Spielerin. Ich sitze in den letzten Tagen einfach nur vor dem Haus, trage in meinen Kalender die Geburtstage und Handynummern von allen nahen und fernen Verwandten ein. Beobachte das Kommen und Gehen von Tanten, Nachbarn, Kindern, Schwestern und Freunden. Lasse mir Neuigkeiten aus der Familie und Nachbarschaft und alte Geschichten von vor Jahren erzählen, höre einfach nur zu oder erzähle wieder und wieder, dass wir in Deutschland alleine in einer Wohnung mit drei Zimmern wohnen, mehr als zweitausend Euro im Monat verdienen und trotzdem manchmal am Monatsende nicht genügend Geld haben.

Wenn wir abreisen, von Groß und Klein umarmt, gedrückt, geherzt, vorsichtig gestreichelt, cool abgeklatscht oder keines Blickes gewürdigt, heule ich jedes Mal hemmungslos, stundenlang. Überlasse es dir alleine, unsere immer noch viel zu großen Koffer und die unendlich vielen Geschenke in Taxis zu verstauen. Wage nicht, mir vorzustellen, wie es in dir aussieht. Und kann es nicht fassen, dass wir ein weiteres Mal in die absolute Einsamkeit nach München zurückfliegen. Uns wieder monatelang vor allem um uns vier kümmern werden, nur fünf Tage die Woche arbeiten, mit Familie und Freunden über Sonderangebote im Baumarkt und anstehende Wahlen diskutieren und doch ernsthaft annehmen, wir wären beschäftigt. Während hier an jedem einzelnen Tag das wahre Leben weitergeht. Menschen geboren werden. Menschen sterben. Menschen ihre Arbeit verlieren. Menschen ihre Arbeit hinschmeißen. Menschen ihren Schulabschluss machen. Menschen bedroht oder verletzt werden. Menschen neue Waschmaschinen bekommen und mit immensen Wasserrechnungen kämpfen. Menschen jeden Tag zumindest für eine Tasse Tee oder ein paar Bier zusammensitzen, einander von ihrem Tag erzählen. Oder auch mal mit Grill und Musik die ganze Nacht durchmachen (eher die Männer), während der Rest der Familie (eher die Frauen) versucht zu schlafen. Weitermachen. Sehr oft ein wenig gegeneinander. Aber immer gemeinsam.

Und wir? Wir vier sind mutterseelenallein in München wie eine auf dem Meer treibende Eisscholle, die ihren Eisberg verlassen hat.

Unser Zachory (der, der in Namibia keine Zeit für Anrufe aus Deutschland hat) ist nach vier Wochen Swakopmund lauter geworden, aufrechter, durchsetzungsfähiger. Und legt sich, zurück in München, meist für einen Tag mit 40 Grad Fieber direkt ins Bett. Wacht auf und geht, schon wieder etwas leiser, zurück in den Hof zu den anderen Kindern.

Alle paar Wochen wache ich nachts auf, falle mit meinem Bett in unser anderes Leben nach Namibia, versuche nicht, mich hier festzuhalten, aber komme nie dort an.

Und du? Du lernst weiter Flurförderfahrzeugdefinitionen (für deinen Job) auf Bairisch (für deine Kollegen), kochst mit der Schwester am Ohr wie zuhause bei Muttern, drehst die Musik laut auf und skypst, wenn es zuhause oder in deiner Seele brennt. Und du erträgst meine *winds* und die aller anderen ganz alleine, weil niemand hier weiß, was *winds* sind. Und ein Teil von dir (ein großer von ganz in der Mitte) ist niemals hier, sondern immer dort. Und alle Menschen, die du kennenlernst, können diesen Teil von dir nicht erkennen und werden niemals wissen, wer du ganz bist. Und zu oft, wenn du doch einmal für ein paar Tage als ganzer Tholo hier bist (aufblühst im Job und als Papa), wirst du kontrolliert, nach deinem Ausweis gefragt, zum Beispiel auf dem Weg zum Einkaufen am Samstagvormittag. Oder beim Feierabendbier mit Kollegen an der S-Bahn. Genau an jenen Tagen, an denen du (frei wie ein Vogel, wie du es nennst) deinen Ausweis zu Hause gelassen hast.

Mit einem Loch in der Mitte kostet dich das alles unendlich viel Kraft. Nach unserer Rückkehr sehe ich das wieder und verstehe, warum du manchmal tagelang verstummst und dich auf das Sofa verkriechst. Und habe doch wieder nur kurz in das Leben in Namibia reingeschaut, während du hier lebst.

Aber sieh dich um – auf deiner Eisscholle sitzen auch wir! Lass sie uns zum Schmelzen bringen und öfter mal losschwimmen. Oder aufrecht stehen und surfen.

Denn nur du kannst den Nebel riechen und die Winde spüren.

Johano Strasser

Metzgersgang

Als Dragan Petrović aus der Haustür tritt, wirbelt ihm ein Windstoß den Straßenstaub in die Augen. Durch den Spalt zwischen seinen zusammengekniffenen Lidern schaut er nach links, nach rechts. Die Straße ist in beide Richtungen vollkommen leer. Um diese Zeit sind die schäbigen Antikläden, der Getränkemarkt und die Fahrschule noch geschlossen. Dragan geht Richtung Zoo. An der Bushaltestelle auf der anderen Straßenseite ein magerer schwarzer Hund, der mit gelben Zähnen ein Stück Pizza aus dem Abfallkorb zerrt. Dragan bückt sich nach einem Stock und wirft ihn nach dem Hund, verfehlt ihn nur knapp.

Scheißköter! Zuckt nicht einmal zusammen.

Als er in die Kleiststraße einbiegt, beginnt es zu nieseln. Er schlägt den Kragen seiner abgewetzten Jacke hoch, beschleunigt den Schritt.

Wir treffen uns zum Frühstück im Hotel, hat der Österreicher gesagt.

Milan, bei dem Dragan seit drei Tagen auf einer alten, durchgesessenen Couch schläft, hat den Kontakt vermittelt. Milan ist auch aus Visegrád, aber schon seit zwei Jahren in Berlin. Ein harter Hund sei dieser Haller, hat er gesagt. Ein harter Hund, aber zuverlässig.

Und was soll ich für ihn machen?

Keine Ahnung, antwortete Milan. Wird er dir schon sagen.

Gestern Abend hat Herr Haller Dragan auf dem Handy angerufen: Morgen früh um acht. Hotel *Metropol* in der Bayreuther Straße. Ich erwarte Sie zum Frühstück. Seien Sie pünktlich.

Die ganze Nacht über hat Dragan auf der unbequemen Couch wach gelegen. Immer wieder hat er daran denken müssen, dass er jetzt bald sein eigenes Geld verdienen wird. Er wird Milan die hundert Euro zurückgeben, die er ihm geliehen hat, sich ein eigenes Zimmer suchen. Vielleicht kann er seiner Mutter jeden Monat fünfzig Euro schicken.

Der da, der ihm auf dem Trottoir mit wiegendem Schritt entgegenkommt, einen halben Kopf größer ist er und breit in den Schultern! Dragan kneift die Augen zu Schlitzen zusammen, sein Rücken spannt sich, mit der Rechten tastet er nach dem Schlagring in der Hosentasche. Ein Reflex. Dort, wo er herkommt, braucht man solche Reflexe. Und hier? Vielleicht, denkt er, ist es nur die Bomberjacke, die den anderen so aussehen lässt, als müsse man vor ihm auf der Hut sein.

Dragan Petrović ist sechsundzwanzig, sieht aber aus, als wäre er vierzig. Er ist blass, und er ist nervös, in dieser fremden Stadt ist er besonders nervös. Vielleicht hätte er gar nicht weggehen müssen, vielleicht hätten sie ihm geglaubt. Aber jetzt, nachdem er geflohen ist, hat er gar keine andere Wahl, als sich hier in der Fremde irgendwie durchzuschlagen. Wenn das mit diesem Haller klappt, dann kauft er sich als Erstes eine solche Bomberjacke, wie der Muskelmann sie anhat, der gerade mit einem Grinsen an ihm vorbeigeht.

Ob er zupacken könne, hat der Österreicher gefragt. Zupacken?

Ja, zupacken, nicht zimperlich sein, sich durchsetzen.

Dragan versteht viele Wörter nicht, das bisschen Deutsch, das er inzwischen gelernt hat, reicht nicht aus.

Charter Chund, hat Dragan geantwortet. Ich charter Chund.

Vor drei Tagen hat er zum ersten Mal seit zwei Wochen seine Mutter in Visegrád angerufen.

Wo bist du, hat sie gefragt. Die Polizei war hier.

Er hat ihr gesagt, dass er in Deutschland sei, dass er bei einem Freund wohne, dass er Arbeit suche. Mehr nicht.

Und die Polizei? Die suchen dich doch.

Sie solle sich keine Sorgen machen, hat er gesagt. Hier sei er in Sicherheit. Wenn die Polizei kommt, solle sie sagen, dass sie nicht weiß, wo er ist.

Milan weiß nicht, dass sein Freund von der Polizei gesucht wird. Ihm hat Dragan erzählt, er sei wegen Arbeit hierhergekommen. Er müsse seine kranke Mutter unterstützen. Sie könne die teure Medizin, die sie für ihr Asthma brauche, nicht bezahlen.

Und? Hast du eine Aufenthaltsgenehmigung?

Noch nicht, hat Dragan gesagt.

Okay, sagte Milan. Wenn sie deine Aufenthaltsgenehmigung sehen wollen, ich weiß von nichts. Verstanden?

Die großen Schaufenster. Alles gibt es hier zu kaufen für den, der

Geld hat. Bald wird auch er Geld haben. Nicht viel, aber genug. Genug, um seiner Mutter zu Weihnachten ein Paket zu schicken mit Schokolade und Gebäck und einem warmen Schal.

Dem Haller ist es egal, ob du eine Aufenthaltsgenehmigung hast oder nicht, hat Milan gesagt. Und wenn er sich mit dir zum Frühstück trifft, dann hat er auch was für dich. Darauf kannst du dich verlassen.

Dragan weiß von diesem Haller nur, dass er sein Geld mit Immobilien verdient, dass er Altbauten aufkauft, sie modernisiert und die renovierten Wohnungen dann verkauft. Alles ganz legal. Und dass er Österreicher ist.

Das Hotel. Vier Sterne, die gläsernen Türflügel gleiten geräuschlos auseinander, auf dem roten Teppich tritt Dragan in die Halle.

Frühstücksraum?

Der Portier mustert ihn skeptisch.

Wohnen Sie hier im Hause?

Herr Haller wartet im Frühstücksraum.

Herr Haller? Bitte sehr.

Der Portier zeigt auf einen breiten Gang neben den Aufzügen.

Dragan schaut auf seine Armbanduhr. Es ist sieben Minuten vor acht. Er ist zu früh. Die Schaukästen an den Wänden des Gangs zeigen Schmuck, teure Uhren, Damenhandtaschen von Gucci, teures Geschirr. Langsam schlendert er den Gang entlang, bleibt hier und da stehen, betrachtet die Auslagen. Am Eingang zum Frühstücksraum steht eine junge Frau im schwarzen Hosenanzug hinter einem Pult.

Ihre Zimmernummer bitte.

Ich suche Herrn Haller, sagt Dragan.

Herr Haller ist noch nicht da, antwortet sie. Aber Sie können an seinem Tisch Platz nehmen, wenn Sie wollen. Hier gleich rechts.

Jeder hier scheint Herrn Haller zu kennen, vermutlich ist er Stammgast im Hotel. Wahrscheinlich ist er eine große Nummer in dieser Stadt. Dragan sitzt etwas erhöht auf einer Art Podest, das durch ein Messinggeländer vom Rest des Saals abgetrennt ist. Von hier aus kann er den ganzen Frühstücksraum überblicken. Es ist still, beunruhigend still. Die meisten Gäste sitzen stumm an ihren Tischen und beschäftigen sich mit ihrem Rührei, ihrem Toast, ihrem

Kaffee. Kellnerinnen gleiten lautlos von Tisch zu Tisch. Nur zwei Herren am Fenster scheinen sich lebhaft zu unterhalten. Jetzt hebt der eine die Hand mit dem Messer, lachend fuchtelt er damit vor dem Gesicht des anderen herum.

Das Messer!

Wie ein Blitz fährt es Dragan durch den Kopf. Der Bosniak, er hatte plötzlich ein Messer in der Hand. Damit hatte Dragan nicht gerechnet, wer konnte schon damit rechnen, dass der auf einmal ein Messer zieht. Ganz nah stand der Kerl vor ihm, sah ihn aus trüben, hepatitisgelben Augen an. Der war fertig, voll auf Drogen, das konnte man sehen. So einer war zu allem imstande. Da musste man cool bleiben, so einen durfte man nicht reizen. Hallo, sagte Dragan und grinste. Einen Augenblick war der andere irritiert und blickte sich um. In diesem Moment packte Dragan ihn am Handgelenk, und als er ihm den Kopf wieder zuwandte, stieß er ihm Zeigefinger und Mittelfinger der Linken in seine Augen.

So hatten sie es gelernt in der Nahkampfausbildung. Die Augen sind der schwächste Punkt. Und wenn der andere eine Brille trägt, einen Schlag mit der Handkante gegen die Halsschlagader oder einen kräftigen Stoß mit dem Knie in die Eier. Es funktioniert, wenn man schnell und entschlossen handelt, ohne viel nachzudenken.

Als der Kerl das Messer fallen ließ, sich schreiend auf dem Boden wälzte und seine Hände auf die Augen presste (als ob da noch etwas zu retten wäre!), da hob Dragan – wer weiß, warum er das tat – das Messer auf, bückte sich zu dem am Boden Liegenden, setzte ihm ein Knie auf die Brust und ritzte ihm mit der Klinge einen Lachmund in die Kehle. Nicht tief, nur so weit, dass das Blut hervorquoll und ihm rote Lippen malte.

Das hätte er nicht tun sollen. Wenn er nicht das Messer angefasst hätte, wäre die Sache sonnenklar gewesen. Notwehr. Aber die Männer, die wegen des Geschreis aus der Kneipe auf die Straße gestürzt waren, hatten ihn sich mit dem Messer in der Hand über den Bosniak beugen sehen. Darum musste er fliehen, aus der Stadt, aus dem Land. Schließlich war ja kein Krieg mehr. Im Krieg hätte das mit dem Messer niemanden gestört, da wäre er ein Held gewesen. Aber jetzt?

Zehn Tage brauchte er, bis es ihm endlich gelang, nördlich von Maribor nachts die österreichische Grenze zu überqueren. Von Graz aus rief er dann seinen Freund Milan in Berlin an. Der sagte nur: Komm her! Hier findest du schon Arbeit. Und bis dahin kannst du bei mir wohnen.

Herr Petrović!

Dragan schreckt hoch. Neben ihm die junge Frau im schwarzen Hosenanzug.

Herr Haller, sagt sie, lässt Ihnen ausrichten, dass er leider abreisen musste. Er ruft Sie nach Weihnachten an, wenn er wieder da ist.

Dragans Hand krampft sich um den Schlagring in der Hosentasche.

Herr Petrović?

Danke, sagt er.

Bedankt sich auch noch! Dabei würde er am liebsten den Tisch umschmeißen, all den diskret schweigenden Damen und Herren die Kaffeetassen aus der Hand reißen und ihnen die heiße Brühe ins Gesicht schütten.

Danke, sagt er, steht auf und geht ohne ein weiteres Wort hinaus in den Nieselregen.

Mercedes Lauenstein

Im falschen Puzzlekasten

Wir waren in Peking. Also, ich war in Peking. Von einem *Wir* konnte man schon nicht mehr sprechen, denn ich wollte mit den beiden Personen, mit denen ich unterwegs war, nichts mehr zu tun haben.

Die Frage, die uns auseinandertrieb, lautete: »Und fühlst du dich jetzt eher so als Chinesin oder eher als Deutsche?«

Bei den beiden handelte es sich um meine Freundin M., die in China geboren, aber als Baby mit ihren chinesischen Eltern nach Deutschland gekommen, dort aufgewachsen, zur Schule und an die Uni gegangen war und mittlerweile als Journalistin in China arbeitete. Bei ihr war ich zu Besuch. Und um meine Freundin P., geboren und aufgewachsen wie ich in einer deutschen Kleinstadt. Sie studierte jetzt Medizin, hatte ein Urlaubssemester eingelegt und war gerade auf Weltreise. Sie kam mit dem Nachtzug aus der Mongolei.

M. und P. kannten sich bisher nicht. Sie lernten sich auch nicht kennen. Denn ehe das passieren konnte, verachteten sie sich schon.

Wir trafen uns in den Hutongs von Peking in einer Bar. Wir waren zu viert, es war noch eine Freundin von M. dabei, ich glaube, sie kam aus New York, auch wenn ich gar nicht weiß, warum ich das jetzt sage, denn ist es nicht eigentlich egal, wo sie herkam? Zumal ich zu ihr sowieso nichts mehr erzählen werde, sie saß abseits und redete irgendwie, wenn überhaupt, nur mit M.

Ich vermute, M. war schon genervt davon, wie das Gespräch zwischen ihr und P. anfing. Nämlich mit der von P. an M. gestellten Frage: »Und was machst du so?«

Noch origineller kann man ein erstes Gespräch nur mit Feststellungen über das Wetter beginnen. Allerdings sind Feststellungen über das Wetter vergleichsweise harmlos. »Schönes Wetter heute« bedeutet halt »Schönes Wetter heute«, vielleicht noch: »Na ja, sorry, aber worüber soll man sonst reden« oder: »Schauen Sie her, ich bin ein bisschen langweilig und ein bisschen denkfaul auch, aber das macht ja nichts, Sie können ruhig gehen, es stört mich gar nicht.« Während »Und was machst du so?« nur sehr selten »Und was machst du so?« bedeutet, sondern eigentlich: »Na, du menschliche Variable, taugst du bisschen was oder eher nichts?«

Wobei jetzt nicht davon auszugehen war, dass P. die Frage so gemeint hatte. An M.s Stelle allerdings hätte ich kaum eine Frage lieber gestellt bekommen, denn M. arbeitete mit dreiundzwanzig Jahren bereits als Korrespondentin in Shanghai. Für sie war die Frage keine harte Prüfung mehr, die es noch zu bestehen galt, sondern bereits eine Art innere Preisverleihung. Sie musste nur sagen, was sie machte, und schon waren alle hin und weg.

Sie beantwortete P.s Frage trotzdem leicht genervt und sehr knapp. P. fragte weiter: »Bist du dann in Deutschland aufgewachsen?« M. bejahte, sagte, sie sei aber zwischendurch immer wieder für längere Zeit in China gewesen, und dann stellte P. die Frage. »Und fühlst du dich jetzt eher so als Chinesin oder eher als Deutsche?«

M., die nie höflich ist, sondern entweder schweigt oder ihre Meinung sagt, erwiderte: »Solche dummen Fragen kann ich leider nicht beantworten«, drehte sich weg und redete mit ihrer Freundin auf Englisch weiter.

P. starrte erst sie, dann mich, dann sie, dann wieder mich an, und ich wusste nicht, fängt sie jetzt an zu heulen oder wird sie böse, und es wurde eine Mischung, allerdings tränenlos, und sie rief in M.s Richtung, es habe sie doch einfach nur interessiert, was denn das Problem sei, das sei ja wohl kein Grund, sie so anzufahren.

M. zischte ihr über die Schulter hinweg zu, dass es ihr ja sehr leidtue, dass sie aber einfach die Frage nicht verstehe, was das denn überhaupt sein solle, sich chinesisch fühlen oder sich deutsch fühlen, und dass sie solch belanglosen Gespräche einfach leid sei. Dann drehte sie sich wieder weg und wartete auch keine Antwort mehr von P. ab.

P. gab sie stattdessen mir. Sie beharrte darauf, dass ihre Frage das Gegenteil von provinziellem Denken oder Dummheit gewesen sei, dass daraus doch nichts als psychologisches Interesse spräche und es sie nun einmal wirklich interessiere, wie das sei, sozusagen zwei Heimaten zu haben. Wenn hier irgendwo Dummheit oder böse Absichten im Raum stünden, dann gingen die ja wohl von M. aus, die überhaupt die blasierteste Person sei, die sie jemals getroffen habe.

Ich versuchte, P. zu erklären, dass dieses Thema bei M. vermutlich einfach ein wunder Punkt sei: In Deutschland war sie ihre Kindheit und Jugend über immer die Chinesin gewesen und in China die Deutsche, und sie musste sich andauernd wie ein Puzzleteil gefühlt haben, das einfach immer gerade genau im falschen Puzzlekasten lag oder halt spiegelverkehrt im richtigen, und das war vermutlich sehr anstrengend und unbefriedigend für sie und rätselhaft noch dazu, denn eigentlich wäre sie wahrscheinlich am liebsten einfach nur M. gewesen, egal wo. Aber dass sie es nicht sein konnte, daran waren für M. genau die Leute schuld, die Fragen stellten wie P. und sie damit absichtlich oder unabsichtlich, ganz egal, von einer unpassenden Kategorie in die nächste drängen wollten.

P. fand, das sei M.s persönliches Problem und gebe ihr nicht das Recht, ihr vorzuschreiben, wann sie welche Fragen stellte, und erst recht nicht, ihr Dummheit zu unterstellen.

P. verabschiedete sich bald ins Hostel, M. ging noch etwas mit ihrer Freundin trinken und ich wollte allein sein. P. sah mich zum Abschied mit einem Blick an, der sagte: Mit was für unsympathischen Leuten hängst du eigentlich mittlerweile ab?

M. sah mich mit einem Blick an, der sagte: Mit was für unsympathischen Leuten hast du eigentlich deine Jugend verbracht?

Ich dachte: Mit was für unsympathischen Leuten bin ich eigentlich in Peking?

Zur Sache selbst hatte ich keine Meinung, außer der, dass ich mit Menschen zusammen sein wollte, die freundlicher zueinander waren.

Was war das gewesen? M.s Meinung, davon rückte sie auch am nächsten Tag noch nicht ab: klarer Fall von Alltagsrassismus.

P.s Meinung, die sie mir am darauffolgenden Weihnachten, als ich sie zum ersten Mal seit dieser Begegnung wiedersah, reindrückte: falsch entladener Frust, klarer Fall von hysterischer Identitätsstörung, nach wie vor M.s Problem, sie habe es nie so gemeint, wie es bei M. angekommen sei.

Das Ganze ist jetzt vier Jahre her.

Vor einiger Zeit gab es eine große Zeitungsdebatte zum Beigeschmack der Frage »Wo kommst du eigentlich her?«. Die eine Hälfte der Autoren, die Meinungstexte zum Thema verfassten, darunter sowohl sogenannte »Bio-Deutsche« als auch Migranten und »Migrantenkinder« (auch das wieder eine gute Frage für einen sehr anstrengenden Themenabend: Wer oder was ist »bio-deutsch«, und wie lange ist man eigentlich ein »Migrantenkind«?), waren P.s Meinung: Darf man auf jeden Fall immer fragen, diese »Wo kommst du eigentlich her«-Frage. Weil 1.: nur nett, neugierig und weltoffen gemeint und weil 2.: alles andere nah am Sprechverbot wäre, und Sprechverbote treiben Menschen bekanntermaßen in die AfD, weil man ihnen dort das sichere Gefühl gibt, sie dürften zumindest noch frei heraus sagen, was sie denken.

Die andere Hälfte, wieder sehr gemischter Herkunft, beharrte auf M.s Meinung: Darf man nicht fragen. Oder wenn, dann nur unter ganz strengen Auflagen mit einem Haufen individueller Sonderregelungen, die ich mir so genau nicht alle merken konnte. Eine taz-Autorin mit türkischen Wurzeln regte sich besonders über den »bio-deutschen« Autor von der ZEIT auf, der die Debatte losgetreten hatte, als er ein Plädoyer für die »Wo kommst du eigentlich her«-Frage veröffentlichte. Sie schrieb: »Was ist erwartbarer als ein weißer Dude, der sich darüber lustig macht, dass er ein weißer Dude ist, aber trotzdem beansprucht, besser zu wissen, was verletzend oder ausgrenzend oder nervig ist, als die von Rassismus betroffenen Personen selbst, die bei seiner Frage regelmäßig kotzen müssen?« Nein, nicht die Frage selbst sei besonders rassistisch, schrieb sie. Sondern die Annahme, zu wissen, was jemand als rassistisch empfinden dürfe.

Ich frage Leute mittlerweile nur noch, wo sie herkommen, wenn ich mir wirklich sicher bin, dass sie und zehn Generationen ihrer Vorfahren aus Göttingen kommen. Ich weiß nicht, ob das der richtige Weg ist. Ich glaube, der richtige Weg ist es, sich mal ein bisschen zu entspannen. Bloß glaube ich auch, dass der Mensch dafür das falsche Tier ist. Menschen entspannen sich nicht. Koalas entspannen sich. Aber die schlafen eben auch zweiundzwanzig Stunden am Tag.

Ariel Magnus

Hin und Zurück

Das Hin und Zurück zwischen Südamerika und Deutschland begann in meiner Familie mit Liselotte Jacoby, meiner Großmutter väterlicherseits. Ihre Familie stammte zwar aus Deutschland, genauer gesagt aus Berlin, sie kam aber – eher zufällig – in Buenos Aires zur Welt. Ihr Vater, mein Urgroßvater, war Anfang der 1920er-Jahre als Handelsvertreter von Osram nach Argentinien gekommen. (Angeblich soll er die hiesige Niederlassung gegründet haben, dafür gibt es aber keine Nachweise; aus Antisemitismus, wie in der Familie geargwöhnt wird.) Mit dem in Argentinien verdienten Geld wollte er nach Deutschland zurückkehren und dort eine Supermarktkette eröffnen (oder einen einzelnen Supermarkt, auch dafür scheint es keine Nachweise zu geben). Der Familienlegende nach spuckte seine Frau, meine Urgroßmutter, vom Deck des Transatlantikdampfers, der sie wieder zurück in ihr sehnsüchtig vermisstes Europa brachte, in den Río de la Plata, so groß war die Verachtung, die sie für diese ihrer Ansicht nach unzivilisierten Lande angesammelt hatte. Der Plan meines Urgroßvaters hatte jedoch die politischen Umstände nicht berücksichtigt, und ehe sie es sich versahen, floh die ganze Familie wieder zurück nach Argentinien, nachdem sie all ihr Hab und Gut an die Nazis verloren hatte. Wiederum der Familienlegende nach leerte die einst spuckende Urgroßmutter nun ein Fläschchen ihres besten Parfüms in den Río de la Plata, als Zeichen der Entschuldigung und Versöhnung.

Mein Großvater väterlicherseits, ursprünglich aus Hamburg, kam mit seinen Eltern um dieselbe Zeit nach Argentinien, im August 1937. Obwohl er während der Emigration Tagebuch schrieb, gibt es keinen Eintrag über die Ankunft in Buenos Aires. Das mag daran liegen, dass das Schiff zuerst in Rio de Janeiro anlegte, dort fand der wirkliche Kulturschock statt. Seinen ersten Kontakt mit dem Kontinent, der ihn vor dem Tod rettete und auf dem er schließlich ziemlich jung sterben würde, ohne je auf seinen eigenen zurückgekehrt zu sein, beschreibt mein Großvater Heinz Magnus so:

6.8.1937
Schon morgens um 2 Uhr gucke ich mir die Augen aus, um irgendetwas von Rio zu erblicken. Nur mit Pyjama und Wintermantel bekleidet stehe ich mit meinen spanischen Kollegen an der Reling. Links und rechts blinkt ein Leuchtfeuer und vorne gerade auf Steuerbordseite erblicken wir einen Lichtschein. Sonst stockfinstre Nacht, kaum dass man seinen Nebenmann erkennen kann. Also, das Heldenkunststück, nachts um 2 Uhr aufzustehen, habe ich vollbracht, aber dann ist es auch mit der Herrlichkeit aus. Um 3:15 Uhr wandere ich wieder in meine Kabine; Rio noch nicht in Sicht. Als ich erwache, liegt schon klar und deutlich die Bucht von Rio de Janeiro dort. Natürlich fällt der erste Blick auf den Zuckerhut und den Finger Gottes, auf dem man bald auch das Kreuz der Figur erkennen kann. Der erste Eindruck war gewaltig und eigenartigerweise doch nicht aus den Wolken fallend. Mir war so etwas schon bekannt; die Hochhäuser und die Gebirge und das Meer und überhaupt so der ganze Stil und die Anlage. Der Film »San Francisco«, er hat genau dieselbe Stadt gezeigt; vielleicht sind in Rio die Aufnahmen gemacht worden. [Falsch, lieber Opa: Laut IMDB wurde der Film von Van Dyke komplett in den Studios der Metro Goldwyn Mayer gedreht.]

Mit mehreren Reisegenossen schlendern wir die Rio Branco hinunter. Hohe, gut aussehende Häuser, schöne Geschäfte, Hotels, Restaurants, Kaffeestuben, Zigarrenläden in Mengen. Die Straße ist wundervoll breit, und auf ihr spielt sich zu jeder Tageszeit, z. T. wohl auch zur Nachtzeit, ein riesiger Verkehr ab. Auto an Auto, Omnibus hinter Omnibus, nur selten sieht man Pferd und Wagen, gar nicht Rad und Motorräder. Selbstverständlich auch Straßenbahnen, die hier ein großes Tempo aufsetzen. Wie überhaupt das Tempo ungleich größer ist als in Deutschland. Die Autobusfahrer, die zu einem großen Teil aus Negern [Aber Opa! Man sagt doch Afro-Brasilianer!] *bestehen, fahren mit einer ungeheuren Geschwindigkeit, die nahezu an Tollkühnheit grenzt.* [Das hätte man von Buenos Aires auch sagen können, damals wie heute.] *Desgleichen die Straßenbahnen und nicht minder natürlich die Privatautos. Worüber ich ehrlich gestaunt habe, ist das wirklich vorzügliche Gedächtnis der Straßenbahnschaffner, die auch zu einem sehr großen Teil von Negern gestellt werden. Man zahlt und der Schaffner reißt einen Fahrschein von seinem Block und wirft diesen fort. Obwohl sich die Insassen von Haltestelle zu Haltestelle verändern, obwohl ein solcher Wagen 30 Passagiere fasst, der Schaffner weiß mit traumhafter Sicherheit den herauszufinden,*

> *der noch nicht bezahlt hat. Trotz der großen Geschwindigkeit vertraut man sich diesen Wagen an, und so auch wir. Am Ende der Rio Branco besteigen wir einen Autobus; Richtung Copacabana. Was wir nun zu sehen bekommen, ist unbeschreiblich. Die wundervolle, mit Asphalt belegte breite Straße, die drei- und vierspurig ist, läuft immer am Meer entlang. Und nun sieht man von dem fahrenden Omnibus aus: das herrliche Meer, die Berge aus dem Meere emporschießen, herrliche Buchten, prachtvolle Gärten, in denen man Bäume zu Figuren zugeschnitten hat. Vorbei am Markt verlassen wir das Meer, fahren an herrlichen Villen vorbei, die hier durch kein hässliches oder armseliges Haus gestört werden. Ganz im Gegensatz zur allgemeinen Bauweise, wo man Hochhäuser neben armselige, verfallene Häuser setzt. Wieder am Meer, wieder eine Bucht, dort vor uns der Zuckerhut, der Sonnenschein einfach herrlich. Endstation, und wir haben den Zuckerhut nun hinter uns gelassen und befinden uns am Strande von Copacabana.*

Dass Rio der eigentliche Ankunftshafen war, erahne ich auch aus der schriftlichen Hinterlassenschaft von Hans Jacoby, dem Bruder von Lotti (die mein Großvater Heinz Anfang der 1940er kennen- und liebenlernen würde). Dafür wählte er die Form eines autobiografischen Romans, den er unter dem Titel *Expulsados* (dt. *Die Vertriebenen*) veröffentlichte. 1939 in Rio spielt der beste Teil des Buches:

> *Walter Kleinmann* [so lässt sich mein Großonkel in seinem Roman nennen] *merkte, dass er allein war. Er hatte seine Freunde in den verwinkelten Straßen von Rio de Janeiro verloren, der wunderbaren Stadt, wie sie viele Jahre später gepriesen werden sollte.* [Falsch, lieber Großonkel: Das Lied, aus dem dieser Ausdruck stammt, hat André Filho schon früher komponiert, zum Karneval 1935.] *So irrte er durch die Gassen, über Plätze mit seltsamen Pflanzen und Strände mit dem unvergleichlichen Panorama der Guanabara-Bucht, verschwamm mit der lärmenden und fröhlichen Menschenflut.*
>
> *Ein Mulatte trat auf ihn zu und begann in einer Mischung aus Englisch und Portugiesisch von den Wundern von Rio und seines Brasiliens zu erzählen. Er stellte sich als Edson da Silva vor und lud ihn höflichst zu sich nach Hause ein. Walter musste nicht zweimal überlegen und ging mit, falls Sinn und Zweck der Einladung ein Überfall sein sollte, hatten sie sich im Opfer getäuscht* [denn er hatte keinen Pfennig in der Tasche].

Sie betraten ein altes Haus mit einem großen Tor aus dunklem, beschlagenem Holz. Edson stellte stolz seine Familie vor: drei kleine Kinder, seine Frau, die noch dunkler war als er, und zuletzt seine Schwester María. Diese begrüßte Walter und hüllte ihn sofort in einen Schwall portugiesischer Wörter, deren Bedeutung Walter nicht zu erfassen vermochte.

Er versuchte, sich einen Weg durch den Wortschwall zu bahnen und in diese seltsame Welt zu treten, um sich in »Südamerika« zu integrieren, das so anders als das Berlin war, das für immer hinter ihm lag. [Falsch: Sechzig Jahre später kehrten Juan Jacoby und seine bereits an Alzheimer erkrankte Frau in ihre Geburtsstadt zurück, wo damals ihr Großneffe, also ich, lebte. Sie waren im Zuge der Wirtschaftskrise in Argentinien bankrott gegangen und vom Repatriierungszuschuss für Berliner, die in der Zeit des Nationalsozialismus fliehen mussten, angelockt worden. An ihre Ankunft, wie auch an die eines weiteren Wirtschaftsflüchtlings, dem Vater eines Freundes, den ich in dieser schwierigen Zeit ebenfalls am Flughafen abholte, will ich am liebsten gar nicht mehr denken, so traurig war das; »Verzweifelt der, der fortgehen muss, um eine fremde Kultur zu leben«, heißt es in einem berühmten argentinischen Anti-Kriegslied von León Gieco, was völlig richtig ist, selbst wenn die Kultur gar nicht so fremd für einen ist.] *Im Haus gab es drei Hunde, die ihn einer sorgfältigen Untersuchung unterzogen und sich kein Detail der Gerüche seiner Schuhe entgehen ließen. Ein Pärchen blau-grün-roter Papageie schrie »Aría« in dem Versuch, María beim Namen zu nennen, während grüne Sittiche durch das Patio und eine riesige Palme flatterten. Zwei Katzen blieben in einiger Entfernung und beäugten den Neuankömmling misstrauisch von der Mauer aus.*

Die herrschende Hitze, die Musik, die aus einem der Zimmer ins Patio drang, die freundlichen Menschen, die nur auf ihn gewartet zu haben schienen, all das verhexte ihn, inklusive María, die weiter sprach, ohne dass er ein Wort verstand.

Er begriff jedoch, dass sie Zahnschmerzen hatte und ihm bedeutete, sie zu begleiten, vermutlich zum Zahnarzt. So gingen sie los. Sie liefen durch enge Straßen, durch welche Wasser zweifelhaften Ursprungs floss. Unrat und verdorbene Früchte häuften sich auf beiden Seiten vor den Wänden. Die Holzfenster und -türen strahlten in kräftigen Grün-, Blau- und Gelbtönen. Die Straßenverkäufer priesen Pipoca (Popcorn) und saftige Abacaxi-Scheiben (Ananas) an. María hielt sich die Wange mit der Hand, vor Schmerz liefen ihr Tränen übers Gesicht.

So kamen sie zu einem großen alten Gebäude, das seltsam verziert war, wo sich etwa zwanzig Personen ganz versunken zu Musik bewegten. Sie würdigten die Neuhinzugekommenen keines Blickes, schienen in Trancezustand zu sein. Der Candomblé wurde mit seiner ohrenbetäubenden Musik gefeiert, im faszinierenden, von den Pandeiros vorgegebenen Takt. Der Ritus wurde von der Mae – der Mutter des Heiligen – geleitet, einer großen und üppigen Frau aus Bahia. Sie trug eine Tunika mit einem weißen Turban und rauchte eine starke Zigarre.

Sie setzten die weiß gekleidete María inmitten des großen Saals auf einen Stuhl und schoren ihr den Kopf. Walter vermeinte Visionen zu sehen, in einer anderen Welt oder in einem Albtraum zu sein, als ein Zicklein gebracht wurde, dem man sogleich die Kehle aufschnitt. Das heiße Blut gossen sie über Marías Kopf, die klagte und vor Schmerz weinte.

Das Blut rann langsam zu ihren Augen und dann über Gesicht und Hals, fiel schließlich in schweren Tropfen in ihren Schoß.

Kaum hatte das Ritual begonnen, fiel auch María in Trance. Sie stand auf und tanzte ekstatisch und entrückt. Der komplizierte und feierliche Weg hatte begonnen, eine Filha de Santo zu werden, eine Tochter des Heiligen.

Ihr Kopf wurde mit Hühnerfedern bedeckt, die an dem frischen Blut festklebten, und sie blieb reglos stehen, während ein Mann sich am Boden in ekstatischen Formen wand. Die Musik folgte ihrem verrückten Rhythmus, die Leute tanzten rund um María herum.

Endlich erwachte sie aus der Trance. Die Mae verabschiedete sie, und sie wurde von allen geküsst. Walter beobachtete sie argwöhnisch, bis sie ihm, seine Gedanken erratend, zu verstehen gab: Ich habe keine Zahnschmerzen mehr. Der Glaube hatte über den Zahnarztstuhl triumphiert.

Hand in Hand spazierten sie an den Stränden von Flamengo und Botafogo entlang, verständigten sich mit Lächeln und kehrten schließlich nach Hause zurück, wo sie lautstark von Hunden und Papageien begrüßt wurden.

María küsste Walter zärtlich, der sich immer mehr in dieses »Lateinamerika« integriert fühlte und die Küsse mit stürmischem alegre vivace erwiderte, bis ihn ein harter Schlag von hinten in die Realität zurückholte. Ein zweiter Schlag warf ihn zu Boden. Er rappelte sich auf, so gut es ging, rannte hinaus und hörte, schon auf der Straße, drinnen Edson brüllen, der gerade nach Hause gekommen war: »This is my little sister, filho da puta, cretino!« Für dieses Mal hatte seine Integration in Lateinamerika auf abrupte Weise geendet und wurde aufgeschoben. Walter hatte nicht verstanden, dass dieser Edson ein eifersüchtiger Wächter seiner kleinen Schwester war, die auch heute noch, im Jahr 1939, diese unangenehmen Rituale der Vorfahren praktizierte.

Das Glas seiner Uhr war zerbrochen, aber er konnte erkennen, dass sein Schiff schon vor zweieinhalb Stunden abgelegt hatte.

Wer sich wirklich in Brasilien niederließ, wenn auch nicht in Rio, sondern ein Stück weiter südlich, in Porto Alegre, und auch nicht vor dem Krieg, sondern danach und nachdem sie Auschwitz überlebt hatte, war meine Großmutter mütterlicherseits, Ella Michel. Sie kam nicht aus einer wohlsituierten Familie aus der Hauptstadt, sondern vom Land in Rheinland-Pfalz. In Brasilien heiratete sie einen Deutschen, der auch exilierter Jude war, und sie bekamen zwei Kinder. Die Tochter wanderte mit zwanzig Jahren nach Buenos Aires aus, wo sie den Sohn meines Großvaters aus Hamburg und meiner Großmutter aus Berlin heiratete, also von Lotti und Heinz (die beiden hatten außerdem noch zwei Töchter). Aus dieser argentinisch-brasilianischen Ehe gingen vier Kinder hervor, von denen drei wiederum nach Deutschland auswanderten: zuerst Ricardo, dann ich und später David.

Ich fragte meine Brüder, wie ihre Ankunft in Deutschland gewesen sei. Ricardo fiel dazu nichts Besonderes ein. David erinnerte sich, dass es an einem Freitag im Februar gewesen war, drei Tage nach seinem 21. Geburtstag, und dass wir (ich lebte zu der Zeit schon in Berlin) am Tag nach seiner Ankunft zusammen zu einer Demo gegen den Irakkrieg gingen. »Es war ungewöhnlich kalt, aber wir haben den ganzen langen Weg vom Roten Rathaus bis zum Brandenburger Tor durchgehalten.«

Von meiner Ankunft in Heidelberg einige Jahre zuvor erinnere ich mich als Erstes daran, dass genau an dem Tag Oskar Lafontaine aus der Regierungskoalition zurücktrat, was dem Mann zufolge, bei dem wir für ein paar Wochen wohnten, sehr schlecht war. (Später zogen wir im Studentenwohnheim in das Zimmer einer Cousine, einer weiteren Enkelin von Lotti und Heinz – sie war die Erste aus der Familie, die ins Land unserer Großeltern zurückgekehrt war.)

Dann erinnere ich mich an meine Überraschung, als ich bei McDonald's gefragt wurde, ob ich das Essen »zum Mitnehmen« wolle. Der Ausdruck schien mir falsch konstruiert, und ich diskutierte mit der Kassiererin darüber: »Nein, es muss heißen ›um mitzunehmen‹ oder zumindest ›zu Mitnehmen‹, aber ›zu-dem-Mitnehmen‹ kann nicht stimmen.« Ich war gerade erst angekommen und wollte schon den Deutschen Deutsch beibringen!

Der Kontrast zwischen den Erfahrungen der Generation, die via Rio nach Argentinien kam, und der, die später nach Deutschland zurückkehrte, könnte nicht schärfer sein. Denn unsere Ankunft, die der Enkelgeneration, war im Grunde eine Rückkehr. Wir waren nicht nur auf eine deutsche Schule gegangen und in einer komplett deutschen Familie aufgewachsen (das ging so weit, dass selbst mein Stiefgroßvater, Lottis zweiter Mann, ebenfalls Deutscher war), wir waren auch alle schon als Austauschschüler in Deutschland gewesen. Von jenem allerersten Mal, Anfang der 90er, erinnere ich mich daran, dass ich die ersten vierundzwanzig Stunden lang den Eindruck hatte, dass alle in meiner Gastfamilie Portugiesisch sprachen, die einzige Fremdsprache, in der ich schon gelebt hatte, bei meinen jährlichen Ferien in Brasilien.

Dieser kurzzeitige Aufenthalt war sehr angenehm gewesen, denn ich war »der Ausländer« in einem kleinen Ort (Peheim, »in der Nähe von Cloppenburg«) und es war auch nur für ein paar Monate. Beim zweiten Mal kam ich dagegen zusammen mit meiner Freundin und in der Absicht, zu studieren und in Deutschland zu bleiben, weswegen der Empfang manchmal weniger freundlich war. »Woher kommst du?«, wurde ich gefragt, und ein Weilchen später oder sogar gleich im Anschluss: »Und wann fährst du wieder weg?« Das wollte mehr als einer wissen, und ich war jedes Mal perplex, teils weil ich es indiskret und unhöflich fand, teils aber auch weil diese Frage für mich unvorstellbar war. Ich zumindest würde nie darauf kommen, die Peruaner oder Paraguayer oder Venezolaner oder selbst die Deutschen, die in Buenos Aires leben, zu fragen, wann sie wieder weggehen, als sei das der natürliche Lauf der Dinge. Ich gehe automatisch davon aus, dass jemand, der nicht als Tourist unterwegs ist, aus zwei Gründen in ein Land kommt: entweder weil ihm das Land gefällt oder weil er in seinem eigenen nicht leben kann. Wenn das

Erstere zutrifft, welchen Grund gibt es dann zu erwarten oder sogar zu wünschen, dass derjenige wieder geht? Und im zweiten Fall – wie kann man so herzlos sein, auch nur die Möglichkeit einer Rückkehr an jenen Ort vorzuschlagen, bevor die Situation sich gebessert hat? Vielleicht liegt das daran, dass ich aus einer Familie komme, die immer angekommen ist, um zu bleiben, wie auch die Familie meiner Frau und so viele andere aus meinem Bekanntenkreis. Auch wenn ich nicht extra sagen muss, dass diese Haltung nicht von allen hier in Argentinien geteilt wird, wo Einwanderer ebenfalls angefeindet und gering geschätzt werden, obwohl diejenigen, die sie anfeinden, fast immer selber die Nachkommen von Einwanderern sind.

Wie auch immer, alle, die mich damals gefragt haben, können ganz beruhigt sein: Trotz meiner bissigen Antworten (wer mir unsympathisch war, bekam zu hören, dass ich einen deutschen Pass habe und sie mich nicht mal rauswerfen könnten, wenn sie wollten) bin ich letzten Endes doch wieder gegangen. Die schlechte Nachricht: meine beiden Brüder nicht. Sie haben Familien mit deutschen Frauen gegründet und in Deutschland Kinder bekommen – Alma, Louis und Gabo, alle drei schön und sehr blond. Natürlich haben meine Nichte und meine Neffen seit ihrer Geburt das Land ihrer Eltern (und Großeltern) schon oft besucht, und wer weiß, ob sie, wenn sie groß sind, nicht einmal ausprobieren möchten, hierzubleiben. Und wenn nicht sie, dann vielleicht ihre Kinder. Wenn die Familie zwei Generationen gebraucht hat, um zu ihren Wurzeln zurückzukehren, kann es gut sein, dass sie weitere zwei brauchen wird, um auch wieder zu den neuen Wurzeln zurückzukommen, die sie hier in diesem Ausland gebildet hat; es ist inzwischen zu ihrem eigenen Land geworden.

Wegen dieses ganzen Hin und Hers denke ich an meine Familie gern sinnbildlich in Form des Exlibris' von meinem Großvater Heinz (bzw. Enrique, wie er später dann hier hieß), den ich nie persönlich kennengelernt habe, sondern nur durch seine Bibliothek und das bereits zitierte Tagebuch. Auf dem Exlibris sieht man auf der einen Seite den amerikanischen und auf der anderen Seite den europäischen Kontinent (oder ein ähnliches Gebilde) und dazwischen ein riesiges Buch (die Bibel, Opa?), man weiß nicht, ob es zur einen oder zur anderen Seite reist. Und tatsächlich ist es so, dass auch wir nicht wissen, ob wir kommen oder gehen, oder ob unser Platz vielleicht im Dazwischen ist oder in der konstanten Bewegung des Hin und Zurück.

Aus dem argentinischen Spanisch von Silke Kleemann
Tagebuchauszug von Heinz Magnus im Original auf Deutsch

Katja Huber

Heim zählen

Ich muss nicht. Und ich will auch gar nicht. Denn wenn ich weg bin, bin ich weg und meine Illusionen kann ich auch in der Ferne pflegen. Aber ich könnte. Wenn ich müsste und wollte, könnte ich, auch mehrere tausend Meilen von München entfernt, aus dem Stegreif mindestens eine Wiese, zwei Wälder, drei Geräusche, vier Gerüche, fünf Gewässer, sechs bis sechstausend Erinnerungen, sieben Sonnenauf-, Unter- und Übergänge, acht bis achtzehn Menschen,

9 …

10 …

11 …

12 …

13 …

14 …

15 …

16 …

17 …

18 …

19 …

»Geborgenheit, ich komme!« –

könnte ich auch fern von zu Hause

ohne wehmütig zu werden – denn zurück kann und darf ich jederzeit – eine ganze Menge *War* und *Sein* aufzählen, die für mich Heimat verkörpern.

Nicht an und bei einem einzigen all dieser Orte und Gefühle habe ich bisher auch nur die Idee einer Kaninchen-Insel gehabt. Wieso sollte ich auch?

Jetzt, da ich morgendlich am Strand von Coney Island meine Lungenflügel mit kühler Atlantikluft fülle, auf Müll blicke und auf ferne Ozeandampfer in Kaninchengröße. Jetzt, da ich laut lachend versuche, die Möwen mit ihren eigenen Waffen zu schlagen. Jetzt, da ich mir eingestehen muss, dass es eine – wenn auch schöne – Illusion

ist, mit dem täglichen Blick auf den Ozean den eigenen Horizont erweitern zu können.
Jetzt … lacht die Lachmöwe zurück und überzeugt mich, dass ich nicht drum herumkommen werde, Vergleiche zu ziehen, Farbe zu bekennen, dem Rausch des Neuen und Fremden verschuldete Fehlurteile zu fällen.
Alles so groß hier, viel größer als … zu Hause und an den anderen Orten, die bisher Heimat waren.
Alles so blau hier, viel blauer als … zu Hause und an den anderen Orten, die bisher Heimat waren.
Und alles so tröstlich.
Weil schon das große *Könnte*, das mich jeden Tag mehrmals überrascht, berauschend ist? Weil in jeder neuen Begegnung ein Versprechen liegt, dessen Einlösung – mit leichtem Herzen in der Brust und einem noch leichteren Rückflugticket im Koffer – gar nicht so wichtig ist?
Weil die Spielregeln, anders als zuhause, nicht unbedingt die Vergangenheit brauchen und auch nicht unbedingt die vielen kleinen Gegebenheiten der Gegenwart, um jemanden etwas völlig Neues beginnen zu lassen?
Weil das einzig weniger Leichte, das in dieser Auszeit im Kaninchenland trotz seiner Schwere immer mal wieder aus dem Ozean auftaucht, ein Gedanke ist?
Der Gedanke, dass es ein Privileg ist, vor einem Meer voller Versprechen zu stehen und sich jederzeit für den nächsten Flug nach Irgendwo entscheiden zu können?
Weil das Neue, das Versprechende, das *Könnte*, auch diesen Gedanken ganz schnell wieder verdrängt?
Weil ein Wonder Wheel in Coney Island, Brooklyn, New York,
einfach einen stärkeren Motor für Geschichten hat als
ein Riesenrad auf dem Oktoberfest, München, Bayern,
oder eins auf dem Hamburger Dom?
Ich höre ein russisches ›Guten Morgen‹ und der sehr alte Mann, der plötzlich neben mir steht, fragt mich, ob ich noch reingehe, heute, und zieht seine Trainingshose aus. Ich sage ihm, dass ich schon drin war, heute. Er fragt mich, diesmal englisch, why the fuck ich dann noch nicht zuhause unter der heißen Dusche stünde, und zieht seine

Daunenjacke aus. Ich sage ihm, dass ich auf eine Antwort warte, die aller Wahrscheinlichkeit in Ufernähe liegt. Natürlich ist mir längst klar, dass ich endlich mal die eigentliche Frage stellen müsste, bevor ich auch nur daran denken kann, Antworten zu erhalten.

Er lacht:

»Du suchst noch. Das heißt, dass du noch nicht ganz angekommen bist!«

»Kann schon sein.«

»Seit wann?«

»Seit wann was?«

»Bist du hier?«

»Januar.«

»Herzlich willkommen!«

»Danke!«

Und dann fragt er mich, in Badehose:

»Where are you from?«

Und ich sage »Germany« und er sagt

»Herzlich Willkommen«, diesmal auf Deutsch, und fragt weiter, aus welcher Stadt.

Und ich sage ihm, aus welcher, und wenn er jetzt innerhalb der nächsten zehn Sekunden nicht ›Oktoberfest‹, ›FC Bayern‹ oder ›BMW‹ sagt, ist er mein Freund, so einfach ist das.

»Hauptstadt der Bewegung!«, sagt er innerhalb der nächsten drei Sekunden und ist trotzdem nicht mein Freund.

»Das war mal!«, sage ich.

»Alles war mal!«, sagt er und fügt hinzu: »Und wenig ist noch!«, und hält mir seinen linken Unterarm entgegen, auf dem eine Nummer eintätowiert ist.

Er lacht: »Aber keine Bange, nicht mehr lange!«

Das gibt's nicht!, denke ich.

»Entschuldigung …«, sage ich, » … das wusste ich nicht!«

Er lacht. »Was, noch immer nicht?«

Dann sagt er, wieder auf Englisch, dass er manchmal ein Humor-Problem habe, auf das er stolz sei.

Dann sagt er, auf Russisch, dass ich mich entspannen solle: »Rasslabljaisja!«

Und dann geht er ins Wasser, und ich gehe nach Hause, und ab jetzt werden wir uns fast jeden Morgen sehen, und weiter als gerade eben werden wir nie mehr gehen. Und irgendwann, eine Woche vor Weihnachten, bei Schneesturm und mehreren Meter hohen Wellen, wird er mir sagen, dass ich angekommen bin, und ich werde es ihm glauben. Und bis dahin wird sich vielleicht doch etwas geändert haben.

Ayeda Alavie

Rotes Blutkörperchen

بنی آدم اعضای یک پیکرند
که در آفرینش ز یک گوهرند
چو عضوی به درد آورد روزگار
دگر عضوها را نماند قرار
تو کز محنت دیگران بی غمی
نشاید که نامت نهند آدمی

سعدی

Die Menschen sind die Teile eines einzigen Körpers, die alle aus einem Stoff geschaffen worden sind / Wenn ein Teil dieses Körpers leidet, werden sich auch die anderen Teile unwohl fühlen / Du, der mit dem Leid deiner Mitmenschen gleichgültig umgehst, verdienst nicht, Mensch genannt zu werden.

Diese Zeilen gehören zu den berühmtesten der persischen Literatur. Saadi schrieb sie vor über 700 Jahren. Mein Großvater brachte sie mir bei, als ich sechs Jahre alt war. Während der Stromausfälle und der langen Nächte des Krieges lernte ich sie im dunklen Keller unseres Hauses auswendig. Ich stellte mir vor, dass alle Menschen zum Körper eines einzigen riesig großen Menschen gehörten. Dieser riesig große Mensch war die Menschheit.

In meinem sechsjährigen Kopf bestand dieser »Menschheitskörper« aus den Menschen in Teheran und Umgebung. Ganz oben auf dem Kopf der Menschheit saß meine Familie. Ich saß zwischen meinem Vater und meiner Großmutter, so ungefähr auf der Stirn. Je älter ich wurde, desto größer wurde dieser Körper, und es kamen viele weitere Städte und Länder hinzu, sodass ich irgendwann im Gymnasium nur noch eine kleine Zelle irgendwo an der Ferse der Menschheit war.

Meine ersten hellklaren Kindheitserinnerungen sind mit dem Krieg verbunden. Mit dem ersten Golfkrieg, der schon begonnen hatte, bevor ich zur Schule ging. Ein Krieg wie eine zähe Ewigkeit. In der Schule war er Thema Nummer eins. Eine meiner Mitschülerinnen aus der zweiten Klasse sagte einmal voller Freude: »Ich habe gezählt. Bis jetzt hat der Irak fünfzig Raketen und Bomben auf uns geworfen. Bald sind seine Bomben aus. Und dann ist der Krieg vorbei.«

»Es wäre schön, wenn das wirklich so wäre. Aber wenn die Bomben alle sind, dann werden neue gekauft«, sagte unsere Lehrerin.

»Kaufen wir auch neue Waffen?«, fragte ich.

»Uns will kein Land Waffen verkaufen«, sagte die Lehrerin.

»Können wir nicht selber Waffen herstellen? Wir haben doch so viel Öl!«, fragte meine Mitschülerin.

»Waffen zu produzieren, ist schwer. Mit dem Öl können wir höchstens unsere Häuser heizen. Denn wir gehören zur Dritten Welt. Nur Industrieländer sind in der Lage, Waffen zu produzieren. Solange Waffen hergestellt und verkauft werden, wird es immer Kriege geben. Seid froh, dass ihr Mädchen seid und nicht an die Front müsst. Denn während ihr jetzt in der Schule sitzt, sind viele Jungs in eurem Alter an der Front.«

An diese Worte unserer Lehrerin denke ich sehr oft. Es waren während Männer jeden Alters, die an der Front kämpften. Frauen zogen erst später freiwillig an die Front.

Vor jeder Luftattacke war der rote Alarm zu hören. Er wurde während des acht Jahre dauernden Golfkriegs zu einem Todesruf, präsenter als der Gebetsruf. Zu hören waren eine laut tickende Uhr und die ernste Stimme eines jungen Mannes: »Achtung! Achtung! Das Zeichen, das Sie gleich hören werden, bedeutet Gefahr und die rote Situation. Es wird eine Luftattacke geben. Bitte verlassen Sie Ihre Arbeit und gehen Sie zum Fluchtort!« Danach kam der rote Alarm. Er ähnelte einem lauten, langen Schrei. Er wurde immer lauter. Unheimlicher. Immer schneller, atemloser. Alle unterbrachen ihren Alltag und versuchten innerhalb von drei Minuten in den Keller zu gelangen. Irgendwann war der rote Alarm aus dem Alltag nicht mehr wegzudenken. Jedes Mal dachte ich: Jetzt ist unser Haus dran. Das Leben könnte jetzt zu Ende gehen.

Die Sirenen meldeten sich oft in der Nacht. Unter den Alptraumschatten wirkten sie dunkelrot. Niemand durfte das Licht anmachen, sonst hätte der Tod die Lichter gelöscht. Nicht mal eine Zigarette durfte während der nächtlichen Luftattacken angezündet werden. Was für ein Glück, dass in unserem Hof keine Glühwürmchen leben, dachte ich oft. Im Keller, wenn wir alle zusammen auf den möglichen Tod warteten, rezitierten Großvater und die alten Nachbarn, die kaum noch laufen konnten, die Gedichte von Saadi, Rumi und Hafez. Als ob die Gedichte heilige Worte an unserem Sterbebett wären.

Kurz nach dem roten Alarm blitzte und donnerte es, und der Tod in seinem Feuerkostüm warf sich schreiend auf die Erde und nahm das Leben unbewaffneter Menschen.

Das Menschheitsbild, das ich mir durch Saadis Gedicht ausgemalt hatte, bekam nach jeder Attacke einen neuen Knick. Die irakischen und iranischen Soldaten töteten sich gegenseitig. Dabei waren wir Nachbarländer und brüderlich mit vielen anderen Ländern als Dritte Welt vereint. Ich stellte mir vor, dass die Dritte Welt die Beine und Füße des Menschheitskörpers war und die Erste Welt die oberen, die wichtigen Organe wie das Gehirn und das Herz.

Wenn der Irak der linke Fuß und der Iran der rechte Fuß der Menschheit war, wie konnte dann der Kopf zuschauen, wie seine Füße sich gegenseitig bombardierten? Das Absurdeste an diesem Bild war, dass der Menschheitskörper seinen linken Fuß sogar bei der Vernichtung des rechten aktiv unterstützte. Wenn sich aber die Füße der Menschheit weiter schlugen und verletzten, würde der Menschheitskörper in Zukunft in einem riesigen Rollstuhl sitzen müssen oder im besten Fall beim Gehen nur noch humpeln, dachte ich. Oft betete ich in meinem müden Kinderkopf, dass die Erste Welt statt Waffen etwas anderes produzieren und verkaufen mochte. Etwas wie Riesenräder. Rutschbahnen. Schaukeln.

Trotz des Krieges wurden täglich Menschen innerhalb des Landes festgenommen, weil sie anders dachten. Sie wurden ohne Rechtsbeistand verurteilt und ermordet. Allein in den 80er-Jahren wurden tausende politische Gefangene gehängt. Die 80er-Jahre waren

Schreckens- und Todesjahre. Viele Menschen flohen aus meiner Heimat. Auf den Exilsendern, die Großvater empfing, wurde viel über die »Flucht der Gehirne« aus meiner Heimat berichtet.

In meinem achtjährigen Kopf verfeinerte ich das Bild des Menschheitskörpers: Die Länder waren also nicht nur Teile des Menschheitskörpers, sondern jedes Land war auch ein Körper für sich selbst. Jedes Land hatte seine eigenen Körperteile und ein Gehirn. Alle Länder zusammen und ganz dicht beieinander ergaben dann den gesamten Menschheitskörper. Darin war auch der Körper meiner Heimat. Ich sah, wie sich in ihrem Kopf Löcher bildeten. War meine Heimat nach der »Flucht der Gehirne« überhaupt noch zu retten? Großvater sagte, dass ein Mensch ohne Gehirn entweder verrückt oder hirntot sei. Vielleicht lag meine Heimat im Koma.

Mit acht Jahren dachte ich, dass ich meine Heimat nie verlassen würde. Ich dachte, ich würde Medizin studieren und die verletzten und gefolterten Menschen heilen. Mit neun dachte ich, in Zukunft würde es in meiner Heimat genügend Ärzte geben, denn fast alle meine Mitschülerinnen wollten ebenfalls Medizin studieren. Da entschied ich, Hirnforscherin zu werden. Meine beste Schulfreundin war eine der wenigen in unserer Klasse, die Mathematik studieren wollten. Ich überredete sie, Gehirnwissenschaft zu studieren. »Wenn wir die menschlichen Gehirne verstehen würden, dann könnten wir vielleicht ihre Flucht aus dem Land verhindern«, sagte ich, während sie mir freudig zuhörte. »Mein Großvater meint, wenn die Gehirne in einem Land bleiben, dann können sie sich auch etwas ausdenken. Neue Maschinen und gutes Benzin, das die Luft nicht verpestet.«

Meine Schulfreundin hat wie ich den Krieg überlebt und ist Neurologin geworden. Sie ist im Iran geblieben. Ich aber verließ meine Heimat. Es war ein kalter, nebliger Tag, an dem ich in Deutschland ankam. Ich war wie unter einer Haube aus Glas.

Die deutsche Sprache war die erste Besucherin, die an diesem kalten Tag an meine Haube klopfte und »Guten Tag« zu mir sagte. Dankbar nahm ich es als Geschenk an. So wurde »Guten Tag« das erste Juwel in meinem deutschen Wortschatz.

Bald prasselte die deutsche Sprache täglich gegen meine Haube und sprach mit mir in ihrem regelmäßigen, regenmäßigen, fremdenfreundlichen Sprachrhythmus. Deutsche Worte klangen in meinen Ohren gradlinig. Sie strahlten transparent. Sie wollten mit mir kommunizieren. Sie wollten, dass ich sie verstehe. Dasselbe wollte ich auch. Dass sie mich verstehen. So begann ich, sie zu lesen. Zu hören. Zu verstehen.

Nach einiger Zeit las ich in den deutschen Büchern, deren Übersetzungen ich schon in meiner Muttersprache gelesen hatte. Bücher wie *Und sagte kein einziges Wort.* Fred und Käte Bogner, Heinrich Bölls Romanfiguren, waren wie alte Freunde, die ich erst mal in meiner Muttersprache kennengelernt hatte. Ihr gemeinsames Schicksal hatte mich zutiefst gerührt. Sie waren die ersten Deutschen, die ich wie Verwandte in mir aufgenommen hatte. Wer hätte gedacht, dass ich sie in ihrer Muttersprache und in ihrer deutschen Heimat wiedertreffen würde? Romanfiguren wie Fred und Käte Bogner haben mir am meisten Deutsch beigebracht. Sie nahmen mich auf in ihre deutsche Wortwelt. In eine Welt, die ähnlich war wie die nach dem Krieg in meiner Heimat. Wir alle drei wussten, was Religion, Krieg und Kriegsfolgen bedeuteten.

Religion, Krieg und Kriegsfolgen sorgen dafür, dass, genauso wie vor dreißig Jahren, immer noch Gehirne aus dem Körper meiner Heimat fliehen. Wie ein rotes Blutkörperchen bewege ich mich zwischen dem deutschen und dem persischen Körper. Schwimmend in der Blutbahn, dazwischen.

Mein Kindheitswunsch, etwas für den leidenden Körper meiner Heimat zu tun und sein Gehirn zu retten, ist nicht in Erfüllung gegangen.

Und ich erfahre, dass es jetzt nicht mehr nur um Gehirne, sondern beinahe um alle Organe geht. Sie verlassen ihre vertrauten Körper. Die neue Flucht könnte vor allem »Flucht der Nieren« genannt werden. Das Internet ist voller Verkaufsanzeigen für Nieren, Lebern und sogar Augen. Auch an den Wänden und Türen um die Krankenhäuser und Dialysezentren herum sind kurze Anzeigen wie diese zu lesen:

Blutgruppe B+ Verkaufe meine Niere. Bin sechsundzwanzig. Nichtraucher. Treibe Sport. Nach Vereinbarung.

Blutgruppe A- Verkaufe eine Niere und halbe Leber. Bitte kein Makler. OP-Vorbereitungen schon vorhanden.

Blutgruppe 0- Verkaufe Niere, Augenhornhaut. Achtundzwanzig Jahre alt. Nichtraucher. Nicht drogenabhängig. Bitte keine Lebensweisheiten am Telefon. Ich weiß, was ich tue. Bitte nur ernst gemeinte Anfragen. Mein Wert ist 100 Millionen.

Neben Organanzeigen sind auch allerlei andere Anzeigen auf die Wände geklebt: *Verkaufe neue Duschvorhänge, Fleischwolf, Waschmaschine AEG zum halben Preis.*

Um mir selbst ein Bild zu machen, rufe ich einige Nummern an. Es sind vor allem Männer, die ihre Organe verkaufen wollen. Sie gehen meist schnell ans Telefon. Auf meine Frage, warum sie ihre Organe bei lebendigem Leibe verkaufen wollen, geben sie mir solche und ähnliche Antworten:

Blutgruppe A- : »Wozu brauche ich zwei Augen? Ich kann auch mit einem Auge genug sehen. Was gibt es überhaupt noch zu sehen? Nur noch Elend.«

Blutgruppe B- : »Von welchem Planeten rufen Sie an? Ich sage Ihnen eins: Hier ist der Planet Hölle! Nicht mal mehr Medikamente werden importiert. Darum werden ja auch viele überhaupt erst krank und bekommen Organschäden und brauchen dann eine Transplantation. Es fehlt an allem. Das Land ist völlig isoliert. Und es kommen jeden Tag neue Sanktionen hinzu. Als ob die bisherigen nicht genug wären. Was ist das für eine Welt? Nur Feindschaft! Nur Angst und Sorge!

Nur Inflation! Was bleibt einem übrig? Ein Ei kostet 600 Toman. Nicht mal ein einfaches Brot kann man sich mehr leisten. Nieren zu verkaufen, ist nichts Ungewöhnliches in diesem Land. Ich bin fünfundfünfzig. Ich wäre heilfroh, wenn überhaupt jemand meine Niere nehmen würde. Viele wollen junge Organe. Wer kauft eine fünfundfünfzigjährige Niere, während die Achzehnjährigen ihre Nieren unter Marktpreis anbieten? Ich bin ein Familienvater und schäme mich jeden Tag vor meiner Familie. Seit Monaten kann ich nicht mal ein Kilo Obst für sie kaufen. Ich sage Ihnen eins: Es gibt nichts Schlimmeres in diesem Land, als als Mann geboren worden zu sein.«

Blutgruppe B+ : »Für die Menschen, die sich ein normales Leben leisten können, ist die zweite Niere die ›Reserve‹. Für die Armen ist sie die ›Ersparnis‹. Die zweite Niere, das zweite Auge sind unser einziges Kapital. Meine Organe sind ohne Alkohol gesund geblieben. Dank der Verbote im Gottesstaat! Wenn ich allein mit dem Geld, das ich vom Verkauf eines Auges bekomme, die Unigebühren meiner Tochter bezahlen kann, warum sollte ich das nicht tun?«

Blutgruppe 0- : »Ich bin bald sechszig. Habe nie geheiratet. Habe keine Kinder. Habe mein ganzes Leben für meine Schüler gelebt. Vor einem Monat starb mein Onkel an Nierenversagen. Seitdem denke ich ernsthaft daran, meine Niere zu spenden. Allerdings nur an eine Person, die sich auf dem freien Markt keine leisten kann. Einem wirklich armen kranken Menschen würde ich sofort meine Niere spenden. Es gibt viele, die ihr Hab und Gut verkaufen, um ihrem Kind eine gesunde Niere zu kaufen. Nur für die Nachbehandlungen und für die Medikamente würde ich dann etwas Geld verlangen.«

Blutgruppe A- : »Ich bin Arbeiter. Angestellt. In einer Fabrik. Jetzt haben wir seit Monaten keine Gehälter mehr bekommen. Auch unsere Krankenversicherungen wurden nicht gezahlt. Protestieren kann man schon. Aber dann wird man endgültig gekündigt. Wer will mich noch anstellen? Im besten Fall wird man als Unruhestifter dargestellt. Deshalb habe ich entschieden, eine Niere und meine halbe Leber zu verkaufen. Eine Niere reicht mir aus. Und meine halbe

Leber wird sich von allein reparieren. Das wissen viele Menschen. Alle sagen, dass die Leber wächst. Weiter wächst.«

Mir wird kalt, wenn ich an die Leber denke. Es riecht nach Eisen, Blut, Kälte.

Die Worte meiner Landsleute vermehren sich in meinem Kopf. In der Nacht, wenn ich mich hinlege, sehe ich Bilder von verstümmelten Menschen. Viele von ihnen gehen humpelnd von einer Wand zur anderen, um ihre Organe an die Nägel der Metzgereien zu hängen. Überall ist auf die Wand geschrieben: *Frisch! Frische Niere! Frische Leber! Zum halben Preis!* Die Wände sind voller Blutstropfen. Die unterschiedlichen Blutstropfen von unterschiedlichen Blutgruppen stoßen sich gegenseitig ab: A gegen B. B gegen A. Plus gegen Minus. Ich sehe, wie alle Menschen zusammen im Chor singen: »Die Leber wächst! Es lebe die Leber!« Eine schwangere Frau schreibt mit großen Worten an die Wand: *Zentrum des Leberwachstums.*

Danach legen sie sich alle solidarisch in die Sonne und warten, bis ihre halbierten Lebern sich reparieren und wachsen. Die Leber lebt. Sie wächst wie ein Gummibaumblatt in der Sonne. Sobald die Lebern vollständig ausgewachsen sind, halbieren die Menschen sie wieder. Sie sitzen dann ruhig in der Sonne und essen zusammen ihre neu gewachsenen Lebern. Und so geht es weiter und weiter. Bis ich aufwache.

Ramy Al-Asheq

Zurückbleiben

Da bin ich also. Der Ort erscheint mir ein bisschen zu grün. Die Gesichter wirken unwirklich, die Städte wie aus Zeichentrickfilmen entsprungen, die nicht synchronisiert wurden. Ich schlafe im Bett eines Fremden, bette meinen Kopf auf meine Sorgen und meinen Körper auf meine Erinnerungen. Die Zeit vergeht, als wäre ich in einem langen Traum, dem zu entkommen ein Traum wurde.

Die Kälte beginnt im Kopf. Es ist, als sei das Blut, das hinter mir vergossen wurde, aus dem Leib des vor mir Liegenden gesogen worden, als sei der Krieg, der hier vorbeigekommen ist – so wie ein Krieg eben vorbeikommt – nie gewesen.

Alles suggeriert, dass man sich nicht sorgen muss.
Routine. Routine. Routine. Papier. Papier. Papier. Routine. Papier. Du bist jetzt hier. Du musst die Sprache lernen. Du bist jetzt hier. Du musst die Sprache lernen. Du bist jetzt hier. Unsere Steuergelder. Bei uns in Deutschland. Integration. Integration. Integration. Krise. Krise. IS. Du musst die Sprache lernen. Geht in eure Länder zurück. Du bist jetzt hier. IS. Diktator. Orient. Wüste. Krieg. IS. Bürgerkrieg. Ihr Armen. Du bist jetzt hier. Integration. Willkommenskultur. Geht in eure Länder zurück. Flüchtlinge.
Alles suggeriert, dass man sich nicht sorgen muss. Routine. Integration. Papier. Ich bin hier. Ich bin dort. Ich bin hier. Ich bin dort. Ich bin hier-dort.
–Du bist hier, du solltest der Katastrophe den Rücken kehren.
–Ich bin Angelus Novus.
–Du solltest der Katastrophe den Rücken kehren.
–Wenn euch Walter Benjamin hören würde!
–Du solltest nicht nach hinten schauen.
–Was wisst ihr schon vom Schuldgefühl?

Ich denke darüber nach, wie ich sein werde, wenn ich um die achtzig bin …
Ein langweiliger Mann. Haut wie die Rinde eines Olivenbaums, in die das Leben seine Erinnerungen geritzt hat. Mein Kopf ein Strohballen. Mein Mund ein Wald, bewacht von Spinnennetzen. Meine Augen ein ausgetrockneter See, in dem die Fische Selbstmord begehen und dabei dem Wasser, der Liebe und der Freude ein Lied singen
Ein Buckeliger im Berlin der Buckeligen
Ledig, nur nicht meiner alten Beziehung mit dem Rauchen
Einsam, ein von den Liebenden verlassenes Dorf
Eine Vielheit, mit all meinen Namen und Kriegen
Jähzornig, verfolgt von Kindern, die nach mir werfen mit ihren Schuhen und meinen Erinnerungen
Ich blicke in den Spiegel wie einer, der auf ein Massaker blickt, flüchte – zu den Frauen, die sich im Archiv übereinandertürmen, wische den Staub von ihren Gesichtern, lasse ein wenig davon auf ihrem Haar, damit sie mit mir alt werden
Ich erzähle ihnen von der Armee meiner Kinder und meinen Streitereien mit einer leidenschaftlichen jungen Ehefrau
Sie rebellieren vor Wut und Eifersucht, ich lasse sie gemeinsam sitzen und schlafe allein
in einer Nacht voller Leichen

Die Kälte beginnt im Kopf. Die Sprachen explodieren, dein Name wird fremd und zerbrechlich, Bezeichnungen explodieren vor dir wie Dinge, die explodieren können, und Namen ergießen sich über dich wie Dinge, die sich nicht ergießen können.
Als man Rucksacke und Koffer erfand, hat man sie so entworfen, dass die Leute sie auf dem Rücken tragen oder hinter sich herziehen, und man hat sie verschlossen, damit man nicht immer sehen muss, was drinnen ist. Dort leben die Erinnerungen. Was wäre, wenn man sie in einen offenen Einkaufswagen legen und vor sich herschieben könnte?

Ich bin euer Affe und ihr könnt beobachten, wie ich vor euch umherspringe und in meiner furchterregenden Sprache schreie. Ich habe noch nicht gelernt, wie ich euch in eurer Sprache sagen kann, dass ich genug habe. Sprechen wir doch in einer neutralen Sprache – ich erzähle euch von der Ebene, dem Meer, der Liebe und den Liedern, und ihr fragt mich nicht nach meiner Geschichte.
–Erzähl uns von der Ankunft
–Da bin ich noch nicht angekommen

Die Kälte beginnt im Kopf.
Wenn zu den Schatten zwei tanzende Schatten hinzukommen, schläft die Zeit. Wenn ich dich küsse, schlägt mich die Kälte mit der Peitsche der Erinnerung. Ich falle, fasse dich an der Hüfte, du blutest, ich lege mich auf den Rücken und falle aus der Höhe der Erinnerung in ein unendliches Grab.

Wie soll ich dir in deiner Sprache »Ich liebe dich« sagen? Es fehlt etwas, der Aussprache der Buchstaben fehlt die notwendige Tiefe, »Ich liebe dich« mit meinem ausländischen Akzent erscheint verschwommen. Wie soll ich dir erklären, was ich mit »verschwommen« meine? Lass mich mit Herta Müller sprechen: »Das Wort liegt nicht direkt auf dem Ding, das es bezeichnet.« Hmm, jetzt ist es nur noch komplizierter geworden! Ich meine: Das Gedicht wird noch weniger wert als ein neuer Schuh, die Lieder werden zu Geschrei, die Witze zu stummen Wänden, und ich werde zum Analphabeten, werde kalt und sage den Fremden »Ich liebe in Berlin« und sie lachen, und ich sage dir »Ich lebe dich« und du sagst »Welch ein Dichter du doch bist!«

Alles suggeriert, dass man sich nicht sorgen muss.
Die Kälte beginnt im Kopf.
Ich hole aus dem Rucksack, was ihr sehen wollt. Mitleiderregende Tränen – das Mitleid verschwindet, wenn die Tränen verschwinden –, Erinnerungen an Unrecht und Unterdrückung, vorgefertigte Sätze über den »Kulturschock«, ich erzähle euch von dem Paradies,

in dem ich mich jetzt befinde, und meinem herzlichen Dank dafür, dass ihr mir die Türen geöffnet habt, wie ihr sie sonst keinem Fremden öffnet. Ich erzähle euch, wie sehr mir die Gleichberechtigung zwischen Mann und Frau gefällt und wie sehr ich mich freue über diese unglaubliche Fähigkeit, Waffen herzustellen, ohne diese Waffen hätten wir vielleicht nie diese große Ehre erfahren, die man »Ankunft im Paradies« nennt.

Alles ist Sorge.
Du musst der Katastrophe den Rücken kehren.
Die Kälte beginnt im Kopf. Die Kälte beginnt im Kopf. Die Sprachen explodieren, dein Name wird fremd und zerbrechlich, die Bezeichnungen explodieren vor dir wie Dinge, die explodieren können, und die Namen ergießen sich über dich wie Dinge, die sich nicht ergießen können. Die Kälte beginnt im Kopf. Die Kälte beginnt im Kopf …
Ich ziehe die Stimme aus der Maschine:
»Zurückbleiben bitte.«

Aus dem Arabischen von Kerstin Wilsch

Heike Geißler

Zeit für Zauberer

All die Ängste, all die Sorgen, all die Worte. Worte auch, die manche Freunde meines Sohnes sagen: Die Bettlerin, die jetzt aussieht, als hätte sie keine Beine, habe ich dann aufstehen sehen, da hatte sie Beine, und sie ging fröhlich davon.

Oder der Sohn eines Vaters, dessen Sprachreiseunternehmen Kinder und Erwachsene in alle Welt schickt, er sagt: Wir können keine Flüchtlinge mehr aufnehmen, die übernehmen sonst das Land.

Mir schlackern die Ohren und schlottern die Knie. Oder wie ist es? Wo haben diese Kinder eigentlich diesen Text her. Mutmaßungen über die Elternhäuser. Das sind Kinder wohlhabender Eltern. Weitgereister Eltern, die Wert auf Bildung und Traditionen legen. Mir wird schon schlecht, wenn ich nur daran danke, dass man aus Bildung und Traditionen Exklusionstiraden macht. Es geht doch anders, es geht doch offener und ohne Frage geht das Offene nicht immer gut. Aber es geht nur offen. Das ist – zuweilen gegen meine eigenen Instinkte – meine tiefe Überzeugung.

Jedenfalls saß ich vor ein paar Monaten bei *Buch in der Au* in München, um einen kleinen Bericht über den dort stattfindenden Abend der Flüchtlingspaten Syrien zu schreiben. Die Flüchtlingspaten Syrien sind ein Berliner Verein, der Bürgschaften für Syrer*innen organisiert, um so Familien zusammenzuführen.

Ich saß also an diesem 13. November bei *Buch in der Au*, saß auf einem bequemen Sofa, machte mir Notizen. Ich saß in der Buchhandlung, in der ich, als ich noch in München wohnte, immer meine Bücher gekauft habe. Mein Viertelbuchladen in Untergiesing. Wiedersehensfreude mit der Buchhändlerin Elisabeth Reisbeck. Ich genoss das Sitzen im Buchladen, ich saß da auch wie in meiner eigenen Vergangenheit, wie in einer Möglichkeit, saß so auf beste Art, neben meiner lieben Freundin Silke, inmitten von Büchern, nach einem Treffen mit einer anderen Freundin im *Wuid*, das nur ein paar Eingänge weiter ist und montags das Bier zum halben Preis verkauft.

Elisabeth Reisbeck sagte, ich sei überhaupt nicht älter geworden, was die willkommenere Variante des Brecht'schen »Sie haben sich gar nicht verändert« ist, ich erwiderte das und fragte, wie es dem Buchladen gehe. »Gut«, sagte sie, und damit hatte ich nicht gerechnet, weil man so selten hört, dass es Buchhandlungen gut geht. Ich freute mich, kaufte später *Ein Gott ein Tier* von Jérôme Ferrari und Mitbringsel für meine Kinder bei ihr, dachte aber ansonsten und sowieso die ganze Zeit darüber nach, wie man mit einem Unterfangen durchkommt, wie man ein Anliegen durchsetzt, wie man es verständlich formuliert. Wie kann es gelingen, dass wir aus der nachvollziehbaren Abschottung vor schrecklichen Bildern, vor ungeheuerlichen Nachrichten aus anderen Ländern, Meeren etc., vor den Appellen an unser Mitgefühl, unsere Verantwortung als Bewohner*innen derselben Erde keinen Rückzug machen, dass wir uns nicht in das eigene Private stürzen, diese kleine Welt, die friedlich zu halten ohne Frage auch eine Aufgabe, und keine unwichtige, ist, die aber nun einmal zugleich aufs Engste und Bedrohlichste mit der großen Welt verbunden ist? Wie bleibt man verbunden, empfänglich und handlungsfähig?

Ich schrieb meinen Bericht und dachte die ganze Zeit darüber nach, wie ich helfen könnte. Ich bin Fördermitglied bei Pro Asyl, bei Sea Watch, das war's auch schon. Ich gehe so oft wie möglich auf Demonstrationen, ich argumentiere gegen menschenfeindliche Politik, wann immer ich kann. Ich frage denen Löcher in den Bauch, die für Abschottung sind, die sagen, sie seien stolz auf Deutschland und dieses Deutschland dürfe nicht zerstört werden. Aber aus den Löchern fließt keine Angst und kein Stolz ab. Ich habe die Figur eines Zauberers entwickelt, der Mittel entwirft, mit denen es gelingt, die Festung Europa zu zerbröseln, Europas Außengrenzen löchrig zu machen oder schlichtweg zu umgehen. Der Zauberer hat eine Brücke gezaubert, die über das Mittelmeer reicht. Das ist angelehnt an die *Floating Piers* von Christo und Jeanne-Claude auf dem Iseosee. Der Zauberer sagt, diese Floating Piers seien natürlich kein Kunstprojekt gewesen, sondern der Testlauf des Weges über das Mittelmeer, denn wer könnte so zynisch sein, Touristen einen Weg übers Wasser zu bauen, wenn Fliehende im Mittelmeer ertrinken, weil das Meer keine Balken und Planken, keine Rettung bietet. Die Band *Dicht & Ergreifend* singt: »Für Flüchtlinge gibt es keine Mittel mehr, darum geht der Friedensnobelpreis ans Mittelmeer. Es hat die meisten Menschen aufgenommen. Man wird blass wie die Mitte eines Knieküchle, wenn man sieht, wie das Gesicht eines Kindes erlischt, weil das unzuverlässige Schiff in der Mitte zerbricht. Mayday, mayday, hört man den Funk. Migration macht eine Kehrtwende. Jedes Kind verstummt, wie bei der Märchenstunde, und schickt eine Postkarte vom Meeresgrunde.«

Mein Zauberer also hat diese Brücke vorbereitet und kritisiert das Konzept von Dublin III und das der nahenden Dublin IV-Verordnung, indem er an einem Trick arbeitet, der die Dublin-Verordnungen ungültig macht, ein Trick, der es den Fliehenden ermöglicht, beispielsweise in Deutschland anzukommen, ohne zuvor Italiens Küsten betreten zu haben. Europa braucht schon lange neue Ersteinreiseländer. Mein Zauberer ist fleißig, ich drifte in Anbetracht der Wirklichkeit in Fiktionen und Sehnsucht nach Wünschen und Wundern ab. Konkrete Hilfe benötigt dermaßen viel Zeit und die derzeitige, restriktiver werdende Politik in Deutschland schluckt schon so viel Zeit und Empörung und Zuversicht, dass für die Vorbereitung des Offenen, für diese offene Gesellschaft, die ihre Ängste kennt, ihre Ängste respektiert, ihre Ängste beruhigt und dasein lässt und sich doch nicht verschließt, kaum Ressourcen bleiben. Ständiger Notwehr-Modus. Ich will in keiner Gesellschaft leben, die aus Verunsicherung und Zukunftsangst Einschlussszenarien entwickelt. Das macht dermaßen müde. Ich bin es leid. Und ich will diese Erschöpfung, diese Müdigkeit ob der immer gleichen Nachrichten und Appelle und Forderungen nicht zum Anlass nehmen, mich zu entsolidarisieren, ich will das Mitgefühl nicht aufgeben und nicht das Wissen darum, dass auch ich in einem Krieg leben könnte, fliehen müsste, schlimmer noch: mit meinen Kindern fliehen müsste und der Hilfe Fremder bedürfen könnte.

Erst recht will ich mich nicht entsolidarisieren lassen, will den Staaten nicht so viel durchgehen lassen wie bisher, wie stets. Was ich immer wissen und den Regierungen so oder ähnlich vortragen können müsste, ist dies: »Ungewollte Nähe und ungewollte Kohabitation sind demnach Bedingungen unserer politischen Existenz, sie

[...] beinhalten die Verpflichtung, auf der Erde ein Gemeinwesen zu leben, welches Gleichheit für eine Bevölkerung schafft, die notwendig und irreversibel heterogen ist. Ungewollte Nähe und ungewählte Kohabitation bilden auch die Basis unserer Verpflichtung, keinen Teil der menschlichen Bevölkerung zu vernichten und Völkermord als Verbrechen gegen die Menschheit zu ächten, aber auch, von Institutionen zu fordern, sich darum zu bemühen, alles Leben gleichermaßen lebbar zu machen.« (Judith Butler: *Anmerkungen zu einer performativen Theorie der Versammlung*)

Diese Regierungen, die, während ich mich frage, warum Posts von Sea Watch, die ich ab und an teile, eigentlich niemanden interessieren, und was ich tun kann, um mehr Leute dafür zu interessieren, teuflische Pläne schmieden und menschenfeindliche Verträge in Brüssel oder Berlin oder wo auch immer unterzeichnen, handeln nicht in meinem Sinne. Sie beschließen Verträge, die Menschenrechte außer Kraft setzen, Diktatoren mit Waffen versorgen, Geflohene aus dem Stadtbild entfernen, in Unterkünfte oder Lager zwingen, die sie verwaltbar, übersichtlich, unsichtbar machen.

Wir brauchen eine Schule der Solidarisierung. Eine Schule des Mitgefühls. Nicht nur des Mitgefühls für Geflohene, für alle. Wir brauchen auch einen stärkeren Protest, eine Protestroutine. Einen in den Alltag integrierbaren Protest. Schaut man sich die Welt an, darf der Protest kein Sonderfall sein.

Aber natürlich ist es in etwa so wie in diesem Gedicht von Rod Smith:

We work too hard
We're too tired
to fall in love.
Therefore we must
overthrow the government.
We work too hard
We're too tired
to overthrow the government.
Therefore we must fall in love.

Jede Katastrophe braucht, so ist es wohl, ein gutes Exposé, um der karitativen Jury aus Medien, Bevölkerung und Regierungen Wohlwollen und Hilfe zu entlocken.

Ich muss mir mal die Augen reiben, sonst sehe ich nur, wie alles perfide ist. Ich tue dies und tue das und spiele weiterhin dem Zauberer Tricks zu.

Yamen Hussein

Zum Abschied

Lieber Fridolin,

ich habe mehrmals versucht, dir diesen Brief zu schreiben und bin jedes Mal daran gescheitert. Jetzt versuche ich es erneut. In meinem Innern überstürzen sich die Gefühle – eine Mischung aus Angst und vagen Fragen.

Am 14. Januar 2018 um zwei Uhr morgens habe ich, aus Berlin kommend, München erreicht. Das war das letzte Mal als Einwohner dieser Stadt. Kurz zuvor hatte ich begonnen, meine Sachen zu packen, um sie nach Leipzig zu bringen. Da mein Writers-in-Exile-Stipendium zu Ende ist, musste ich nach Leipzig umziehen und München verlassen, wo ich drei Jahre verbracht hatte.

Anfang 2014 kam ich nach Beirut, es war die erste und die schwierigste Etappe meiner Reise ins Exil. Ich war auf der Flucht. Hinter mir mein Land Syrien. Ich erreichte die Grenze über die Berge. Ich schaute nicht zurück, um mir meinen Mut zu bewahren und nicht von der Trauer überwältigt zu werden. In den ersten Tagen meines Exils schrieb ich einen Text mit dem Titel *Neue Gebote.* Eigentlich formulierte ich diese Gebote nur für mich. Ich wollte mich nicht an die neuen Städte gewöhnen, denn es waren alles Orte meiner Verbannung.

Leider habe ich mich nicht an das gehalten, was ich mir selbst ans Herz gelegt hatte. In München habe ich mich verliebt; so nahm die Stadt in meinem Herzen einen intimen und warmen Platz ein. Ich übertreibe nicht, ich konnte sie eine Heimat nennen. Ich sagte mir, während ich meine Kleidung und andere persönliche Sachen einpackte, hätte ich dich doch nur nicht geliebt, du Stadt! Ich hatte ein bedrückendes Gefühl, als ob ich aus meinem Platz gerissen wurde und als bedeutete jeder Gegenstand, den ich einpackte, einen Teil meines Herzens auszureißen wie eine Rose aus ihrem Topf. Ich vermied es, Briefe und E-Mails zu beantworten und auf die Straßen zu schauen, die ich hier für gewöhnlich entlangging. Mein Gott, warum sollte sich diese bittere Erfahrung jedes Mal wiederholen, seitdem ich mein Land verlassen hatte? War es nicht an der Zeit, dass all dies einmal zu Ende ging? Ich fand keine Antwort.

Ich erzählte meiner Freundin, die in Leipzig auf mich wartete: Die Koffer reichen nicht aus! Ich habe dir schon mal gesagt, dass die Koffer der Flüchtlinge im Exil nie ausreichen, egal wie groß sie sind! Was soll ich jetzt tun? Sie antwortete nicht, sie hatte auch keine Antwort.

Ich war gezwungen, unter mehreren Sachen zu wählen, die ich aus Syrien mitgenommen hatte und die mich an drei Orte des Exils begleitet hatten. Eine davon war eine alte Hose, in deren Innenteil mein Name auf Arabisch geschrieben stand. Er wurde vor etwa fünf Jahren von einem Mitarbeiter der Wäscherei Al Scham notiert, damit er meine Hose wiederfinden konnte. Als ich mich nun entschied, sie wegzuwerfen, hat mein Herz mir nicht gehorcht. Wie hätte ich denn meinen Namen wegwerfen können, nachdem er die Kriege und das Waschpulver überlebt hatte?

Lieber Fridolin, ich wollte nicht, dass mein Brief so sentimental wird, aber ich fühle, dass mein Zuhause in Syrien mein Herz einst mit einer dicken Kruste umschlossen hielt wie eine Gebärmutter. Dann kam der Krieg und brach diese beruhigende Kruste auf, und unsere Körper und unsere Herzen werden all den Schmerzen und Schwierigkeiten ausgesetzt.

Bin ich angekommen? In dem Moment, als ich beschloss, mein Zuhause in Homs zu verlassen, weil der Geheimdienst mich bedroht hatte, ging mein Vater aus dem Haus. Er wollte vermeiden, sich von mir verabschieden zu müssen. Meine Mutter ermahnte mich, ich solle nicht schwach werden, und weigerte sich, die Tür hinter mir zu schließen. Sie ließ sie angelehnt, damit wir beide die Hoffnung auf eine Rückkehr nicht verloren. Von diesem Moment an wusste ich, dass ich auf diese Weise nicht bis ans Ende kommen würde, es gibt kein endgültiges Ziel und keinen letzten Platz, um sich niederzulassen. Selbst wenn ich eines Tages nach Homs, nach Hause zurückkehren würde. Es würde nie wieder so sein, wie es war. Die Straßen und Menschen dort hätten sich verändert, wie auch ich.

In der arabischen Sprache haben die beiden Verben *ankommen* und *erreichen* die gleiche Bedeutung und Schreibweise. Daher denke ich, dass ein Ankommen nichts anderes als eine liebliche Illusion ist. Ankommen heißt, dass deine Reise im Leben zu Ende ist. Die Tür schließt sich hinter einer neuen lebendigen Erfahrung, das bedeutet einen immateriellen Tod. Würde ich nicht ankommen, müsste ich weiter suchen.

Ich habe beschlossen, Mut zu schöpfen und alles mitzunehmen; das ist mein Reichtum im Exil: meine Bücher auf Deutsch, meine Erinnerungen aus Syrien und Istanbul, Andenken aus Paris und Hannover, dein Buch, das Buch meiner Lieblingsautorin Hannah Arendt in deutscher Sprache, die CD mit der *Winterreise* von Schubert.

Ich mache mich auf den Weg, um mich von der Stadt, in der ich vor drei Jahren angekommen bin, zu verabschieden. Ich erinnere mich an all diese Stationen von Misserfolgen und Erfolgen, an die Verwirrung, die ich bei meiner ersten Dichterlesung hier erlebte, und meine Freude, als der erste Text von mir in deutscher Übersetzung erschienen war und die Zeitungen darüber berichteten.

Ich bewahre das alles in mir auf.

Ich sage dir, wenn der Mensch in einer fremden Stadt ankommt, wird er zum Kind, es gibt so viel Neues zu lernen, eine neue Sprache und auch andere Denkweisen, und unzählige Türen öffnen sich für Experimente.

In den letzten drei Jahren habe ich liebe Menschen verloren und Sehnsucht nach den Verwandten gehabt. Unsere Generation, die ein freies und demokratisches Land wollte, spürt nun den Schmerz der Niederlage. Die Städte sind unter Bombardierung und Belagerung gefallen. Wir mussten fliehen. Trotzdem waren es drei Jahre, in denen ich die Welt, die Gedanken und meine Ausdrucksweise neu interpretiert habe. Ich entdeckte neue Orte und neue Freunde. Sind die neuen schöpferischen Ideen und die vielfarbigen Freunde aus aller Welt nicht auch ein Reichtum? Lassen wir uns das Exil als Versuch begreifen, unsere Erfahrung zu bereichern und unsere Sensibilität für menschliche Errungenschaften weiterzuentwickeln: Dies sind als Erstes die Gerechtigkeit, als Zweites die Freiheit und als Drittes Liebe und Solidarität.

Das Exil ist nie ein freiwilliger Akt. Nicht immer ist es so, dass das Leben in den neuen Städten auch den Reichtum des Wissens in Kreativität verwandelt oder in die Fähigkeit, mit dem anderen zu fühlen. Wir müssen die Würde des Menschen in uns bewahren, indem wir nach einer freien und offenen Welt streben.

Lieber Freund Fridolin, ich möchte nicht, dass der Weg endet, ich möchte nicht vergreisen.

Eine Herde von Hirschen

Vor der Abreise
lasse ich die Koffer offen
wie ein aufgeschlagenes Buch ohne Abschluss
und gehe zur Maximiliansbrücke,
um Abschied von München zu nehmen.
Ich strecke meine Hände in die kalte Luft aus,
damit mein Herz von Trauer geheilt wird.
Aus der Ferne trägt die Isar in ihrer Leistengegend
Zweige von trockenen und zerbrochenen Bäumen,
vom letzten Sturm.
An mir vorbei schiebt sich eine alte Frau mit ihrem Rollator
und schaut mich mit freundlichem Gesicht an.
Sie lächelt, als sie auf die Zweige zeigt,
die auf dem Fluss schwimmen:
Sieh nur, wie schön die Hirschhörner!
Diese Herde überrennt die Stadt.
Sei wie ein Sturm und lass dein Herz so jung bleiben wie diese Hirsche,
überquere alle Städte und Flüsse
und komme nicht an, damit du nicht alterst.

Deine Hand

Deine zum Gruß ausgestreckte Hand
tanzt auf dem Hochzeitsfest.
Sie trägt eine Tüte mit Gemüse für deine Kinder,
ausgestreckt: fünf Erwartungen.
Klopft auf die Schulter eines Freundes.
Herabhängend nach einer Niederlage.
Schöpft das Quellwasser, um es dir zum Trinken anzubieten,
winkt zum Abschied,
hochgehalten zum Anstoßen und beim Demonstrieren,
deine vom Koffertragen müde Hand wünscht sich anzukommen.
Deine abgerissene Hand, deren leeren Platz an deinem Körper du beobachtest,
ist eine Gazelle, die dir in der Steppe entgleitet,
eine Gazelle, deren Augen als Erstes schon früh auf die Weide fielen,
und die Hausgärten werden sie nicht verlocken.

Aus dem Arabischen von Suleman Taufiq

Fridolin Schley

Die Ungesichter

Amal sieht im ersten Morgendämmer Farngewächse matt von der Balustrade des Bahnhofbalkons hängen und einen Putzmann, der gerade eine frische Tüte im Abfalleimer vor der Drehtür befestigt, da spürt sie, wie ihr Herz stolpert – aussetzt, bis sie und Cariim auf einem Fahrplan in der Bahnhofshalle endlich einen Zug nach Wien finden, bis

der Automat räuspernd zwei Fahrkarten für sie auswirft, bis

sie im Abseits auf einer Bank warten, schweigend verfolgen, wie die Halle sich langsam füllt, der Geräuschpegel steigt, bis

Menschen ratternd Koffer an ihnen vorbeiziehen, bis

Fahrstuhltüren auf- und zugehen, ganze Familien verschlingen, bis

Monitore flackern mit blauen und gelben Zeichen und Nummern von Zügen nach Trnava, Zvolen, Budapest, Zagreb und Ostava, bis

Rolltreppen anfahren und wieder anhalten, bis

Menschen sich begrüßen und verabschieden, bis

Durchsagen ertönen, Pfiffe schrillen, der Saum eines Sommerkleides aufweht, bis

Cariim aufsteht, um von einem Bäckereistand Kaffee und Brote zu holen, bis

Amal sich fragt, ob all diese scheinbar willkürlich und auf mehreren Ebenen durcheinanderlaufenden Reisenden in Wahrheit einer geheimen Losung folgen, sich wie Insekten lautlos nach einer bestimmten Ordnung verständigen und sie selbst nur hoch genug aufschweben müsste, bis

unter das Dach der Halle, wo das stärker werdende Tageslicht sich zu einer Art Staubglitzern verdichtet, um von dort in dem planlosen Wuseln unter sich das Schwanken eines großen Schattenwesens zu erkennen, das einen Ausweg sucht aus diesem Verlies, oder auch nur ein waberndes, in sich verschlungenes und immer wieder neu sich fügendes Muster von vollendeter Eleganz, bis

Cariim mit den dampfenden Pappbechern zurückkommt und sagt, ihr Zug stehe schon auf dem Gleis, bis

Amal heißer Kaffee über die Hand schwappt, als sie über den Bahnsteig laufen bis

ganz nach hinten, wo das Dach endet, man ins Freie tritt und das über allem liegende Lautgesumm der Halle mit jedem Schritt leiser wird, bis

sie sich im Zug zwei freie Sitze suchen, Vierergruppen meiden, damit keine Ungesichter sie ansehen können, bis

Wien sind es nur eineinhalb Stunden, in denen sie tief in die Sitze sinken, beklommen ihr Ticket einem Uniformmann reichen, der aber sonst nichts von ihnen wissen will, nichts von den Nachbarn und Witwen, den Patronenmännern und Pässen, und Amal überlegt, ob sie jemals ein schöneres, festeres Geräusch gehört hat als das metallene Stanzen, mit dem er ihren Fahrschein stempelt, bis

vor dem Fenster Landschaften vorbeiziehen, gewaltige Flächen aus Nadelbäumen und solchen mit Mistelbüschen in den Zweigen, die Amal entdecken, verfolgen, verspotten, siehst du uns, sehen wir dich, bis

das Schaukeln des Zuges und seine gleichmäßig dahinfließenden Schienengeräusche sie müde machen und nur das Piepen aus den Lautsprechern und die Durchsagen in einer fremden Sprache sie aus dem Halbschlaf schrecken, bis

sie immer seltener in kleinen Städten halten und weniger verlassene Dörfer sich zwischen grüne Hügel zwängen, kleine, leere Bahnhöfe sich zu winden scheinen in undurchdringlichen Netzen aus Schienen, Masten und Oberleitungen, bis

sie eine Weile entlang eines breiten Flusses fahren, auf dem Lastkähne und Ausflugsdampfer unterwegs sind, an den Ufern tauchen seltsam runde Bäume auf, dazwischen vereinzelt Menschen mit bunter Kleidung und Wanderstöcken und einmal, weit entfernt, eine schwer bepackte alte Frau, die ein Kinderfahrrad auf dem gebeugten Rücken trägt, bis

eine Reihe von Tunneln ihren Zug verschluckt und Amal sich vorstellt, wie sie kreuz und quer durch die Eingeweide der Berge sausen, bis

sie sie wieder hochwürgen, aus- und dem nächsten zuspucken, bis

die wie eilig zusammengeschachtelten Dörfer entlang der Strecke wieder größer werden und die sauber abgezirkelten Farbflecken der Wiesen und Felder kleiner, bis

sich Burgen mit runden Türmen und geschwungenen Mauern um die Bergkuppeln legen und ein Kühllastwagen eine ganze Weile parallel zu ihnen fährt, von dessen Seitenfläche Bilder riesiger Geflügelwürste prangen, bis

die Durchsage Orte wie Pama, Neudorf und Himberg ankündigt und Amal sich fragt, ob sie noch bis

Wien warten muss, bis

sie sich den Gedanken erlauben darf, dass sie es geschafft haben, und ob sie nicht größere Freude in sich spüren müsste, bis

Cariim ihr kurz vor der Ankunft ein Zeichen gibt, aufsteht und sie ihm schwankend folgt zwischen Beinen, Taschen und ausgebreiteten, auf den Gang ragenden Zeitungen hindurch bis

auf die Bordtoilette, wo sie sich mit einem Feuerzeug gegenseitig Finger für Finger die Kuppen versengen, damit keine Abdrücke von ihnen genommen werden können, bis

der Toilettenraum erfüllt ist von dem süßlich-würzigen Geruch verbrannten Fleisches und sie auf Taschentücher beißen, die sie sich in den Mund gestopft haben, um nicht laut zu schreien, um nicht zu würgen, bis

ihnen auch beim Aussteigen in Wien noch Tränen über die Gesichter laufen vor Schmerz, bis

Amals Beine nachgeben, alles vor ihr verschwimmt und hell wird und dunkel und wieder hell, bis

Cariim sich ihren Arm über die Schulter legt, sie stützt, durch die Menge schleppt, bis

das Lautgesumm der Halle erneut anhebt, sie wieder vor einem Fahrplan stehen, ein Automat sich räuspert, Koffer rattern, Anzeigetafeln blinzeln, Rolltreppen anfahren, Schritte stöckeln, Durchsagen tönen, Sommerkleider aufwehen, bis

sie aufstehen, ein Gleis betreten, einen Zug Richtung München, bis

Amal die Augen schließt, während Cariim sie zu einem Sitzplatz führt, bis

der Zug anfährt, sie ihre Augen wieder öffnet – und ihr Herz weiterschlägt.

Über die Autorinnen und Autoren

Banu Acun, geboren 1974 in Izmir / Türkei, studierte Kommunikationswissenschaften in Istanbul. Über zwanzig Jahre arbeitete sie als Fernsehjournalistin in der Türkei sowie als Regisseurin zahlreicher Dokumentarfilme. Sie erhielt den Preis des türkischen Journalistenverbandes. Seit April 2017 lebt sie in Berlin.

Galal Alahmadi, 1987 in Saudi-Arabien geboren, ist einer der bekanntesten Dichter des Jemen. 2010 gewann er den Preis des Präsidenten auf lokaler, ein Jahr später auf nationaler Ebene. 2014 wurde er mit dem Abdulaziz-Al-Makaleh-Preis ausgezeichnet, 2017 in Kairo mit dem Mohammed-Afifi-Matar-Preis. Eine Auswahl seiner Gedichte in deutscher Übersetzung sind in der Anthologie *Weg sein – hier sein* (Secession Verlag, 2016) enthalten. Er war Literaturstipendiat der Heinrich-Böll-Stiftung und lebt in Düren.

Ramy Al-Asheq ist ein syrisch-palästinensischer Lyriker, Journalist und Kurator. Er hat drei Gedichtbände auf Arabisch veröffentlicht. Seine Texte wurden in verschiedenen Anthologien und Literaturzeitschriften auf Bosnisch, Deutsch, Englisch, Französisch, Kurdisch und Spanisch veröffentlicht. Einige seiner Gedichte wurden in Lieder, Performances und bildende Kunst umgesetzt. 2014 kam Al-Asheq mit einem Autorenstipendium der Heinrich-Böll-Stiftung nach Deutschland. Ein Jahr später wurde er von der Al-Qattan-Stiftung in Ramallah mit einem Literaturpreis ausgezeichnet. Ende 2017 lancierte Al-Asheq das deutsch-arabische Kulturmagazin *FANN*. Außerdem ist er Kurator für das Literaturhaus Berlin und Mitgründer der Arabisch-deutschen Literaturtage Berlin. 2018 erhielt er ein Literaturstipendium der Akademie der Künste in Berlin sowie Aufenthaltsstipendien für das Künstlerhaus Lukas (Ahrenshoop) und das Künstlerdorf Schöppingen.

Ayeda Alavie ist Autorin und Übersetzerin und lebt seit 2000 in Deutschland. In ihrer Heimat Iran hat sie zahlreiche literarische Texte für Kinder und Jugendliche verfasst und zum Teil illustriert.

Sie studierte in Teheran an der Filmhochschule und war von 1993 bis 1998 als Autorin und Redakteurin für Kinder- und Jugendprogramme bei Radio Teheran tätig. In Deutschland studierte sie Deutsche Linguistik, Neuere Deutsche Literatur sowie Europäische Ethnologie. Seit 2017 übersetzt und schreibt sie für den Hagebutte Verlag, der unter anderem zeitgenössische deutsch- und persischsprachige Literatur verlegt und einen Dialog zwischen den beiden Sprachräumen ermöglichen möchte.

Raaed Al Kour, geboren 1989 in Daraa / Syrien, lebt seit vier Jahren in München. Er ist Archäologe und hat an der Universität Damaskus mehrere archäologische Forschungsarbeiten veröffentlicht. In Zusammenarbeit mit Lola Arías und dem Open Border Ensemble ist an den Münchner Kammerspielen das Dokumentartheaterstück *What they want to hear* entstanden, das seine Geschichte erzählt und bei dem er auch selbst als Hauptdarsteller auf der Bühne steht. Außerdem schreibt Raaed Al Kour Kurzgeschichten.

Angelica Ammar, in München geboren, studierte Romanistik und Ethnologie, lebte mehrere Jahre in Paris und arbeitet seit 2007 als Autorin und Übersetzerin in Barcelona. Sie übersetzte unter anderem Werke von Sergio Pitol, Mario Vargas Llosa und Eduardo Galeano ins Deutsche. Für ihren Debütroman *Tolmedo* (2006) erhielt sie 2006 den Literaturpreis der Jürgen Ponto-Stiftung, 2010 erschien ihr Roman *Die Zeit der grünen Mandeln.*

Friedrich Ani, geboren 1959, lebt in München. Er schreibt Romane, Gedichte, Jugendbücher, Hörspiele, Theaterstücke und Drehbücher. Sein Werk wurde mehrfach übersetzt und vielfach prämiert, unter anderem mit dem Deutschen Krimi-Preis, dem Adolf-Grimme-Preis und dem Bayerischen Fernsehpreis. Seine Romane um den Vermisstenfahnder Tabor Süden machten ihn zu einem der bekanntesten deutschsprachigen Kriminalschriftsteller. Friedrich Ani ist Mitglied der Bayerischen Akademie der Schönen Künste und des internationalen PEN-Clubs.

Afraa Batous wurde 1986 in Aleppo / Syrien geboren und lebt seit August 2016 in Nürnberg. In Aleppo arbeitete sie nach Abschluss ihres Studiums fünf Jahre am Theater. Ihre experimentelle Theaterperformance *Who Have Seen Is Not Like Who's Not* wurde 2012 in Jordanien uraufgeführt. 2014 drehte sie einen ersten dokumentarischen Kurzfilm. Ihr Dokumentarfilm *Skin*, der zwei ihrer syrischen Freunde auf dem Weg ins Exil begleitet, gewann 2016 auf dem Malmö Arab Film Festival den Jury Award. Afraa Batous ist auch für das unabhängige syrische Dokumentarfilmportal *Biddayat* tätig

Daniel Bayerstorfer, geboren 1989 in Gräfelfing, schreibt Lyrik und Prosa. Übersetzungen aus dem Chinesischen und dem Italienischen, zuletzt in: *Chinabox. Neue Lyrik aus der Volksrepublik* (Verlagshaus Berlin, 2016). Veröffentlichungen in Zeitschriften und Anthologien, zuletzt in: *Unmögliche Liebe. Die Kunst des Minnesangs in neuen Übertragungen* (Hanser Verlag, 2017). Daniel Bayerstorfer ist Mitorganisator des Großen Tags der Jungen Münchner Literatur (Biennale) und der Reihe für junge Lyrik und Kunst *meine drei lyrischen ichs*. Derzeit gibt er zusammen mit Lena Gorelik ein Seminar für Kreatives Schreiben am Literaturhaus München. Eigene Buchveröffentlichung: *Gegenklaviere*. Gedichte (hochroth Verlag, 2017).

Linda Benedikt wurde 1972 in München geboren. Sie studierte Politik und Moderne Hebräische Literatur an der School of Oriental and African Studies, London (BA, MA). Sie arbeitete als freie Journalistin in München, London, Wien, Haifa, Jerusalem, Tel Aviv und der besetzten Westbank. Linda Benedikt lebt heute wieder in München. Im Arche Verlag erschienen die Erzählung *Eine kurze Geschichte vom Sterben* (2013), der Roman *Der Rest ihres Lebens* (2015) und die Kurzgeschichten *Katzen duschen nie* (2016).

Björn Bicker lebt als Schriftsteller, Theatermacher und Künstler in München. In seinen Arbeiten beschäftigt er sich seit Jahren mit den zentralen Themen unserer Einwanderungsgesellschaft. Seine theatrale und literarische Arbeit wurde vielfach ausgezeichnet. Für sein Buch *Was glaubt ihr denn. Urban Prayers* erhielt er 2016 den Tukan-Preis der Stadt München.

Barbra Breeze Anderson ist eine junge Autorin und Designerin aus Simbabwe. Sie schreibt Lyrik und Prosa und entwirft handgefertigte Taschen. Mit ihrer Arbeit möchte sie auf politische und wirtschaftliche Missstände in ihrem Land hinweisen; dabei schreibt sie nicht nur über ihre persönliche Erfahrung, sondern auch über die Gegenwart und Vergangenheit Simbabwes.

Rebecca Ellsäßer, geboren 1978, lebt und arbeitet in Berlin. Sie gründete eine Agentur für Literaturdienstleistungen und unterstützt Autoren in Fragen der Selbstdarstellung und bei ihren Recherchen. Gemeinsam mit Annika Reich organisierte sie von Berlin aus zahlreiche *Meet your neighbours*-Veranstaltungen.

Heike Geißler, geboren 1977, lebt als Autorin und Übersetzerin in Leipzig. Bisherige Veröffentlichungen: *Rosa* (2002), *Nichts, was tragisch wäre* (2007), *Emma und Pferd Beere* (2009), *Saisonarbeit* (2014), *Fragen für alle* (2015), *mani bucate money fest* (2017). Seit 2011 veröffentlicht sie gemeinsam mit der Grafikerin Anna Lena von Helldorff die Heftreihe *Lücken kann man lesen.* 2017 war sie Stipendiatin der Deutschen Akademie Rom.

Lena Gorelik kam 1992 als sogenannter Kontingentflüchtling mit ihrer Familie aus Russland nach Deutschland. Heute schreibt sie Romane, ist aber auch als Journalistin, Essayistin und Übersetzerin hervorgetreten. Sie erhielt für ihre Bücher unter anderem den Ernst-Hoferichter-Preis und den Ravensburger Buchpreis. Zuletzt erschienen die Romane *Von Null bis unendlich* (Rowohlt, 2015) und *Mehr Schwarz als Lila* (Rowohlt, 2017), der für den Deutschen Jugendliteraturpreis 2018 nominiert ist.

Sandra Hoffmann, 1967 geboren, lebt als freie Schriftstellerin in München. Sie unterrichtet kreatives und literarisches Schreiben und schreibt für das Radio und *DIE ZEIT.* Zu ihren literarischen Auszeichnungen zählen unter anderem der Thaddäus-Troll-Preis für ihren Roman *Was ihm fehlen wird, wenn er tot ist* und zuletzt der Hans-Fallada-Preis für den Roman *Paula.*

Katja Huber, 1971 geboren, lebt und arbeitet in München. Sie ist Prosa- und Hörfunkautorin und hat vier Romane veröffentlicht, zuletzt *Nach New York! Nach New York!* Sie ist unter anderem Trägerin des Bayerischen Staatsförderpreises für Literatur. Ihr fünfter Roman *Unterm Nussbaum* ist im Herbst 2018 im Secession Verlag erschienen.

Yamen Hussein wurde 1984 in Homs / Syrien geboren. Weil er als regimekritischer Autor in Lebensgefahr geriet, lebte er ab Dezember 2014 als Stipendiat des Writers-in-Exile-Programms (PEN) in München. In den Folgejahren veröffentlichte er unter anderem Gedichte in verschiedenen deutschen Zeitschriften und Anthologien. 2018 erschien das Buch *Salam Yamen – Lieber SAID* (P. Kirchheim Verlag), ein poetischer Dialog mit dem Dichter SAID. Heute lebt Yamen Hussein in Leipzig.

Fady Jomar, 1979 in Damaskus / Syrien geboren, lebt jetzt in der Nähe von Köln. Er hat Betriebswirtschaftslehre an der Universität Damaskus studiert. Seither ist er als Schriftsteller, Lyriker, Liedtexter und Journalist tätig.

Silke Kleemann, 1976 in Köln geboren, studierte Angewandte Sprach- und Kulturwissenschaft in Germersheim und Córdoba / Argentinien. Sie lebt als Übersetzerin spanischsprachiger Literatur, Lektorin und Autorin in München, wo sie auch Menschen mit Meditation und Jikiden Reiki begleitet. 2015 erhielt sie für ihre Übersetzungen des argentinischen Autors Ariel Magnus den Bayrischen Kunstförderpreis für Literatur und für ihr Jugendbuchprojekt *Manic Road Movie* ein Literaturstipendium der Stadt München. Bei Fischer KJB erschien ihr Kinderbuch *Käpten Lollebacke und die Schwimmende Landratte.*

Björn Kuhligk, 1975 in Berlin geboren, schreibt Gedichte, Glossen und Reiseliteratur. Zahlreiche Auszeichnungen, zuletzt 2015 das Arbeitsstipendium des Berliner Senats, das Grenzgänger-Stipendium der Robert Bosch-Stiftung und 2018 den Arno-Reinfrank-Literaturpreis. Zuletzt erschienen: *Die Sprache von Gibraltar* (Hanser Berlin, 2016); *Rheinfahrt – Ein Fluss, seine Menschen, seine Geschichten* (mit

Tom Schulz, Orell Füssli Verlag, 2017) und *Cartagena – Ein Reisebericht* (Literatur Quickie Verlag, 2017). Björn Kuhligk lebt mit seiner Familie in Berlin.

Suli Kurban wurde 1988 in Ürümqi / China, geboren. Mit elf Jahren kam sie mit ihrer Familie nach Deutschland, da diese als Teil der muslimischen Minderheit der Uiguren in ihrer Heimat verfolgt wurde. Bekannt wurde die Autorin und Regisseurin mit Filmen wie *Bruchstücke einer deutschen Geschichte* (2017). Für einen ihrer Kurzbeiträge für *On3Radio* wurde sie 2009 mit dem Europäischen Civis Medienpreis ausgezeichnet. Sie ist Stipendiatin der Vodafone-Stiftung und studiert seit 2011 Dokumentarfilmregie an der Hochschule für Fernsehen und Film München. Ihr letzter Film *Der Löwe von Neuperlach* gewann den Herwig-Weber-Preis des Internationalen Presse Club München und den Hermann-Wilhelm-Thywissen-Preis.

Mercedes Lauenstein lebt als freie Journalistin und Schriftstellerin in München. Journalistisch schreibt sie oft über Themen der modernen Lebenswelt, sie schildert Alltagsbeobachtungen, diskutiert Zeitgeist. Für ihr literarisches Debüt, den Episodenroman *Nachts* hat sie 2016 den Bayerischen Kunstförderpreis in der Sparte Literatur erhalten. 2018 erschien ihr Roman *Blanca.*

Martin Lickleder lebt als Autor, Übersetzer und Musiker in München. Im Herbst 2018 erscheinen die LP *Non c'é due senza tre* von Suzie Trio auf echokammer und der gemeinsam mit Claudia Kaiser verfasste Kinderroman *Im Reich der verlorenen Dinge* (Hagebutte Verlag).

Ariel Magnus, geboren 1975 in Buenos Aires / Argentinien. Studium in Deutschland. Er schrieb für verschiedene Medien in Lateinamerika, die *taz* in Berlin und *Spiegel Online* und lebt heute als Autor und literarischer Übersetzer in Buenos Aires. Er hat bislang 17 Bücher veröffentlicht, auf Deutsch erschienen sind *Ein Chinese auf dem Fahrrad* (2010, ausgezeichnet mit dem internationalen Literaturpreis La otra orilla), sowie *Zwei lange Unterhosen der Marke Hering*

(2012) und *Die Schachspieler von Buenos Aires* (2018), die beide auch seine Familiengeschichte thematisieren.

Mariam Meetra, geboren 1992 in Afghanistan, Journalismus- und PR-Studium in Kabul, Schriftstellerin und Frauenrechtlerin, Mitglied des afghanischen PEN. 2013 erschien ihr erster Lyrikband *Leben am Rand* (bislang noch nicht auf Deutsch publiziert). Sie lebt seit 2015 in Berlin.

Rania Mleihi studierte in Damaskus arabische Literatur und Theaterwissenschaft. 2003 hat sie am National Theater Damaskus als Regisseurin und Dramaturgin gearbeitet, 2008 ihr eigenes Theaterensemble in Damaskus gegründet und an Theaterfestivals in vielen Ländern teilgenommen, zum Beispiel dem Edinburgh Festival, dem Luminato Festival in Toronto oder Chicago. 2009 war Rania Mleihi als Stipendiatin des Internationalen Forums zum Theatertreffen Berlin eingeladen. 2016 arbeitete sie als Künstlerische Leiterin und Dramaturgin des Open Border Ensembles der Münchner Kammerspiele. Seit Januar 2017 ist sie Dramaturgin am Schauspiel Hannover.

Rudolf Ohlbaum ist der Vater der Fotografin Isolde Ohlbaum, die den hier abgedruckten Text in seinem Nachlass entdeckt hat. Rudolf Ohlbaum wurde 1912 im Sudetenland geboren, promovierte 1938 in Prag über den Kartäusermönch Johann Rode aus Hamburg und besuchte die Staatliche Archivschule. Bevor er zum Krieg eingezogen wurde, gab er in Prag den *Bücherspiegel* der Deutschen Buchhandlung heraus. Nach dem Krieg war er in der Dombibliothek Freising tätig, dann in den Redaktionen von *Christ unterwegs* und der *Moosburger Zeitung*. Er gab zudem mehrere Bücher heraus (unter anderem *Bayern und der vierte Stamm*) und schrieb Erzählungen und Gedichte. Für seine publizistischen und wissenschaftlichen Arbeiten erhielt er das Bundesverdienstkreuz am Bande. Rudolf Ohlbaum starb 2006 in Ottobrunn bei München.

Denijen Pauljević, geboren in Belgrad, flüchtete während der NATO-Bombardements in Jugoslawien nach Deutschland und verbrachte vier Jahre in einem Asylheim. Er studierte Interkulturelle

Kommunikation, nahm an der Drehbuchwerkstatt der Hochschule für Fernsehen und Film in München teil und arbeitet an verschiedenen Literatur-, Drehbuch- und Theaterprojekten. Seit 2013 ist er für die Koordination der Münchner Balkantage mitverantwortlich und arbeitet im Eventmanagement und der Konzeptentwicklung bei *Hilfe von Mensch zu Mensch e. V.* 2014 erhielt er die Autorenförderung Raniser Debüt, 2015 das Literaturstipendium der Stadt München.

Georg Picot, geboren 1978 und aufgewachsen im Münchner Umland, ist Associate Professor in Vergleichender Politikwissenschaft an der Universität Bergen in Norwegen. Seit dem Studium hat er in Mailand, Boston, Berlin, Turin, Heidelberg, Oxford und Manchester gewohnt und lebt jetzt in Bergen.

Annika Reich, 1973 in München geboren, lebt in Berlin und ist Schriftstellerin und Aktivistin. Ihre Romane und Kinderbücher erscheinen im Carl Hanser Verlag, zuletzt der Roman *Die Nächte auf ihrer Seite* (2015) sowie die Kinderbuchreihe rund um *LOTTO* (2016 und 2018). Sie ist Kolumnistin von 10nach8 bei *ZEIT ONLINE* und hat 2015 das Bündnis *WIR MACHEN DAS* mitbegründet. In diesem Rahmen leitet sie die Projekte *Weiter Schreiben – ein Portal für Literatur und Musik aus Krisengebieten* und *Meet your neighbours.*

Kathrin Reikowski, Jahrgang 1984, ist freie Autorin und systemische Beraterin. Sie studierte Ethnologie und beschäftigt sich derzeit für Hörfunk und Onlineformate mit dem Wandel der Arbeit sowie mit Migration und dem Thema der offenen Gesellschaft. Ihr Lebensgefährte stammt aus Namibia.

Fridolin Schley wurde 1976 in München geboren. 2001 debütierte er literarisch mit dem Roman *Verloren, mein Vater.* Zu seinen Auszeichnungen zählt der Tukan-Preis für den Erzählband *Wildes schönes Tier.* 2015 gab er das Buch *Fremd* heraus, eine Anthologie gegen Rassismus und Fremdenfeindlichkeit. Zuletzt erschien die Fluchtgeschichte *Die Ungesichter* (Allitera Verlag, 2016).

Johano Strasser, geboren 1939 in Leeuwarden / Niederlande, studierte Sprachen und Philosophie und lehrte von 1978 bis 1983 Politikwissenschaft an der Freien Universität in Berlin. Seit 1983 arbeitet er als freier Schriftsteller und lebt in Berg am Starnberger See. Von 2002 bis 2013 war er Präsident des PEN-Zentrums Deutschland. Er veröffentlichte zahlreiche Sachbücher, Romane, Hörspiele, Theaterstücke und Gedichtbände, zuletzt den Roman *Die schönste Zeit des Lebens* (2011), *Gesellschaft in Angst. Zwischen Sicherheitswahn und Freiheit* (2013), *Das Drama des Fortschritts* (2015), *Der Wind. Ein Gedicht* (2016) und *Als wir noch Götter waren im Mai. Ein deutsches Leben* (2018).

James Tugume stammt aus Uganda, wo er Sozial- und Gemeinschaftsentwicklung studiert und ein Waisenhaus geleitet hat. Seit 2014 lebt er in München. Er studiert Sozialarbeit und schreibt unter anderem für die Zeitung *NeuLand*.

Andreas Unger ist freier Journalist für Print und Fernsehen. Meistens beschäftigt er sich mit sozialen Themen. Zuletzt drehte er einen Dokumentarfilm über eine Integrationsschulklasse. 2019 erscheint sein Buch *Vergebung. Eine Spurensuche* (Herder Verlag).

Senthuran Varatharajah wurde 1984 in Sri Lanka geboren und ist in Oberfranken aufgewachsen. Heute lebt er in Berlin. Er studierte Philosophie, Evangelische Theologie und Kulturwissenschaft in Marburg, Berlin und London. Sein Debütroman *Vor der Zunahme der Zeichen* (2016) wurde mit mehreren Preisen ausgezeichnet, unter anderem mit dem Bremer Literaturförderpreis, dem Adelbert-von-Chamisso-Förderpreis und dem Rauriser Literaturpreis.

Nora Zapf, geboren 1985 in Paderborn, ist Lyrikerin und Übersetzerin. Übersetzungen aus dem Spanischen und Portugiesischen, zuletzt Mario Santiago Papasquiaro: *Ratschläge von 1 Marx-Schüler an 1 Heidegger-Fanatiker* (Turia + Kant, 2018). Veröffentlichungen in Zeitschriften und Anthologien, zuletzt in: *Unmögliche Liebe. Die Kunst des Minnesangs in neuen Übertragungen* (Hanser Verlag, 2017). Nora Zapf ist Mitorganisatorin des *Großen Tags der Jungen Münchner*

Literatur (Biennale) und der Reihe für junge Lyrik und Kunst *meine drei lyrischen ichs*. 2017 erhielt sie das Literaturstipendium der Stadt München. Eigene Buchveröffentlichung: *rost und kaffeesatz*. Gedichte (parasitenpresse, 2018).

Über die Übersetzerinnen und Übersetzer

Al trifft Derdiedas: Die Gruppe *Al trifft Derdiedas* ist im Rahmen des Stadtsprachen-Festivals 2016 entstanden und ist ein Übersetzungstandem aus Deutsch-lernenden Neuberlinern und Arabisch-lernenden Altberlinern. Durch Ergänzung der Sprachkompetenzen verwandelt die Gruppe Texte von einer in die andere Sprache. An der Übersetzung der hier enthaltenen Gedichte waren Mekdam Al Nabwani, Tamam Al Nabwani, Leila Chammaa, Kathrin Janka, Kenan Khadaj und Raguel Roumer beteiligt.

Susanne Baghestani, geboren in Teheran, studierte Vorderasiatische Archäologie und Assyriologie. Sie lebt in Frankfurt / Main. Seit 1996 übersetzt sie Belletristik aus dem Persischen (Iran, Afghanistan), darunter Autor*innen wie Abbas Maroufi, Atiq Rahimi und Fattaneh Haj- Seyed-Javadi. Übersetzungen von persischer und afghanischer Lyrik, Feuilletontexten (Farsi, Englisch), sowie Dokumentarfilmen und Dramen (Farsi, Französisch).

Ömer Erzeren, geboren 1958, verbrachte seine Jugend in Deutschland. Nach dem Studium der Sozialwissenschaften in Göttingen zog er nach Istanbul, wo er fast zwei Jahrzehnte als Korrespondent deutschsprachiger Medien und als Buchautor arbeitete. Dann pendelte er ein Jahrzehnt zwischen Buenos Aires und Istanbul. Seit 2017 lebt er in Berlin.

Marion Hertle, 1977 geboren, hat in Erlangen und Nordirland Deutsche und Englische Literaturwissenschaft studiert. Sie übersetzt aus dem Englischen und lektoriert sowohl Belletristik als auch Sachbücher. Zu den von ihr übersetzten Autoren zählen unter anderem Ray Bradbury, Edgar Rice Burroughs und Ned Beauman. Sie lebt mit ihrer Familie in München.

Sophie Schabarum wurde 1990 in Kassel geboren, hat an der Philipps-Universität Marburg ein Studium der Politikwissenschaft abgeschlossen und anschließend in Leipzig Arabistik studiert.

Jessica Siepelmeyer studierte Arabisch und Englisch. Seit 2012 arbeitet sie als freie Übersetzerin und hat bisher Kurzgeschichten, Comics, Gedichte und Sachtexte aus dem Arabischen übersetzt.

Suleman Taufiq wuchs in Damaskus auf und lebt heute in Aachen. Er ist Schriftsteller, Übersetzer und Kulturjournalist. 1971 zog er nach Deutschland und studierte in Berlin und Aachen Philosophie und Komparatistik. Er hat bislang mehr als dreißig Bücher geschrieben und übersetzt.

Kerstin Wilsch ist promovierte Übersetzerin und Dolmetscherin für Deutsch, Arabisch und Englisch und lebt seit mehr als zwanzig Jahren im Ausland (Großbritannien, Marokko, Ägypten, Jordanien). In Marokko und Jordanien hat sie Übersetzerstudiengänge aufgebaut. Sie übersetzt regelmäßig arabische Literatur und lektoriert Übersetzungen. Zurzeit ist sie Direktorin der Middlebury School in Jordanien.

Partner, Kooperationen und Dank

Das vorliegende Buch geht initiativ auf das Internationale Kulturfestival *Acht Mal Ankommen* zurück, das am 24. Februar 2018 in der Münchner Monacensia im Hildebrandhaus stattfand – eine Veranstaltung der Begegnungsreihe *Meet your neighbours* in Zusammenarbeit mit dem Literaturportal Bayern (getragen vom Bayerischen Staatsministerium für Wissenschaft und Kunst), gefördert vom Kulturreferat der Landeshauptstadt München.

Meet your neighbours ist ein Projekt von *WIR MACHEN DAS / wearedoingit e. V.* in Zusammenarbeit mit der Allianz Kulturstiftung und der Stiftung :do. Vielen Dank an beide Stiftungen, auch für die großzügige Unterstützung des Festivals.

Für das Festival federführend waren Lisa-Katharina Förster (Monacensia), Katja Huber und Silke Kleemann (*Meet your neighbours*).

Folgende Beiträge entstanden speziell für das Kulturfestival: *Rotes Blutkörperchen* von Ayeda Alavie; *My name is Afraa Batous, I am Syrian and I want to surrender myself* von Afraa Batous; *Der, die, das*; und *ich* von Lena Gorelik; *Zum Abschied, Eine Herde von Hirschen* und *Deine Hand* von Yamen Hussein; *Wann darf ich endlich ankommen?* von Suli Kurban; *Die Gefühle eines Tages* von Rania Mleihi; *Der Aufgang des Morgenabends oder das Unterland des Abendrots* von Denijen Pauljević; *Neuland* von James Tugume.

Aktuell besteht die Münchner Gruppe *Meet your neighbours* aus: Lena Gorelik, Sandra Hoffmann, Marion Hertle, Katja Huber, Silke Kleemann, Martin Lickleder, Denijen Pauljević, Kathrin Reikowski, Fridolin Schley, Andreas Unger und Nora Zapf.

In Berlin bei *WIR MACHEN DAS* gilt unser großer Dank Annika Reich, Rebecca Ellsäßer und Tobias Scholz, die uns stets mit viel Herzblut und Vision unterstützen.

Kooperationspartner und Förderer für den Verlag und *WIR MACHEN DAS* ist bei der Buchpublikation die Hans Sauer Stiftung, der für die finanzielle Unterstützung besonderer Dank gilt, sowie das Literaturportal Bayern.

Hans Sauer Stiftung
LITERATUR PORTALBAYERN das Blaue vom Himmel

Ein herzliches Dankeschön auch an Marion Hertle für die Mitwirkung am Lektorat.

Textverweise

Folgende Beiträge entstanden im Rahmen von *Weiter Schreiben – Ein literarisches Portal für Autor*innen aus Krisengebieten*, einem Projekt von *WIR MACHEN DAS / wearedoingit e.V.* in Kooperation mit dem Gunda-Werner-Institut in der Heinrich-Böll-Stiftung, gefördert durch den Hauptstadtkulturfonds, die Schering Stiftung und das Goethe-Institut:

Galal Alahmadi: *Zu Hause*

Fady Jomar: *Koffer*

Mariam Meetra: *Meine Identität und Abschiedsbrief*

HEINRICH BÖLL STIFTUNG GUNDA WERNER INSTITUT Feminismus und Geschlechterdemokratie
Gefördert durch: HAUPT STADT KULTUR FONDS
GOETHE INSTITUT
SCHERING STIFTUNG

Diese Texte von **Fady Jomar** wurden in Kooperation mit *WDRforyou* übersetzt und veröffentlicht: *Hab keine Angst, du bist kein Fremder; Was vom Familiennachzug geblieben ist*; *Verlieb dich nicht in einen Flüchtling*

Einige Stellen des Beitrags *Aufbruch aus dem Angekommensein* von **Annika Reich** sind dem Briefwechsel der Autorin mit Zeruya Shalev im Rahmen des Projekts *FRAGILE – Europäische Korrespondenzen* des Netzwerks der Literaturhäuser entnommen.

Der Text *Wo du stehst* von **Sandra Hoffmann** entstand im Rahmen des *Literaturfests München* 2015 für ein Projekt, bei dem einige Künstler an zentrale Ankunfts- und Herkunftsorte von Geflüchteten reisten, in diesem Fall nach Tirana / Albanien.

Ihre Erzählung *Im falschen Puzzlekasten* hat **Mercedes Lauenstein** für die Schullesereihe *So fremd wie wir Menschen* des *Literaturportals Bayern* geschrieben.

Zudem ist eine Reihe von Texten – zum Teil in variierender Form oder Länge, im Zusammenhang eines Werkes und / oder unter anderem Titel – vorab bereits an anderer Stelle erschienen:

Banu Acun: *Kinder der Fremde.* In: *Türke in Deutschland. Über das making of der größten Minderheit.* ARD-Radiofeature von Sammy Khamis, *Bayerischer Rundfunk*, 2018

Ayeda Alavie: *Rotes Blutkörperchen.* In: *10 nach 8 / ZEIT ONLINE*, 2018

Friedrich Ani: *Der Syrer meiner Mutter* und *Die Ankunft des Menschen.* In: *Literatur in Bayern 129* (2017) und *Literaturportal Bayern*, 2018

Heike Geißler: *Zeit für Zauberer.* In: *wirmachendas.jetzt* und *Literaturportal Bayern*, 2017

Sandra Hoffmann: *Wo du stehst.* In: *Literaturportal Bayern*, 2015

Katja Huber: *Heim zählen.* In: *Coney Island*, Roman, Secession Verlag, 2012

Silke Kleemann: *Heimat ist etwas Genommenes.* In: *10 nach 8 / ZEIT ONLINE*, 2017

Björn Kuhligk: *Die Sprache von Gibraltar.* In: *Die Sprache von Gibraltar*, Gedichte © Hanser Berlin in der Carl Hanser Verlag GmbH & Co. KG, München, 2016

Mercedes Lauenstein: *Im falschen Puzzlekasten.* In: *Literaturportal Bayern*, 2017

Rudolf Ohlbaum: *Menschen in Flüchtlingslagern – Besuch im Lager II, München-Allach.* In: *Süddeutsche Zeitung*, 2017

Fridolin Schley: *Die Ungesichter.* In: *Die Ungesichter*, Allitera Verlag, 2016

Andreas Unger: *Platz ist noch im kleinsten Boot.* In: *Max Joseph / Magazin der Bayerischen Staatsoper*, 2014

Senthuran Varatharajah: *Reste (Und die weißen Streifen kenne ich).* In: *Literatur in Bayern 129* (2017) und *Literaturportal Bayern*, 2018